KB127891

후회하는 소녀와 축제의 밤

祭火小夜の後悔

후회하는 소녀와
축제의 밤

아
키
타
케
사
라
다
장
편
소
설

祭火小夜の後悔

김
은
모
옮
김

RHK
알에이치코리아

차
례

저희 오빠는 신기한 이야기를 하는 사람이었습니다.

꼭 그래서는 아니겠지만 저는 오빠를 잘 이해하지 못한 것 같습니다.

이 비극은 과연 언제부터 시작된 걸까요?

이제는 단순한 문제가 아닌 듯한 기분도 듭니다. 어쩌면 제가 상상하는 것보다 훨씬 전부터 운명이나 인연이라 불리는 힘이 깊이 관여한 게 아닐까 싶기도 하고요.

오빠는 무슨 생각을 했을까?

오빠는 뭘 하고 싶었을까?

아무리 상상해 봐도 저로서는 짐작도… 어쩌면 동생이라 모르는 건지도 모르겠네요.

제멋대로 행동한 오빠에게 화가 나고 슬프기도 합니다. 그건 마치 메아리처럼 저 자신에게 되돌아오는 감정이기도 해요. 다른 말로 표현하면… 후회.

고작 두 글자지만 그게 전부인지도 모르겠습니다.

이제 다 끝난 일.

이해할 기회는 두 번 다시 찾아오지 않겠죠.

분명 영원히.

그게 제 후회.

제 1 화

—

바닥 아래 숨은 것

옛날부터 나는 고개를 숙이고 다녔다.

성격이 어둡다거나 부정적이라거나 그런 정신적인 면을 말하는 게 아니다. 물리적 또는 육체적으로 고개를 숙이고 다녔다.

20년 가까이 전, 내가 아직 어린 소년이었을 적이다. 당시 초등학생이었던 나는 늘 친구들과 어제 본 텔레비전 방송이며 만화 이야기를 하며 등하교했다. 그러던 어느 날 한 친구가 물었다. 왜 늘 땅만 보고 다니냐는 단순한 질문이었다. 걸어 다닐 때는 땅을 보는 게 당연하지 않느냐고 오히려 의문을 품었지만, 그 친구의 말을 듣고 주변 사람들을 관찰한 결과 내가 이상하다는 사실을 알아차렸다.

정도에 차이는 있지만 걸을 때는 다들 앞을 똑바로 바라본다. 땅을 전혀 보지 않는 건 아니지만, 얼굴을 들고 있는 시간이 길다. 반대로 나는 땅을 보는 시간이 압도적으로 길다. 앞을 확인할 때는 힐끔힐끔 훔쳐보는 느낌이다. 그렇게 정면에 부딪힐 만한 사람이나 물건이 없는지 확인하고 다시 아래를 본다.

그게 보통이라 생각해 왔기에 충격이었다. 나는 평범한 아이인 줄 알았는데 친구의 말을 듣고 아니라는 걸 깨달았다. 주변 사람들과 다르다는 사실을 알자 어린 마음에도 나름대로 고민이 되어서 고치려고 했다. 하지만 아래를 보며 걷는 것이 이미 버릇이 된 터라, 의식하지 않으면 고개가 저절로 움직여 시선이 땅을 향했다.

한 달쯤 고생했을까.

내 입으로 말하려니 민망하지만 나는 어릴 적부터 청개구리 같은 성격이었다. 결국 오기에 가까운 감정으로 고개를 숙이고 다니기로 마음먹었다. 그래도 약간은 세상과 타협해 8 대 2 정도의 비율이 됐다.

걸을 때 보는 건 땅이 8이고 앞과 그 밖이 2, 이렇게 8 대 2다.

내 입장에서는 발밑을 확인하지 않고 앞만 보며 걷는 사람이 오히려 이상하게 느껴진다.

발이 걸릴 만한 턱, 물웅덩이, 씹다 뱉은 껌부터 개똥까지 땅에는 온갖 게 다 있다. 그것들을 피하려면 아래를 보는 수밖에 없다. 뭐, 얼굴을 들고 있어도 약간 앞쪽은 확인이 가능하다. 하지만 확인하고 나서 발이 거기에 다다르기까지 무슨 일이 일어나면 어쩌나 불안해서 견딜 수가 없다.

어쩌면 고양이가 갑자기 뛰어들지도 모른다. 모르고 걸어 찼다가 화난 고양이가 깨물기라도 하면 아플 것이다. 아스팔트 색깔과 똑같아 가까이에서 유심히 봐야 눈에 띄는 못이 위를 향하고 있을지도 모른다. 만약 발에 푹 꽂히면 피가 철철 흐를 것이다.

예측 불가능한 위협들을 피하기 위해 고개를 숙이고 걷는다. 세월이 흐르며 다소 나아졌다고는 하나, 어른이 된 후에도 유지하고 있는 습성이다.

별나다는 건 잘 안다. 하지만 이제 와서 그만둘 생각은 없다. 나는 지금까지 그래왔듯이 앞으로도 신중하게 살아갈 것이다.

"선생님, 안녕히 계세요."

"그래, 잘 가."

나는 기운찬 목소리로 인사를 받아주었다. 긴 복도를 걸어가면 열 살은 더 어린 학생들이 인사를 하며 지나간다.

지금 나는 교직에 있다. 적이 시골이라 할 수 있는 지역의 고등학교 선생님이다. 맡은 과목은 수학. 일이 재미있느냐고 물으면 고개를 갸우뚱하겠지만, 재미없느냐고 물으면 부정하리라. 선생님이 된 지 어느덧 5년째다.

방과 후, 내가 담임을 맡은 반의 문을 잠그고 교무실로 돌아가는 중이었다.

지나가는 학생들은 대부분 신난 표정이다. 오늘로 1학기 중간고사가 끝났고, 내일부터는 주말이기 때문이다. 시험은 매년 이 시기, 5월 20일 전후로 나흘간 치른다.

분명 심신이 해방된 기분이리라. 내가 학생이었을 때는 그랬던 것 같다. 그리운 추억이다.

신난 학생들과 달리 우리 교사들은 이제부터 산더미 같은 답안지를 채점해야 한다. 수업을 담당한 반의 인원수만큼 답안지가 많으니 아주 뼈 빠지는 작업이다. 몇몇 쾌활한 선배들도 이 시기에는 휴일에 뭘 할지 이야기도 꺼내지 않는다.

"안녕하세요, 사카구치 선생님."

또 누가 불러서 고개를 들었다. 걸을 때는 기본적으로 고개를 숙이고 있어서 내가 말을 걸기보다 누가 말을 걸 때가 많다.

"아아, 안녕하세요, 이시야마 선생님. 그건 뭔가요?"

대각선 앞쪽에서 이시야마가 걸어왔다. 올해 부임한 젊은 여교사다. 과목은 영어고, 2학년 담당이다.

이시야마는 가느다란 팔로 학생용 책상 두 개를 들고 있었다. 책상 위에 다른 책상을 거꾸로 얹어 한꺼번에 옮기는 중이었다.

"저희 교실 책상인데 전부터 상태가 별로였는지 체중을 실으면 삐익삐익 소리가 나더라고요. 그래서 바꿔주려고요."

이시야마는 근처에 책상을 내려놓았다. 소리가 얼마나 심한가 직접 보여주려는지 위에 올린 책상을 내리고 한가운데를 손으로 눌렀다. 귀에 거슬리는 소리가 나서 나는 무심코 인상을 찌푸렸다.

"어때요, 시끄럽죠?"

"그러게요. 공부에 방해가 되겠어요. 하지만 그런 건 자리 주인한테 시키면 되잖아요."

"네, 하지만 걔가 사용해서 책상 상태가 나빠진 것도 아닌데 미안하잖아요."

이시야마는 매사에 열심이고 성격도 밝지만 약간 어수룩한 면이 있다. 교환용 책상과 의자는 우리가 평소 사용하는 이 건물에는 없다. 밖으로 나가서 뒤쪽에 있는 낡은 구관 3층까지 가야 하니 많이 힘들 것이다. 이시야마는 다시 책상을 겹쳐 들고 영차영차 걸음을 옮겼다.

"저, 내가 도와줄까요?"

나는 무심코 제안했다. 구관에 엘리베이터 같은 건 없다.

이시야마가 책상을 들고 계단을 올라가는 모습을 상상하자 걱정돼서 그냥 지나칠 수 없었다.

"아유, 그럼 죄송한데요."

"소리 나는 책상을 방치한 건 작년에도 학교에 있었던 교사의 책임이에요. 이시야마 선생님한테 떠맡기면 선배 체면이 뭐가 되겠어요."

그럴싸한 이유를 대자 이시야마는 미안해하면서도 내 제안을 받아들였다. 나는 남자고 이시야마보다 선배다. 못 봤으면 모를까 봤으면 이 정도는 도와주어야 마땅할 것이다.

"같은 크기로 골라서 교실에 가져다 놓을게요."

이시야마를 대신해 책상을 들었다. 나는 특별히 힘이 세지는 않고, 오히려 체격은 빈약한 편이다. 그래도 아무것도 들어 있지 않은 책상 정도는 어렵지 않게 옮길 수 있다.

"감사합니다. 그럼 잘 부탁드릴게요."

"맡겨둬요."

나는 이시야마의 배웅을 받으며 걸어갔다.

자, 힘 좀 써보자. 우리 학교는 크게 신관과 구관으로 나뉜다. 내가 부임했을 무렵 새로 지은 건물이 신관이고, 나는 평소 이곳에서 지낸다. 구관도 아직 일부는 이동수업에 사용하고 동아리방도 있지만 나하고는 무관하다. 그리고 완전히 비어버린 3층은 현재 남는 책상과 의자를 보관하는 창고로 쓰고 있다.

나는 책상을 들고 천천히 걸었다. 서둘러야 하는 일도 아니므로 느긋하게 신관을 나섰다.

방과 후 학교. 이제 막 시험이 끝났는데 벌써 동아리 활동을 시작한 학생들이 운동장에서 전력 질주 하고 있었다. 트랙을 엄청난 속도로 달려가는 모습으로 보건대 육상부다.

온 힘을 다해서 달려본 지가 언제인지. 학생들을 보고 문득 생각해 보았지만 기억이 나지 않는다. 운동 부족을 실감했다.

나는 고개를 숙이고 다니는 인간이다. 그러나 물론 뛰거나 운동을 할 때는 포기하고 앞을 본다. 다만 정비된 운동장이나 평평한 체육관에서만 그렇다. 운동을 한답시고 길거리를 뛰어다닐 마음은 손톱만큼도 없다. 분명 평생 이렇게 살 것이다. 이러다 나이가 들어 허리가 굽으면 내 라이프스타일에 딱 맞을지도 모르겠다는 생각이 든다.

하지만 마음까지는 구부러지지 않도록 주의한다. 고개를 숙이고 다녀서 소극적으로 보이지만, 한때는 남을 돕는 일에 푹 빠지기도 했다. 진부하지만 애니메이션과 변신 히어로 드라마의 주인공을 동경하던 시기도 있었고…. 뭐, 남자들 가운데 몇 퍼센트가 젊은 시절에 치르는 홍역이라고 보면 된다. 그러한 윤리관이 직업을 선택할 때도 무의식중에 영향을 줬는지도 모르겠다.

나는 교사라는 직업에 청렴결백하다는 이미지를 품고 있었다. 남을 돕고 싶다면 경찰관이나 소방관이 되는 길도 있다. 그렇지만 개인적인 이유로 교사를 목표로 삼았다. 실은 기초 체력 부족이 근본적인 원인이었다.

이렇게 부족한 나 자신에 대해 생각하는 바가 많았지만, 요즘은 어디까지나 과거의 일로 받아들이게끔 됐다. 인간은 변하는 법이니까. 애당초 현실에서 내가 꼭 필요한 문제는 거의 발생하지 않는다. 그러자 복잡한 생각도 많이 사그라져서 지금은 그저 취미로 영화나 보며 평범한 삶을 살고 있다.

10분쯤 지나 구관 3층에 도착했다.

계단이 끝나고 복도에 접어들어 나는 잠시 걸음을 멈췄다. 바닥이 몹시 미끄러웠다. 책상이 시야를 가려 발치가 보이지 않는 것도 불안했다. 나는 책상을 내려놓고 관찰 가능한 범위에 혹시나 위험한 요소가 없는지 복도를 한번 확인하기로 했다. 나는 교환용 책상이 있는 빈 교실까지 고개를 숙이고 걸었다.

복도에는 마루판이 타일처럼 깔려 있었다. 마루판은 네 변의 길이와 내각의 크기가 전부 동일한 사각형, 즉 정사각형이다. 한 변의 길이는 30센티미터쯤 될까. 딱딱하고 색깔은 옅은 갈색이다. 구둣발로 밟자 소리가 잘 울려 퍼졌다.

늘 신관에서 밟고 다니던 바닥재와 종류가 다르다. 미끄럼을 방지하기 위해 코팅한 흰색 수지 시트를 깔아놓아서 발소리가 잘 나지 않는다. 그래서인지 구관 바닥은 밟는 느낌이 신선했다.

빈 교실까지 가는 길에 아무 문제도 없는 것을 확인하고 책상을 놓아둔 계단 옆으로 되돌아갔다. 역시 고개를 숙이고 걸어가다 아까 지나갈 때는 몰랐던 사실을 알아차렸다.

자잘한 흠집이다.

자세히 보니 마루판에 자잘한 흠집이 가득했다. 몇 밀리미터 크기의 작은 구멍도 군데군데 뚫려 있었다. 구관을 사용하던 당시는 수많은 학생들이 돌아다녔을 테니 분명 그때 생긴 흠집이리라. 그렇게 생각하자 문득 세월이 느껴졌다.

둘러보고 있자니 뭔가가 눈길을 끌었다. 복도 한복판에 있는 마루판 하나만 색감이 다른 것과 달랐다. 어째선지 그 마루판만 깨끗하니 흠집도 거의 없었다. 밟아보자 거기만 덜 미끄러웠다.

"저어, 죄송합니다."

아래를 보며 고개를 갸웃거리고 있는데 갑자기 누가 말을 걸어서 깜짝 놀랐다. 고개를 들자 여학생 하나가 앞에 서 있었다. 언제 다가왔을까? 미처 몰랐다. 그리고 누군지도 모르

겠다. 수업을 맡은 반 학생 말고는 아무래도 잘 알고 지내기
가 힘들다.

학생은 인형처럼 이목구비가 단정했다. 검고 매끄러운 긴
머리는 끝을 가지런히 다듬었다. 척 보기에도 차분한 분위기
였다. 내가 반응하자 학생이 입을 열었다.

"이시야마 선생님 못 보셨어요?"

"어, 여기에는 없으니 교무실 아닐까."

"그런가요… 혹시 저기 있는 제 책상, 선생님이 가져오신
건가요?"

학생은 오른팔을 뻗어 집게손가락으로 계단 쪽을 가리켰
다. 나는 고개를 끄덕였다.

"이시야마 선생님 대신 가져왔는데, 왜 그러니?"

그러자 학생은 "아아, 그러셨군요." 하며 이해했다는 표정
을 지었다.

"소리 나는 책상을 바꿔주겠다고 하시길래 부탁드렸는데,
생각해 보니 선생님한테 떠맡긴 거잖아요. 죄송해서 도와드
리려고 왔어요."

가지고 온 책상은 두 개다. 즉, 둘 중 하나를 사용하는 학생
이다. 일부러 도와주러 오다니 참 예의 바르다 싶어 감탄했다.

"오늘 시험 치느라 고생했잖아. 크게 힘든 일도 아니니까
괜찮아. 이만 집에 가서 쉬렴."

"아니에요, 제 책상은 제가 옮길게요."

학생은 똑 부러지게 말했다. 학생이 자발적으로 도와주겠다는데 딱 잘라 거절하기도 좀 그랬다.

"그럼 하나만 부탁할까? 저기 빈 교실로 옮기면 돼."

내가 부탁하자 학생은 예의 바르게 대답하고 몸을 빙글 돌려 계단 쪽으로 향하다가 작은 비명을 지르며 엉덩방아를 찧었다. 복도를 걸어가다 미끄러진 모양이다.

"저런, 안 다쳤니?"

"네, 괜찮아요. 복도가 미끄러워서."

학생은 재빨리 일어서서 치마에 묻은 먼지를 털었다. 확실히 바닥이 미끌미끌하다. 복도에는 발바닥에 걸릴 만한 것이 전혀 없다. 자잘한 흠집은 많지만 재질 탓인지 마찰력이 낮다. 예전에도 몇 번 여기 와봤는데 이렇게 미끄러웠던가. 기억이 나지 않았다.

학생은 이번에는 미끄러지지 않고 책상이 있는 곳에 도착해 으쌰, 하고 소리를 내며 책상 위에 거꾸로 놓인 책상을 들어 올렸다.

나는 나머지 하나를 들었다. 함께 빈 교실로 가지고 가서 산더미같이 쌓인 책상과 의자 사이에 내려놓았다. 필요 없어진 책상은 재활용되지도 처분되지도 않고 앞으로 쭉 여기에 방치되리라. 구관에는 그런 물건이 많다.

"여기에 있는 건 남는 물건이니까 마음에 드는 걸 고르렴."

"그럼 최대한 깨끗한 게 좋겠네요."

학생은 쌓인 책상 사이를 누비며 안쪽으로 들어갔다. 어떤 것을 고를지 살펴보는 모양이다. 하나 더 교환해야 하니 나도 찾아보기로 했다. 크기가 똑같고 소리가 나지 않으면 괜찮을 것이다. 마침 근처에 비교적 새것으로 보이는 책상이 있어서 체중을 실어 상태를 확인했다. 딱히 문제는 없어 보여서 그걸로 결정했다.

문득 손을 보자 책상을 만진 부분이 잿빛으로 더러워졌다. 아무도 사용하지 않은 탓인지 책상에 먼지가 많이 앉았다. 나중에 걸레로 닦아야겠다.

"선생님, 조심하세요!"

먼지를 탁탁 털고 있는데 갑자기 그런 소리가 날아들었다. 동시에 옆에 높이 쌓여 있던 책상이 이쪽으로 쓰러졌다. 나는 달아날 틈도 없이 휘말렸다. 우당탕우당탕하며 둔탁한 소리가 요란하게 울려 퍼졌다.

"죄송해요, 선생님. 쓸 만해 보이는 책상이 있길래 잡아당겼더니 다른 책상이 넘어져서."

책상을 고르던 학생이 허둥지둥 다가왔다. 나는 간발의 차로 책상에 깔리지 않았다. 넘어졌지만 순간적인 기지를 발휘해 곁에 있던 책상 밑으로 몸을 밀어 넣은 덕분에 무사했다.

"괜찮으세요?"

학생이 미안한 듯한 표정으로 위에서 나를 들여다보았다. 특별히 다친 곳은 없었다.

"…이번에는 무사했지만, 조심 좀 하렴."

나는 책상을 치우고 비슬비슬 일어섰다. 오랜만에 간담이 서늘해지는 경험을 해서 그런지 화낼 기력도 없었다.

이렇게 말하면 미안하지만 이 학생은 꽤나 덜렁이가 아닐까 싶다.

쓰러진 책상을 정리하고 교실을 나섰다. 새 책상은 물론 나와 학생이 하나씩 들었다. 둘이 한 줄로 서서 걸었다. 학생이 앞이고 내가 뒤다.

"선생님, 아까 이 마루판을 보고 계셨죠?"

미끌미끌한 복도를 나아가던 학생이 갑자기 멈춰 서서 나도 걸음을 멈췄다. 학생은 한 장만 색감이 다른 마루판을 가리켰다.

"여기만 주변과 다른 것 같아서. 바닥이 빠져서 나중에 보수했나?"

확실히 신경이 쓰였다. 의문이 생기면 답을 내고 싶다. 대학에서 수학을 공부할 때 주변에 있던 사람들이 전부 그런 성격이라 나도 영향을 받은 것이리라.

"아니에요, 선생님. 이 마루판은 반대쪽 면이에요."

학생은 고개를 저었다. 반대쪽 면이라니 무슨 소리일까?

"분명 그것의 소행이에요."

이어서 그런 말을 했다. 그것의 소행? 무슨 소리인지 통 모르겠다.

"그것이라니, 그게 뭔데?"

학생이 다시 걸음을 옮기기에 부랴부랴 따라갔다.

"선생님은 모르시는군요."

"응, 뭔지 짐작도 안 가는걸."

"알고 싶으세요?"

"가르쳐준다면 알고 싶어."

앞뒤로 나란히 서서 책상을 옮기며 대화했다. 계단 어귀에 도착하자 학생은 지르밟듯 계단을 천천히 한 단씩 내려갔다.

"여기에는 분명 그게 있어요."

"뭐가 있다고?"

"그거요. 요즘은 아주 보기 드물죠. 그건 반듯한 정사각형 마루판을 좋아해요. 특히 나무가 취향인 모양이니 구관은 최적의 환경이겠죠."

"하긴 나무는 구멍이 나기도 하니까 요즘은 바닥에 죄다 튼튼한 소재로 만든 바닥재를 깔지."

학생이 갑자기 꺼내놓은 '그것'에 대한 대답은 너무 뜬금없었다. 과연 가르쳐줄 마음이 있는 건지 없는 건지.

"맞아요. 그래서 보기 드물죠. 아무튼 그건 밤이 되면 마루
판을 뒤집어요. 한 번에 많이는 아니고요. 몰래 한 장씩요."

어쩌면 농담 삼아 일종의 장난을 치고 있는 건지도 모른
다. 주변에서 어떤 현상이 나타났을 때 거기에 적당한 설정
을 추가하는 놀이다. 옛날에 친구들끼리 비슷한 놀이를 했던
기억이 있다.

"한 장만 색감이 다른 마루판도 그 녀석 소행이라는 거니?"

한 장만 뒤집어진 마루판의 수수께끼. 그 이유를 그럴듯하
게 각색한다. 나는 학생의 장난을 받아주기로 했다. 말없이
책상을 나르는 것보다는 재미있다.

"네. 기본적으로는 무해하지만, 만약 마주쳤을 때 그것이
뒤집으려고 하는 마루판 위에 있으면 큰일 나요. 그러니 선
생님도 조심하세요."

"무섭네. 만약 마주치면 어떻게 해야 하지?"

"간단해요. 그건 한번 뒤집은 마루판을 다시 뒤집지는 못
하거든요."

"어, 그럼."

"이미 뒤집어진 마루판 위에 있으면 안전하다는 뜻이죠.
그대로 그게 사라지길 기다리면 돼요."

"…그렇구나."

어디까지나 진지한 말투라 농담하는 것처럼 보이지는 않았다. 하지만 역시 터무니없다. 마루판을 뒤집는다지만 단단히 고정되어 있는 마루판이 쉽사리 뒤집힐 리 만무하다. '그것'이라는 존재를 빼더라도 솔직히 논리와는 거리가 먼 이야기다.

"선생님, 안 믿기시죠? 뭐, 그래도 상관없지만요."

마치 내 마음을 꿰뚫어 본 것처럼 학생이 말했다.

"음, 뭐, 글쎄다."

사실 그랬지만 대놓고 긍정하기도 좀 그래서 나는 말을 얼버무렸다.

"사카구치 선생님, 감사합니다."

교무실로 돌아가자 이시야마가 다가왔다. 다른 마음이 있었던 건 아니지만 젊은 여자에게 고맙다는 인사를 듣자 기분이 나쁘지는 않았다. 이시야마는 차를 우려서 내 자리로 가져왔다. 김이 피어오르는 찻잔을 쟁반에서 책상으로 옮긴다. 좋은 향기가 나는 갈색 액체는 호지차(ほうじ茶. 볶은 찻잎으로 만든 차 — 옮긴이)였다.

"새 책상은 교실에 가져다 놨어요. 먼지가 많이 앉았는데 선생님 반 학생이 닦겠다고 했어요."

"어머, 누가요?"

"삐익삐익 소리 나는 책상을 쓰던 학생 중 한 명이요. 검은 머리를 길게 길렀던데. 책상 나르는 걸 도와주려고 구관까지 왔더라고요."

"아, 분명 마쓰리비 사야일 거예요."

"아아, 걔가 그…. 마쓰리비라니 희귀한 성씨네요."

이름은 들어봤지만 얼굴은 몰랐다. 목이 말라서 호지차를 마시려고 찻잔을 집었지만 아직 뜨거워서 그만뒀다.

"품행이 방정하고 1학년 때부터 성적도 좋아서 흠잡을 곳 없는 모범생이라고 들었어요. 제가 담임이 되고 아직 두 달도 안 지났지만, 들리던 이야기가 틀리지는 않았던 모양이네요."

이시야마가 자기 반 학생을 극찬했다. 나는 웃음으로 비위를 맞춰주었다. 방금 전에 그 학생 때문에 책상에 깔릴 뻔했지만.

"자랑스럽겠어요."

"아무래도 그런 학생이 있으면 기쁘죠."

실제로 손이 많이 가지 않는 학생이 귀하기는 하다. 요즘 스마트폰 화면을 보며 돌아다니는 이른바 '스마트폰 좀비'가 문제인데, 등하교 때 학생들이 그런다는 보고가 들어와서 교직원회의 때 안건으로 다루었다. 스스로 시야를 가리다니, 가능한 한 땅을 확인하며 걷는 나로서는 도저히 이해가 안 되는 짓이다.

그 후로 5분쯤 둘이 잡담을 나누었다. 얼마 전에 좋아하는 감독의 신작을 개봉하자마자 보러 갔는데, 주인공이 초현실적으로 디자인된 멋진 권총을 사용했다. 그 이야기를 하자 이시야마가 "권총을 가지고 싶으세요?" 하고 아주 진지한 표정으로 물었다. 물론 나는 고개를 저었다. 이시야마는 약간 순진한 구석이 있어서 공을 던지면 엉뚱한 방향으로 받아치고는 한다.

　영화 이야기를 하고 있으니 그리운 옛 생각이 났다. 내게는 나처럼 영화 감상이 취미인 지인이… 있었다.

　"그런데 이시야마 선생님, 구관에 뭔가 나온다는 이야기 들어봤어요?"

　적당히 식은 호지차를 마시다 마쓰리비 사야가 한 말이 떠올라 물어보았다. 믿는 건 아니지만 지금 생각해 보니 마냥 농담은 또 아닌 듯했다. 어쩌면 학생들 사이에 학교 괴담이 떠돌고 있는지도 모른다.

　"뭔가라니, 뭔데요?"

　"아니에요. 짚이는 게 없으면 잊어버려요."

　가벼운 기분으로 물어봤는데 이시야마는 고개를 갸웃하며 진지하게 생각에 잠겼다. 어쩐지 미안했다.

　"아아, 혹시 그건가. 그거라면 알아요."

　"정말요?"

잠시 후 이시야마가 꺼낸 말을 듣고 나는 기대감에 몸을 내밀었다. 마쓰리비 사야가 모호하게 설명하고 넘어간 '그것'의 정체를 여기서 알 수 있을까?

"거기에는….."

"거기에는?"

"쥐가 나와요. 쥐는 없는 곳이 없다니까요. 거기는 먹을 것도 없을 텐데 대체 뭘 먹고 사는 걸까. 옛날에 어느 집에서 쥐를 좀 잡아달라고 부탁한 적이 있었는데… 왜 그러세요?"

"아니요, 아무것도 아니에요."

허무함이 밀려오는 동시에 진지하게 듣고 있던 것이 조금 부끄러워졌다.

그건 그렇고 이시야마처럼 젊은 여자한테 쥐를 잡아달라고 부탁한 사람은 대체 무슨 생각이었을까? 의문이다.

내 자리에 앉아 산더미처럼 쌓인 답안지를 한 장씩 채점하는 동안 해가 져서 창밖이 완전히 어두워졌다.

수학 증명 문제는 동그라미도 가위표도 아니고 세모가 되는 답안이 몹시 많기 때문에 채점에 시간이 많이 든다. 꼭 이번 시험만 그런 건 아니다. 다들 일단 아는 공식과 풀 수 있는 부분까지는 해답란에 적다 보니 그렇게 된다. 하지만 귀찮다고 완벽한 답안만 정답으로 인정하면 평균 점수가 쑥 내려가서 내 수업에 문제가 있는 것 아니냐고 학생주임에게 의심받는다. 균형을 잡기가 힘들어서 머리가 아프다.

"사카구치 선생님, 퇴근 안 해요?"

"아, 네. 슬슬 가야죠."

또래 교사가 묻기에 이만 집에 가기로 했다. 시간이 갈수록 남아서 일하는 교직원들이 조금씩 줄어들어, 이제는 고작 몇 명밖에 남지 않았다. 돌아갈 채비를 하고 의자에서 일어섰다. 내내 앉아 있었더니 온몸이 뻐근했다. 채점은 다 못 했지만 내일 또 하면 된다.

일과를 마감하는 분위기에 영향을 받아 남아 있던 교직원들도 퇴근하기로 한 모양인지 짐을 주섬주섬 정리해 차례차례 일어섰다. 나는 잊어버리기 전에 우리 교실 열쇠를 보관함에 돌려놓으려고 했다. 퇴근할 때 교실 열쇠를 문 옆에 달린 열쇠 보관함에 넣는 것이 규칙이다.

보관함 앞에 가서 열쇠를 꺼내려고 양복 주머니를 뒤적였다. 그런데 없다. 이상하다. 마음이 급해졌다.

"어디 갔지…."

혹시나 몰라 다른 호주머니도 뒤졌지만 교실 열쇠는 어디에도 없었다. 설마 잃어버렸나? 각 반 담임에게 주어진 교실 열쇠를 잃어버리면… 여러모로 골치가 아프다. 상상도 하기 싫다.

"왜 그러세요?"

동료가 당황한 내 모습을 보고 말을 걸었다. 사정을 설명하자 같이 찾아보자고 제안했다. 마음 씀씀이는 고맙지만 일단 대답을 미루고 마지막으로 열쇠를 사용한 기억을 더듬어보았다. 분명 방과 후, 이시야마와 복도에서 마주치기 전에 교실 문을 잠갔다. 그때는 호주머니에 들어 있었다. 그다음에 이시야마 대신 책상을 구관으로 옮겼고, 거기서….

"아니요, 괜찮아요. 교무실은 제가 잠글 테니 먼저 퇴근하세요."

기억 속에서 실마리를 찾았으므로 동료의 제안은 거절했다. 열쇠는 분명 구관의 빈 교실에 있다. 낮에 거기서 마쓰리비 사야가 쌓여 있던 책상을 넘어뜨리는 바람에 나도 넘어졌다. 그때 떨어뜨린 것 같다. 짐작 가는 일은 그 정도밖에 없었다.

나는 구관 열쇠를 가지고 교무실을 나섰다. 움직이니 배고픔이 밀려왔다. 낮부터 아무것도 못 먹었다. 빨리 끝내고 집에 가고 싶었다.

잠긴 입구를 열쇠로 열고 구관으로 들어갔다. 어차피 금방 돌아갈 테니 열쇠는 그냥 꽂아두었다. 당연하지만 아무도 없는 데다 컴컴해서 묘하게 으스스했다. 복도 불을 켜고 걸어갔다. 형광등 불빛이 어쩐지 흐릿했다. 자연스레 걸음이 빨라졌다. 이럴 때도 나는 고개를 숙이고 걷는다. 이번에는 계단 불을 켜고 목적지를 향해 뛰어 올라갔다.

3층에 도착해 미끄러운 복도에 들어섰다.

까릭. 어디선가 그런 소리가 들린 것 같다. 뭔지 궁금해서 걸음을 멈추고 귀를 기울였다.

너무 고요해 귓속에서 지잉 하고 귀울림이 들리는 것 같았다. 아까 그 소리는 다시 들리지 않았다. 잘못 들었는지도 모른다. 고개를 기우뚱한 뒤 창고로 사용하는 빈 교실로 걸어 갔다. 발소리가 낮보다 더 크게 울려 퍼지는 것 같았다.

교실에 도착해 불을 켜고 낮에 넘어진 곳 부근을 유심히 살폈다. 파란 끈이 달린 은색 열쇠가 어딘가에 있을 것이다.

바닥을 살핀 지 1분도 지나지 않아 열쇠를 찾았다. 벽 바로 앞에 덜렁 떨어져 있었다. 신용 문제로는 번지지 않겠구나 싶어 안도하며 가슴을 쓸어내렸다.

열쇠를 주워 양복 주머니에 넣고 교실을 나서서 복도를 걸어갔다.

까릭까릭. 소리가 방금 전보다 선명하게 들렸다. 잘못 들은 게 아니다. 마치 단단한 것으로 뭔가를 긁는 듯한 소리다. 이시야마가 말한 쥐일까? 정말로 있었나 보다.

까릭까릭, 까릭. 소리가 연속해서 들렸다. 어딘지 궁금해서 조용히 걸으며 귀를 기울였다. 아무래도 바닥 밑에서 들리는 것 같았다.

까릭까릭. 틀림없다, 바닥 아래다….

문득 마쓰리비 사야의 이야기가 떠올랐다. 마루판을 뒤집는다는 '그것'에 관한 이야기 말이다. 그때는 농담으로 듣고 흘려 넘겼으면서 지금은 묘한 긴장감이 샘솟다니 나답지 않다 싶어 한숨을 푹 쉬었다.

소리는 그치지 않았다. 나는 계단을 향해 나아갔다. 점점 소리가 가까워졌다.

쿵. 갑작스레 지금까지와는 다른 소리가 나서 몸이 굳어버렸다. 주먹으로 얇은 벽을 두드리는 듯한 소리였다. 온몸에 소름이 쫙 끼쳤다.

바닥 밑에 뭔가 있다. 분명 쥐는 아니다. 쥐라면 이렇게까지 큰 소리는 내지 못할 것이다.

'만약 마주쳤을 때 그것이 뒤집으려고 하는 마루판 위에 있으면 큰일 나요.'

마쓰리비 사야의 말이 문득 머릿속에 되살아났다. 동시에 공포가 몸을 뒤덮기 시작했고 꺼림칙한 망상이 나를 사로잡았다. 하지만 '그것'이 어느 마루판을 뒤집으려 하는지 짐작도 가지 않았다. 전혀 믿지 않았지만 지금은 반신반의다. 일단 마음이 기울자 냉정함을 유지할 수 없었다. 호흡이 점점 거칠어졌다.

그러고 보니 마쓰리비 사야는 '그것'과 마주쳤을 때 어떻게 하면 되는지도 알려주었다. 건성으로 주고받은 대화를 간신히 기억해 냈다.

그래… 분명 뒷면이다.

희미한 형광등 불빛을 받으며 마루판 한 장을 찾았다. 수없이 깔린 마루판 중에 유일하게 주변과 색감이 다른 마루판이다. 어딘지 대강 기억하고 있었기 때문에 어렵지 않게 찾아냈다.

마쓰리비 사야의 말이 또다시 머릿속에 되살아났다.

'이미 뒤집어진 마루판 위에 있으면 안전하다는 뜻이죠.'

'그것'은 한번 뒤집은 마루판을 다시 뒤집지는 못한다고 했다. 즉, 흠집 없이 깨끗한 이 마루판 위에서 버티면 안심이다.

나는 즉시 그 마루판 위에 두 발로 섰다. 가로세로 30센티미터쯤 되는 정사각형에 구두가 딱 들어맞았다. 불편한 자세지만 어쩔 수 없다. 나는 최대한 꼿꼿이 섰다.

까릭까릭 하는 소리가 멈추지 않고 근처에서 계속 들려왔다. 아주 가깝다. 바로 아래쯤이 아닐까 싶었다. 정말로 괜찮을지 점점 불안해졌다. 하지만 다른 마루판으로 옮겨 갈 배짱은 없었다.

까릭까릭, 까릭까릭. 소리가 들릴 때마다 거칠어진 호흡이 더 빨라졌다. 손에 땀이 배었다. 초조해 죽을 지경이었다. 머리가 경보를 울리며 뭔가를 호소했다. 그것은 바로 위화감이었다. 내 생각과 행동에 대한 위화감.

까릭까릭, 까릭까릭. 소리가 바로 밑에서 들려왔다. 왜, 어째서 바로 밑일까. 그걸 생각하라고 머리가 스스로를 채찍질했다.

쿵. 또 큰 소리가 나자 나는 고개를 숙여 평소처럼 아래를 보았다. 이러고 있으면 어려운 수식을 풀어낼 힌트가 번쩍 떠오르곤 한다. 그래서 옛날부터 고개를 숙였다. 입시 때도, 이 학교에 부임할 때도, 중요한 순간이면 마음을 다스리기 위해 나는 늘 고개를 숙였다.

호흡이 서서히 일정한 리듬을 되찾았다. 땀이 흥건한 손을 바지에 문질렀다. 괜찮다. 이건 문제가 풀릴 때 찾아오는 감각이다.

그리고 나는 드디어 위화감의 정체를 알아차렸다.

반대다.

내가 뒷면이라고 여기고 올라선 마루판. 흠집 없이 깨끗해 보이는 데다 수많은 마루판 중에 딱 한 장이라 뒷면이라고 철석같이 믿었다. 하지만 아아, 맙소사.

지금 발밑에 있는 깔끔한 마루판. 이것이 앞면이었다.

생각해 보면 개구쟁이 학생들이 아무리 험하게 뛰어다닌들 마루판 하나하나마다 자잘한 흠집이 생기는 건 이상하다. 흠집은 '그것'이 낸 것이다. 바닥 밑에 숨어 까릭까릭 소리를 내는 이 녀석이 딱딱한 뭔가로 긁어서….

내 오산이었다. 설마 마루판이 거의 다 뒤집어졌을 리는 없다고 섣불리 단정했다.

선입견은 문제 풀이에 방해가 된다. 예전에 풀어본 문제라고 자칫 방심하면 아무리 시간을 들여도 풀지 못한다. 복도가 미끄러운 건 당연하다. 뒷면에는 미끄럼 방지 왁스를 칠하지 않았으니까.

상황을 이해하자마자 나는 옆으로 홀쩍 뛰었다. 마음만 급하고 몸이 말을 잘 듣지 않아 바닥에 우당탕 쓰러졌다. 나는 뒤로 물러나려고 아픔을 참으며 미친 듯이 발버둥 쳤다. 빨리, 얼른 앞면이 위로 놓인 마루판에서 멀어져야 한다. 안 그러면 뭔가 큰일이….

그 직후에 까릭까릭 하는 소리가 멎더니 덜컥하고 건조한 소리가 들렸다.

내가 방금 전까지 서 있던 곳을 보았다. 마루판이 기울어지다 도중에 멈췄다. 바닥과 거의 수직을 이룬 상태다. 나는 숨을 삼켰다. 노인처럼 비쩍 마른 팔이 천장을 향해 뻗어 나왔기 때문이다. 구멍에서 쑥 튀어나온 팔은 오래된 목재처럼 칙칙한 갈색이었고, 부자연스럽게 길어서 기괴해 보였다. 인간의 팔이 아니라는 것만은 확실했다. 손가락 끝에는 길쭉하고 누리끼리한 손톱이 달려 있었다. 어쩌면 저걸로 밑에서 마루판을 긁었는지도 모른다.

심장이 미친 듯이 뛰었고 식은땀이 이마와 등을 줄줄 흘러내렸다. 정적 속에서 시간이 멈춘 것처럼 느껴졌다. 튀어나온 팔이 어째선지 꼼짝도 하지 않아 점점 바닥 밑에서 자라난 나무같이 느껴졌다.

눈을 돌리지 않고 가만히 지켜보고 있으니 다른 뭔가가 움직이는 기척이 느껴졌다.

다다다닥. 작은 소리가 빠른 리듬으로 들려왔다. 나는 미치고 팔짝 뛸 것 같은 기분으로 눈앞의 팔에 신경을 집중한 채 다가오는 뭔가를 시야 가장자리로 힐끔 확인했다.

그것은 불을 켜지 않아 어두운 복도 저편에서 나타났다. 벽을 따라 재빨리 이쪽으로 다가온다.

짙은 회색 동물, 쥐가 이제 와서 그 모습을 드러냈다.

아무래도 이시야마의 말도 사실이었던 모양이다.

쥐는 먹이를 찾는지 코를 바닥에 댄 채 똑바로 이동했다. 그러고는 바닥 밑에서 뻗어 나온 팔 옆을 지나치며 찍찍 울었다.

그 순간 지금까지 미동도 없던 긴 팔이 벼락같이 움직여 바닥을 쾅 내리쳤다.

팔이 천천히 올라갔다. 손에 쥐를 쥐고 있었다. 쥐는 아직 살아 있는 듯했지만 아무 저항도 못 하고 비명 같은 울음소리만 토해냈다.

이윽고 팔은 쥐를 움켜쥔 채 천천히 빨려 들 듯 바닥 아래 어둠 속으로 되돌아갔다.

수직으로 기울어진 마루판이 다시 움직였다. 기묘한 광경이었다. 바닥이 재빨리 회전해 뒤집어지며 바닥의 구멍을 덮었다. 이로써 주변의 마루판은 전부 뒤집어진 셈이다.

나는 넋이 나가 주저앉은 자세로 잠시 움직이지 못했다. 마루판이 덮이기 직전에 보았기 때문이다. 한순간이지만 똑똑히 보았다.

바닥 밑에서 이쪽을 노려보는 노랗게 빛나는 두 눈을.

간발의 차였다. 그대로 서 있었다면 지금쯤….

나는 떨리는 다리에 힘을 주어 간신히 몸을 일으키고 부리나케 교무실로 돌아갔다. 이미 다들 돌아간 듯 교직원은 아무도 없었다. 빈자리에 앉아 겨우 마음을 추스른 후에야 중요한 사실을 알아차렸다.

호주머니에 넣어둔 교실 열쇠가 없었다.

짐작 가는 곳은 있다.

분명 구관 3층. 미끄러운 복도에서 '그것'으로부터 달아나려고 몸을 날렸을 때 떨어뜨린 것이다.

…이제 어쩌지.

제 2 화

—

기척

이상한 기척이 느껴져 눈을 떴다.

이부자리에 누운 채 머리만 움직여 어두운 방구석으로 시선을 돌렸다. 그것은 사락사락하고 소름 끼치는 소리를 내고 있었다. 길쭉한 몸뚱이. 어마어마하게 많은 다리. 머리에는 더듬이. 크기는 사람 팔뚝만 하다. 한마디로 설명하면 커다란 지네다. 하지만 너무 크다. 신청하면 기네스북에 오를 것이다.

이런 유의 벌레를 질색하는 사람이 보면 기절하리라. 나도 처음에는 얼굴에서 핏기가 싹 가셨다. 하지만 매일 밤마다 목격하다 보니 이제는 익숙해졌다.

놈이 가까이 다가왔다. 이부자리까지 고작 몇 미터 거리다. 하지만 거기서부터는 더 이상 접근하지 않는다. 늘 그렇다. 표정은 알아볼 수 없지만 탐난다는 듯 이쪽을 바라보는 기분이다. 놈은 보통 몇 분쯤 그러고 있다가 사라진다.

놈과 마주 보고 있으니 갈비뼈와 폐 언저리가 아파왔다. 나는 참지 못하고 인상을 찡그렸다. 숨이 잘 안 쉬어졌다. 욱신욱신하니 견디기 힘든 고통이 몰려왔다.

석 달쯤 전부터 가슴이 이렇게 아프기 시작했다. 밤에 잘 자다가 갑자기 괴로워진다. 불안해서 요전에 병원에 갔더니 늑간신경통일 거라고 했다. 몸에 뚜렷한 이상이 있는 건 아니라 원인은 알 수 없다. 아직 10대 중반인데 생활 습관이니 스트레스니 별별 소리를 다 들었다.

대처법은 편한 자세를 취하고 아픔이 가실 때까지 참는 것뿐이다. 의사는 진통제를 권했지만 약효가 제대로 나타나기 전에 아픔이 가실 테니 별 소용이 없다. 아픈 건 길어도 10분 정도다. 진통제를 먹든 말든 알아서 나아진다.

천장을 보고 누워 식은땀을 흘리며 얕은 호흡을 되풀이하고 있으니 통증이 서서히 누그러졌다. 몇 분이나 지났을까. 호흡이 편해지자 놈은 어느덧 사라지고 없었다.

몸을 일으켜 방구석을 바라보았다. 아무 흔적도 없었다. 그저 어둠이 깃들어 있을 뿐이다.

저 커다란 지네는 대체 어디서 나타나서 어디로 사라지는 걸까. 처음에는 닷새였던 간격이 점점 줄어들어 지금은 매일 밤 모습을 드러낸다.

그러고 보니 놈도 늑간신경통처럼 석 달쯤 전부터 나타나지 않았던가?

아침에 늦잠을 잤다. 기분이 개떡 같았다.

학교에 지각을 할지 말지 미묘한 시간대였다. 어젯밤 한 번 깬 뒤로 제대로 잠을 이루지 못했다. 바깥이 밝아지고 커튼 틈새로 빛이 비쳐 들 즈음에야 겨우 잠들었다. 서둘러 아침을 먹었다. 어머니 잔소리에 귀가 따갑다. 그럴 거면 좀 깨워주지.

교복으로 갈아입은 후 가방을 들고 밖으로 뛰쳐나갔다. 요즘은 학교에 갈 준비를 전날 최대한 해놓는다. 오늘 같은 사태에 대비해서다.

역에 도착해 전철을 탔다. 평소보다 두 대는 더 지나갔다. 도시에서야 5분마다 전철이 오겠지만 여기서는 그렇지 않다. 벽촌이라 할 정도는 아니지만 전철을 한 대 놓치면 적어도 15분은 기다려야 하는 지역이다.

학교 근처 역에서 내려 종종걸음을 쳤다.

학교까지 걸어서 10분. 체력 안배를 위해 전력 질주는 하지 않는다. 4월 초에는 벚꽃이 만개했던 강변길을 나아간다.

지금은 파릇파릇한 잎사귀가 눈부신 햇살을 막아 그늘을 만들어주고 있다.

6월에 접어들고 일주일이 지났다. 이러다 장마가 지나면 확 더워진다.

도중에 붉은 다리와 신사 입구가 보였다. 강에 걸린 나무 다리는 그렇게 크지 않다. 지척에 있는 오래된 신사와 색깔을 맞추려는지 난간을 붉게 칠했는데 나쁘지 않은 분위기다. 꽃이 피는 시기에는 벚꽃과 다리가 어우러져 화사한 풍경을 자랑한다.

여기는 역과 학교의 중간 지점에 해당한다. 스마트폰으로 시간을 확인했다. 이대로 가면 조회 시간에 맞출 수 있을지 불안하다. 출석을 확인할 때 없으면 지각으로 처리된다.

앞쪽에 나처럼 지각할 것 같은 학생이 몇 명 뛰어가고 있었다. 그중 한 명이 직각으로 꺾어서 신사 입구에 서 있는 돌로 된 도리이(鳥居. 신사 입구에 세운 두 기둥 문―옮긴이)를 통과했다. 학생들 사이에서 유명한 지름길이다. 신사를 가로지르면 학교까지 거리를 단축할 수 있다.

특별한 이유가 없다면 지름길을 사용하는 게 최고다. 하지만 내게는 이유가 있었다. 신사 쪽으로 꺾지 않고 곧장 나아갔다. 그때였다.

"거기 앞에 가는 사람!"

"네?"

갑자기 누가 불러서 돌아보았다. 아는 사람은 아니었다. 검은 머리가 길고 예쁜 사람이 서 있어서 한순간 넋을 놓고 바라보았다. 교복과 학교 지정 가방으로 보건대 우리 학교 학생인 듯하다. 급했지만 무시하기도 그래서 걸음을 멈췄다.

"1학년인가요?"

"그런데요."

솔직히 대답했다. 옷에 달린 교표의 색깔을 확인하니 상대는 2학년이었다. 사실은 질문에 대답하는 시간도 멈춰 서 있는 시간도 아까웠다. 거친 숨이 가라앉기 전에 다시 잔달음질 쳐야 한다.

"이쪽으로 지나가는 편이 빨라요."

친절을 발휘할 생각인지 그 선배는 신사를 가리켰다. 아마 내가 1학년이니까 지름길을 모른다고 생각하고 가르쳐주려는 모양이다. 하지만 신사를 통과하는 경로는 알고 있다. 거기를 지나가지 못하는 이유가 있을 뿐이다.

"아니요. 저는 그러니까."

"거짓말 아니에요. 자."

선배는 그렇게 말하며 내 팔을 잡고 끌어당겼다. 좋은 냄새가 났다.

"어, 잠깐만요."

"머뭇거리지 말고. 이대로 가면 지각이에요. 서둘러요."

도리이가 눈앞으로 다가왔다. 큰일이다. 하지만 억지로 손을 뿌리치기는 아깝다는 생각이 들 만큼 미인이었다.

어떻게 할까. 아니, 망설일 일이 아니잖아. 내가 지금 뭐 하는 거람.

마음을 다잡고 팔다리에 힘을 주었다. 어라, 이 사람 의외로 힘이…. 단숨에 뿌리치려 했지만 상대의 힘이 예상외로 강해서 애먹었다. 그러는 동안에도 비칠비칠 끌려가서 도리이 너머로 한 발짝 발을 들여놓고 말았다.

"앗…."

저질렀다. 후회해도 이미 늦었다. 온몸에서 힘이 쭉 빠졌다.

한 발짝이라도 발을 들여놓으면 신사에서 벗어나든 울고불고 난리를 치든 소용없다. 저항이 약해지자 선배는 나를 끌고 성큼성큼 나아갔다. 신체(神体. 신령의 상징으로서 참배의 대상이 되는 물체-옮긴이)가 안치된 목조 건물은 거들떠보지도 않고 일직선으로 신사를 빠져나갔다.

아스팔트 도로로 나오자 반대편에 학교 정문이 보였다.

"봐요, 내 말이 맞죠?"

드디어 선배가 내 팔을 놓고 빙긋 웃었다. 미인이 팔을 붙잡은 것 자체는 기분이 나쁘지 않다. 오히려 좋다. 다만 내 사정이 아주 안 좋아졌다.

"지각은 면하겠네요."

"네, 뭐, 그러네요."

선배는 내가 곤혹스러워하는 걸 전혀 모르는 눈치였다. 처음 보는 사람에게도 친절히 대하니 분명 좋은 사람이리라. 하지만 친절을 발휘하는 데도 때와 장소가 있다.

학교에서 선배를 본 기억은 없었다. 2학년 교실은 다른 층에 있으니 볼 기회가 없었다고 해야 할까.

"그럼 이만."

선배는 칼같이 작별을 고하고 먼저 가버렸다.

신사를 통과하는 지름길을 사용한 이상, 하다못해 지각은 말아야겠다는 생각에 나도 걸음을 옮겼다.

점심시간. 모자란 잠을 보충하기 위해 점심을 먹고 나서 책상에 엎드려 쪽잠을 청했다.

놈은 낮에는 나타나지 않는다. 반드시 밤중에만 나타난다. 학생만 아니라면 건강에 나쁜 걸 감안하고서라도 밤낮을 바꿔 생활했을지도 모른다.

오늘 아침 지각은 면했다. 교실에 들어가니 담임이 결근해서 다른 선생님이 임시로 출석을 확인하고 있었다. 익숙하지 않은 탓인지 담임보다 확인하는 속도가 약간 늦어서 아슬아슬하게 세이프였다.

"사카구치 선생님, 몸이 안 좋대."

"아, 늘 고개 숙이고 다니고 분위기도 어둡더니만. 스트레스가 쌓였나."

"그럼 오늘 수학 시간은 자습인가?"

"그럼 좋겠다."

여학생들이 이야기를 나누는 소리가 들렸다. 담임에 관한 이야기다. 수업 진도가 늦으면 나중에 어떻게든 보충하니까 기뻐하기는 이르다.

"요즘 어쩐지 기운 없어 보이던데 오늘은 더 심각하네."

좀처럼 잠이 오지 않아 베개 삼아 베고 있던 팔과 고개의 위치를 바꾸고 있자니 누가 말을 걸었다. 고개를 들자 책상 앞에 친구 무라카미가 서 있었다. 무라카미와 나는 중학교 때부터 같은 학교에 다녔다.

"그냥 잠이 부족해서 그래."

"왜 모르겠냐. 그래도 적당히 해, 몸 상한다."

"그런 거 아니니까 넘겨짚지 마셔."

무라카미가 시답잖은 농담을 던졌다. 평소 이 녀석은 대개 이런 느낌이다.

"미안, 미안. 야, 요전에 수상한 사람이 나타나서 우리 학교 여학생이 물리친 적 있었잖아."

"응."

중간고사 치기 전에 있었던 일이다. 이야기를 듣고 반 여학생들이 무서워했다.

"그 사람 오늘 우연히 봤어. 2학년 선배인데, 엄청 예쁘더라."

2학년 선배라는 말에 오늘 아침 일이 떠올랐다. 팔을 붙잡혔을 때의 감촉이 아직도 기억난다.

"어… 그 사람 혹시 머리 길지 않았어?"

"아니, 길지는 않았어. 짧지도 않고, 어깨 정도 길이던데."

무라카미가 왜, 하며 묘한 표정으로 바라보았다. 나는 평소 무라카미의 이런 이야기에 관심을 잘 보이지 않는다. 보통 듣는 역할에 충실하므로 웬일인가 싶었던 모양이다.

"아무것도 아니야."

나는 그렇게 말하고 손바닥에 턱을 괸 자세로 오후 수업은 어떻게 할까 생각했다. 신사에 들어가고 말았다. 그런 날도 학교에서 성실하게 수업을 받으니까 늑간신경통에 걸리는 것이다.

달리 뾰족한 수도 없이 하루 일과를 끝내고 집에 돌아가자 순식간에 날이 저물어 어두워졌다.

나는 몇 시간이나 고민한 끝에 매달리는 기분으로 내 상황을 아는 유일한 사람에게 연락하기로 했다. 스마트폰 주소록에서 전화번호를 찾아 전화를 걸었다. 통화 연결음이 몇 번 울리자 상대가 전화를 받았다. 그것만으로도 안심됐다.

"왜에?"

그녀는 짧은 대답을 길게 늘여서 했다. 지금 통화 괜찮으냐고 약간 긴장된 마음으로 묻자 "응, 괜찮아." 하는 대답이 돌아왔다.

"그 벌레 때문에."

"그럴 것 같더라. 넌 그 일 아니면 나한테 연락 안 하니까. 뭐, 상관없지만."

연락 좀 자주 하라는 뜻일까. 아니면 지금까지처럼 연락을 하지 말라는 뜻일까. 만약 후자라면 정신적 충격이 이만저만이 아니겠지만 전자라면….

어느 쪽일까?

뭔가를 암시하는 말인지, 아니면 큰 의미는 없는지 생각해 봐도 통 모르겠다. 이건 중요한 문제다. 다만 이쪽에서 전화해 놓고 기다리게 할 수도 없으니 이 의문은 머리 한구석에 담아두기로 했다. 나중에 찬찬히 생각해 보기로 결심하고 본론으로 들어갔다.

"실은 오늘 아침에 신사에 들어갔거든."

"정말? 어쩌다?"

"그게."

나는 오늘 아침에 있었던 일을 간추려 설명했다. 내 의지로 들어간 것이 아니라 사고 비슷한 상황이었음을 강조했다.

"아, 그랬구나."

그 반응에서 한숨을 쉬는 듯한 느낌이 전해졌다. 혹시 걱정해 주는 걸까? 그럼 기쁠 텐데.

"큰일이야. 어쩌지?"

"저질렀구나."

"그러게 말이야."

"이렇게 된 이상…."

"이렇게 된 이상?"

뭔가 좋은 생각이 있나 싶어 기대했다. 그녀에게 연락한 이유는 목소리를 듣고 싶어서가 아니라 대처법을 듣기 위해서다. 뭐, 30퍼센트 정도는 목소리를 듣고 싶어서인지도 모르지만.

"도망치는 수밖에 없지."

그녀는 한참 뜸을 들이다가 그렇게 말했다.

"도망친다고?"

"네 몸에서 신사의 흔적이 사라질 때까지 도망치는 거야."

"흔적이 사라질까?"

"글쎄. 내 기억이 맞는다면 그 벌레는 신사의 냄새 같은 것에 끌려서 접근하는 걸 테지. 냄새라면 사라지지 않겠어?"

신사의 냄새가 뭘까 싶어 몸에 코를 대보았지만 전혀 모르겠다. 셔츠에 밴 섬유유연제 냄새만 났다.

"아무 냄새도 안 나는데."

그러자 그녀는 "맡아봤어?" 하고 웃더니 바로 "아, 미안해." 하고 사과했다. 그녀의 이런 점은 싫지 않다.

"분명 평범한 냄새가 아닐 거야. 고깃집이나 오코노미야키 집에 다녀왔을 때처럼 목욕하면 지워지는 냄새가 아니라 분위기에 가깝지 않을까. 신사의 청정한 공기와 고즈넉함 같은 요소가 원래 네가 지닌 분위기에 덧붙는다고 하면 되려나. 뭐, 이것도 억측이지. 나도 책에서 얼핏 봤을 뿐이니 자세하게는 몰라."

"그렇겠지. 미안해, 애당초 시킨 대로 내가 신사에 들어가지 않았다면 이런 일도 없었을 텐데."

"굳이 따지자면 그렇지만. …지금 해줄 수 있는 말은 이 정도야. 신사의 흔적이 사라질 때까지 도망치는 수밖에 없어. 힘내!"

그녀가 기운찬 목소리로 격려하고 전화를 끊었다. 어쩐지 나도 따라서 기운이 났다. 어쩌면 괜찮을지도 모른다는 낙관적인 기분이 들었다.

잘 시간이 되자 어떻게 할지 고민이 됐다. 그 지네에게서 도망친다 치고, 이대로 잠자리에 들어도 될까? 보통 놈이 나타나면 반드시 잠에서 깨긴 하지만, 나타난 뒤에 이부자리에서 빠져나와 도망칠 생각을 하자 자신이 없었다.

놈은 속도가 느리다. 하지만 오늘도 그렇다는 보장은 없고, 지병인 늑간신경통 때문에 움직이지 못하기라도 했다가는 최악이다.

결국 나는 뜬눈으로 상황을 지켜보기로 했다.

2층 내 방에서 무릎을 감싸 안은 자세로 앉아 가만히 기다렸다. 만약에 대비해 어릴 적에 쓰던 금속 야구방망이를 곁에 놓아두었다. 어디까지나 만약에 대비해서다. 예전에 한번 지네의 몸통을 야구방망이로 힘껏 때려봤는데, 전혀 효과가 없었다. 잠깐 엎어지더니 바로 다시 움직이며 더듬이를 흐느적거렸다. 때려잡아서 끝낼 수 있는 존재가 아닌 것이다. 어쨌거나 1층에서 부모님이 자고 있으니 너무 요란을 떨고 싶지도 않았다.

불을 끄고 무릎에 얼굴을 묻고 있으니 졸음이 몰려왔다. 자세를 바꿔가며 참으려 애썼지만 안 그래도 매일 잠이 부족했던 탓에 버티기 힘들었다. 이럴 줄 알았으면 낮잠을 푹 자둘 걸 그랬다고 반성했다.

이래서는 안 된다. 어떻게 해야겠다 싶어 이어폰을 끼고 음악을 듣기로 했다. 템포가 빠른 재즈다. 아버지가 재즈를 좋아해서 나도 가끔 듣는다.

그런데 그게 실책이었다. 빠른 템포라서 잠이 깰 줄 알았더니만 드럼, 피아노, 색소폰이 자아내는 리듬이 기분 좋게 귀를 간질여서 안 된다고 생각하면서도 꾸벅꾸벅 졸다가 의식이….

아프다.

가슴이 답답하다.

정신을 번쩍 차리고 보니 어느새 잠들었던 모양이다.

갈비뼈 한복판이 아팠다. 늑간신경통이 또… 게다가 놈의 기척이 느껴졌다.

나는 엎드린 자세로 두 팔에 체중을 싣고 기다시피 방문 쪽으로 이동했다. 어느덧 새벽 두 시 반이었고, 이어폰은 귀에서 빠진 상태였다.

문손잡이를 잡고 몸을 일으킨 후 벽을 보았다. 놈이 있었다. 사락사락 소름 끼치는 소리. 지네 같은 겉모양. 어마어마하게 많은 다리를 불규칙하게 움직여 천천히 이쪽으로 다가온다.

달아나야 한다.

통화 내용을 떠올리고 문손잡이를 돌려 문을 열었다. 동시에 아픔이 느껴졌다. 숨이 잘 쉬어지지 않았지만 여기 가만히 있으면 어떻게 될지 모른다.

잠시 웅크리고 앉아 호흡을 정리하고 있으니 오른쪽 장딴지에 뭔가가 닿아 등골이 오싹했다. 마음의 준비를 할 틈도 없이 반사적으로 내려다보자 놈이 수많은 다리를 꾸물거리며 내 몸에 기어오르고 있었다. 소름이 쫙 끼쳐 입에서 튀어나오려는 비명을 간신히 참았다. 1층에서 자고 있는 부모님이 깨어나면 도망에 차질이 생길 우려가 있었다.

통증을 참으며 기력을 쥐어짜 내 간신히 일어서서 오른 다리를 힘껏 흔들었다. 반쯤 공황 상태에 빠져 죽어라 다리를 흔들자 놈이 바닥에 떨어졌다.

벌렁 뒤집어지는 바람에 보고 싶지도 않은 밑면이 눈에 들어왔다. 부드러워 보이는 배에서 뻗어 나온 수많은 다리로 허공을 휘젓는 광경에 구역질이 났다.

최대한 서둘러 복도로 나왔다. 기껏 준비한 야구방망이는 안중에도 없어서 방에서 나온 후에야 깜박했다는 사실을 깨달았다. 살그머니 계단을 내려와 곧장 현관으로 향했다. 불이 꺼진 복도를 최대한 조용히 걸었다.

등 뒤를 힐끔거리며 신발을 신고 현관문 자물쇠를 열었다. 자물쇠 내부의 실린더가 돌아가며 커다란 금속음이 나서 긴장했다. 부모님은 일단 잠들면 누가 업어 가도 모를 정도니까 밤중에 일어나서 나오지는 않겠지만, 그래도 아버지와 어머니가 깨어나지 않기를 빌며 조심스레 문을 열고 집 밖으로 나왔다.

후줄근한 반소매 티셔츠와 운동복 바지 차림으로 밤거리

를 정처 없이 배회했다. 이렇게 늦은 밤에 돌아다닐 일은 거의 없다. 어른이 되면 그럴 기회도 늘어날까. 안면 있는 이웃 사람과 마주치면 곤란하므로 일단 집에서 멀어졌다. 밤길은 내 숨소리가 들릴 만큼 조용했지만 가끔 멀리서 자동차와 오토바이가 달리는 소리가 들려왔다.

가슴 통증은 저절로 가라앉았다. 늑간신경통은 기본적으로 통증이 오래가지 않으니 참을 수 있다. 물론 참을 수 있다고 해서 괴롭지 않다는 건 아니다.

걸으면서 벌레에 대해 생각했다. 지금까지는 이부자리 옆에서 바라보기만 했는데, 결국 다리를 기어올랐다. 역시 신사에 들어간 탓일까. 혹시나 몰라 이동하면서 뒤쪽을 자꾸 확인했지만 거대한 지네는 눈에 띄지 않았다.

도망치는 데 성공한 건가? 아니, 안심하기는 아직 이르지 않을까?

자문자답하는 동시에 사락사락하고 놈이 움직일 때 나는 소리가 오른쪽 방향에서 들렸다. 고개를 돌리자 평범한 가정집 담장이었다. 제자리에 서서 담장을 바라보며 기다리자 내 눈높이에서 뭔가가 기다란 몸을 꿈틀거리며 벽을 빠져나왔다. 방금 전 방에서 보았던 그 벌레다.

너무 혐오스러워 인상이 절로 찡그려졌다. 나를 쫓아온 거라고 확신했다. 놈은 담장을 타고 내려와 곧장 이쪽으로 다가왔다. 벌레가 빠져나온 곳을 확인하자 구멍 없이 멀쩡한 벽이었다. 어떤 원리인지는 모르겠지만 매일 밤 어느 틈엔가 방 안에 들어와 있던 것처럼 담장에서 나타난 것이리라.

또 다리에 들러붙기 전에 달아나기로 했다. 현기증이 날 것 같아서 몹시 불안했지만 다행히 놈은 이동속도가 느리다. 사람이 천천히 걷는 속도와 비슷하다. 좁은 내 방과 달리 밖은 달아날 곳이 널렸다.

문제는 아무래도 이 벌레가 신출귀몰하는 것 같다는 사실이었다. 아무리 거리를 벌려도 지금처럼 나타나면 말짱 도루묵이다. 이쪽이 있는 곳에 직접 짠 나타나다니 술래가 유리해도 너무 유리한 술래잡기다.

조금 멀어진 후 뒤쪽을 확인하자 아니나 다를까 놈은 사라지고 없었다.

어깨가 축 늘어졌지만 기왕 나왔으니 산책이라도 하자는 생각으로 주변을 어슬렁거렸다. 아무도 없는 길, 실루엣으로 변한 건물, 하늘에 구름이 없어 달이 잘 보였다. 어쩐지 공기도 맑은 것 같아 특별한 기분이 들었다. 하지만 그 기분은 얼마 가지 않았다.

그 후 몇 시간 동안 적어도 열 번은 그 벌레와 마주쳤다. 땅바닥, 자동차 보닛, 나무 위 등 어디서든 나타나서 결국 헤아리기를 포기했다. 피로가 서서히 쌓여갔다. 안 그래도 잠이 부족한 데다 쉴 새 없이 걸었으니 그럴 만도 하다. 나중에는 공원에 진을 치고 놈이 나타날 때마다 벤치와 그네를 왕복하며 앉아 있었다.

마침내 하늘이 밝아지고 아침 해가 떠올랐다. 이제 괜찮다. 해가 떠 있는 시간에 그 벌레가 나타난 적은 없다.

심신이 녹초가 된 상태로 하품을 하며 집으로 향했다. 소리가 나지 않도록 조심스레 내 방에 들어가 쓰러지다시피 이부자리에 누워 알람이 울리기까지 잠깐 잠에 빠졌다.

최악의 기분으로 일어나서 학교에 갔다.

그리고 쉴 걸 그랬다고 후회했다. 수업이 제대로 머리에 들어오지 않았다. 졸아도 괜찮을 것 같은 수업을 골라 책상에 엎드려 눈을 감았다. 비효율의 극치다.

무라카미가 진심으로 걱정했다. "야, 괜찮아?" 하고 묻는 무라카미에게 "아마도."라고 답하고 적당히 잡담을 나누었을 텐데, 사실 교실에서 있었던 일은 별로 기억에 없다.

수업이 끝나 학교를 나섰다.

교문을 빠져나와 고개를 축 늘어뜨린 채 역으로 향했다. 발걸음이 점점 무거워졌다. 기분 탓인지 몸 상태도 시원치 않은 것 같았다. 신사 앞까지 왔을 때 멈춰 서서 한숨을 내쉬었다.

집에 돌아가서 밤을 대비해 미리 잠을 자고, 다시 아침까지 벌레에게 쫓겨 다닌다. 그 짓을 놈이 다가오지 않을 때까지 계속해야 한다고 생각하자 눈앞이 깜깜해졌다. 애당초 정말 내 몸에서 신사의 흔적이 사라진다는 보장이 없었다. 그리고 신사의 흔적이 사라지더라도 놈까지 사라지는 것은 아니다. 다시 예전처럼 매일 밤 이부자리 옆에서 내 동태를 살피는 나날이 되돌아올 뿐이다.

대체 언제까지 그래야 할까. 이런 생활을 계속하는 건 현실적이지 못하다. 도망치기 시작한 지 하루 만에 정신이 상당히 피폐해졌다. 도리이를 올려다보았다. 차라리 신에게 가호를 빌어볼까 하는 생각까지 들었다.

"안색이 별로네요. 어디 몸이라도 안 좋아요?"

멍하니 있는데 옆에서 누가 갑자기 말을 걸었다. 들어본 목소리라 고개를 돌려 확인했다.

"아, 어제 그…."

어제 아침 내 팔을 붙잡고 신사로 끌고 들어간 선배였다. 길고 윤기가 흐르는 검은 머리. 서로 엉킬 것처럼 긴 속눈썹. 호리호리하지만 너무 마르지는 않았고 몸매 비율도 좋다. 이목구비도 단정했다. 꾸민 구석은 없었지만, 그게 도리어 순박하고 청초한 느낌을 자아냈다. 다시 봐도 아주 미인이었다.

"아아, 어제 아침에 봤죠. 나는 마쓰리비 사야라고 해요.

우연이네요, 반가워요."

"아사이 로쿠로라고 합니다. 어, 반갑습니다."

상대방이 자기소개를 하기에 나도 이름을 댔다. 또 신사 앞에서 마주치다니 무슨 인연이라도 있나.

"괜찮아요? 걸을 때도 비틀비틀하던데. 혹시 어디 아픈 거 아니에요?"

"몸 상태는 둘째 치고 기분이 좀 우울해서요."

"무슨 일 있었군요."

"네, 앞으로의 인생을 여러모로 고민하게 만드는 사태가 발생했죠."

"저런, 하지만 우리는 아직 고등학생이잖아요. 기운 내요."

파이팅, 하고 격려라도 하고 싶은 건지 선배는 가슴 앞에다 주먹을 불끈 쥐었다. 음, 이 사람은 역시 친절하기는 하지만 어쩐지 자기 의도와는 달리 역효과를 내는 것 같다.

"…잠시라도 괜찮은데 혹시 시간 있으세요?"

"네, 있는데요?"

"그럼 제 이야기 좀 들어주시면 안 될까요?"

그런 제안이 왠지 모르게 입에서 툭 튀어나왔다. 마치 헌팅이나 방문판매를 하듯이 적극적인 내 모습에 쓴웃음이 나왔다.

"저라도 괜찮다면 들을게요."

거절하면 포기하고 미련 없이 넘어갈 생각이었는데, 선배는 쾌히 승낙했다. 이 사람에게라면 털어놓아도 별문제 없을 것 같았다. 어떤 사람을 배신하는 것만 같아 망설여지기는 했지만, 선배는 거의 남이나 다름없다는 사실에 도리어 입이 가벼워졌다.

"감사합니다. 실은….."

도리이 앞에 선 채로 이야기를 꺼냈다. 지금으로부터 반년 쯤 거슬러 올라가 1월에 있었던 일이다.

매년 새해 연휴에는 아버지 본가로 귀성해서 친척들과 만난다.

일단 할아버지와 할머니가 계시고 큰아버지네, 작은아버지네, 고모네 등등에 사촌들, 거기에다 할아버지 남동생의 아들이라는 둥 여러모로 복잡하다. 연례행사처럼 제법 많은 사람들이 고래 등같이 커다란 집에 모여 식사하며 서로 근황을 전한다.

솔직히 말해 친척들끼리 그리 사이가 좋은 편은 아니다. 초등학생 때 눈치챘지만 실상은 아버지 형제끼리 사이가 좋지 못하다.

어린아이에게 어른들의 대화는 지루하기 짝이 없다. 그래서 초등학생이었던 나는 모두가 모인 큰방을 빠져나와 심심풀이가 될 만한 걸 찾아 집 안을 멋대로 돌아다녔다.

그러다 약간 나이가 많은 사촌 누나와 마주쳤다. 이름은 하즈키. 나는 당시부터 이 누나를 '하즈키 누나'라고 불렀다.

누나는 다들 모여 있는 큰방 말고 다른 방에서 혼자 고타쓰(炬燵. 열원을 넣은 틀 위에 이불을 덮은 일본 고유의 난방 기구─옮긴이)에 다리를 넣고 앉아 있었다. 누나가 손짓을 하기에 나는 고타쓰 맞은편에 앉았다. 하잘것없는 잡담을 나누며 누나도 심심해한다는 걸 알았다. 그러다가 누나가 몰래 가르쳐주었다. 시골이기는 하지만 우리 집안은 유서가 깊으며 할아버지는 땅 부자라고. 원래는 먼 옛날에 잉어 양식으로 떵떵거리던 집안이었다고 한다. 나중에는 우리 부모님 중 한 명이 뒤를 잇게 된다. 즉, 누군가는 득을 보고 누군가는 손해를 본다. 그래서 야단도 아니라니까, 하고 누나는 귤을 먹으며 웃었다.

그 후 큰방으로 돌아가 어른들의 대화에 귀를 기울이자 어린아이 나름대로 이것저것 눈치챌 수 있었다. 견제, 아양, 비위를 맞추는 웃음, 속 떠보기. 일단 알고 나니 말 구석구석에서 그러한 낌새가 역력히 전해져 왔다.

예를 들어 할아버지가 건강하고 튼튼한 게 중요하다고 하면 다들 자기가 얼마나 병과 무관한지 자랑을 늘어놓는다. 또는 넌 아홉 살 때 회를 먹고 식중독으로 고생하지 않았느냐며 상대방을 깎아내린다.

그렇듯 꼴사나운 모습을 고등학생이 된 지금까지 매년 보다 보니 진절머리가 났다. 솔직히 귀성하고 싶지 않았지만, 작은 즐거움도 있었다.

바로 하즈키 누나와 만날 수 있다는 것이다.

수많은 친척 중에서 누나가 나와 가장 나이가 엇비슷하다. 그건 누나 입장에서도 마찬가지라서 자주 같이 대화를 나누며 시간을 때웠다.

누나는 연상답게 여러 가지를 가르쳐준다. 귤을 너무 먹어서 손이 노래지는 걸 감피증이라고 한다든가, 정원 연못에다 기르는 잉어 중에 100만 엔이 넘는 녀석이 한 마리 있다든가, 뭐 그런 거다. 화제는 다양하지만 걸핏하면 꺼내는 이야기도 있다. 어른들이 물밑에서 벌이는 다툼에 대한 푸념이다.

기본적으로 누나가 불평을 하고 나는 대개 들으며 고개를 끄덕이는 역할이다. 그럴 때 누나는 꼭 마지막에 "우리는 사이좋게 지내자?" 하며 웃는다.

누나는 가문이니 입장이니 얽매이지 않고 살고 싶다고 늘 말했다.

이건 비밀이지만 나는 그런 누나에게 흠모와 동경 비슷한 감정을 품고 있다.

올해 신년 연휴에도 아버지 본가에서 누나를 만났다. 인사와 근황 보고가 끝나자 우리는 어른들이 있는 큰방에서 빠져나왔다. 텔레비전이 있는 방으로 가서 고타쓰 밑에 다리를 넣고 신년 방송을 보며 느긋하게 시간을 보냈다. 오랜만에 만나면 누나는 나이를 묻는다. 내가 대답하면 "많이 컸네." 라고 말한다. 나이 차이도 별로 안 나면서, 하고 나는 속으로 투덜댄다. 이것도 연례행사 같은 대화다.

누나는 올해도 같은 질문을 했지만 내 대답에 여느 때와는 반응이 조금 달랐다. 그렇구나, 벌써 그렇게 됐나, 하고 중얼거리더니 입을 다물었다. 왜일까? 텔레비전을 보며 곁눈질로 상황을 살피고 있자니 누나가 갑자기 입을 열었다.

"저기, 재미있는 거 가르쳐줄까?"

분명 두말없이 가르쳐달라며 고개를 끄덕인 것으로 기억한다. 그러자 누나는 흥미로운 이야기를 들려주었다.

"옛날에 이 집 광에 몰래 들어갔다가 책을 하나 찾아냈거든. 아주 낡은 책. 거기 적힌 내용인데, 이 고장에는 독특한 벌레가 있대."

"독특하다니, 고유종 같은 거야?"

"음, 뭐, 그렇다고 할까. 아무튼 그 벌레는 이 고장에 연고가 있는 사람에게 붙어. 나랑 너도 그 대상에 포함되지 않으려나. 게다가 우리 집안에는 벌레가 잘 붙는 사람이 가끔 나온대."

"벌레가 붙는다는 게 뭐야?"

내가 고개를 갸웃거리자 누나는 "아아, 그렇지 참." 하고 중얼거리며 스마트폰을 꺼내더니 메모장에 글씨를 써서 이런 한자라며 보여주었다.

벌레가 붙다(虫が憑く).

화면에는 귀신과 관련이 있는 '빙(憑. '붙다, 귀신이 들리다'라는 뜻이 있다-옮긴이)'이라는 한자가 적혀 있었다. 내가 고개를 더 갸우뚱하자 누나는 그렇게 반응할 줄 알았다며 웃었다.

"딱 네 나이쯤에 붙는 사람은 붙는 모양이더라."

"마치 귀신 같은 벌레네."

"정말 그럴지도 몰라. 무섭니?"

나는 부정했다. 그런 게 무서울 나이는 지났다.

대화 중간에 귤을 먹으려고 고타쓰 위에서 하나 집어 껍질을 깠다.

"붙으면 어떻게 되는데?"

"그 벌레는 사람 몸에서 어떤 걸 먹이로 삼아."

"어떤 것?"

"응, 덥석덥석 먹어 치우지."

누나는 입을 뻐끔거리는 것처럼 손을 벌렸다 오므렸다 했다. 익살스러운 표현에 나는 쓴웃음을 지었다. 그러자 누나는 껍질을 까고 아직 한 입도 먹지 않은 귤을 빼앗아 갔다.

"그리고 그 벌레가 붙었다가 살아남은 사람이 이 집안의 후계자에 적합하다고 책에 쓰여 있었어. 다른 사람들한테는 비밀이다. 어쩌면 할아버지는 뭔가를 기다리느라 후계자를 확실히 지명하지 않는 건지도 몰라."

누나는 의미심장하게 이야기를 마무리 지었다. 누나가 일껏 들려준 이야기이므로 나는 재미있었다고 말했다. 이때까지만 해도 벌레에 관해 믿지 않았던 것 같다. 하지만 광에는 별난 물건이 잔뜩 보관되어 있다고 들었기 때문에 책은 실제로 있을지도 모르겠다고 생각했다.

후계자에 관한 이야기는 제법 그럴듯했다. 벌레 운운하는 부분은 빼고, 친척들 사이에 갈등이 발생하는데도 후계자를 지명하지 않으니 분명 뭔가 이유가 있을 터였다. 원래 같으면 장남인 누나의 아버지가 집안을 물려받는 것이 타당하리라. 할아버지도 점점 나이를 먹는다. 이대로 아무 언질도 없이 돌아가시면 집안을 물려받을 가능성이 제일 높다. 만약 그렇다면 누나에게도 언젠가 후계자 자리가 돌아올지도 모른다. 누나의 의사와는 관계없이.

"혹시 너한테 붙으면 다른 사람한테는 말하지 말고 바로 나한테 알려줘. 나한테만, 알았지? 벌레가 접근하지 못하도록 대처법을 알려줄게."

약속이라며 누나는 신신당부했다.

그로부터 몇 달 지나 나한테 벌레가 붙었다. 밤이면 밤마다 출몰해 나를 가만히 노려보는 그 거대한 지네 말이다. 1월에 아버지 본가에 갔을 때 붙어서 활동할 기회를 호시탐탐 노리고 있었는지도 모르겠다.

설마 진짜였나 싶어 곤혹스러운 마음이 앞섰지만 미리 벌레에 관해 알려준 누나에게 고마워하며 바로 연락했다. 벌레 이야기를 하자 누나는 놀라면서도 내 말을 진지하게 듣고, 예전에 알려주겠다고 했던 대처법을 일러주었다.

대처법은 단 하나.

신사에 들어가지 말 것. 그것뿐이었다.

이유는 모르겠지만 그렇게 하는 동안은 벌레가 다가오지 않는 모양이다. 확실히 누나 말대로 놈은 밤이 되면 나타나지만 일정한 거리 안쪽으로는 다가오지 않았다.

나는 살아남고 싶은 마음에 지금까지 신사를 멀리하며 생활해 왔다.

"나 때문에 우울했던 거로군요. 미안해요."

내 이야기가 끝나자 마쓰리비 사야라고 자신을 소개한 선배가 머리를 꾸벅 숙였다. 나를 신사로 끌고 들어간 일을 반성하는 모양이다.

"나쁜 의도로 그런 게 아니니까 괜찮아요. 실제로 지각을 면했으니까 도움도 됐고요. 뭐, 놈과 눈싸움을 벌이는 데도 한계를 느끼던 참이라 이제 단념할까 싶기도 해요."

"저런, 단념하다니요."

"아니요. 분명 놈이 붙은 시점에서 다 끝난 거예요. 먹히기
는 싫지만 매일 밤 놈과 함께 지내는 데도 지쳤어요."

정신적으로도 너무나 힘들었다. 그동안 한계에 서서히 다
다른 것이다. 그리고 어제, 달아나던 중에 저항할 마음이 시
들었음을 깨달았다. 이제는 오히려 잘도 지금까지 버텼구나
싶다. 선배에게 털어놓자 어쩐지 기분이 후련하니 각오가 서
는 것 같았다.

"벌레는 마음에 둘 것 없어요. 안심해요."

선배는 단언했다. 분명 내 이야기를 믿지 않는 것일 테다.
뭐, 당연하다. 보통은 다 그럴 것이라고 체념하고 있자니 선
배가 다시 입을 열었다.

"믿어요."

"네?"

내 마음을 꿰뚫어 본 듯이 말해서 나는 눈을 끔벅끔벅했다.

"혹시 당신 이야기에 나오는 커다란 지네는 '니지리무시('조
금씩 다가가다'라는 뜻의 니지루와 '벌레'라는 뜻의 무시를 합친 말―옮긴이)'
아닌가요?"

"니지리무시…?"

"네, 니지리무시요."

"죄송해요, 이름은 몰라요."

니지리무시라는 말은 처음 들어봤다고 하자, 선배는 아버지의 본가가 있는 곳의 지명을 정확하게 알아맞혔다.

"네, 맞아요. 그런데 어떻게."

"아아, 역시 그랬군요. 그럼 괜찮아요. 분명 니지리무시에요. 만약 지네가 아니라 누에라면 큰일이지만, 지네 같은 모습이라면 걱정할 필요 없어요."

혹시 유명한 벌레인가. 아니, 그럴 리 없다. 사람 팔뚝만큼 커다랗고 밤마다 출몰하는 벌레가 상식적으로 있을 리가 없다. 이 선배가 정말로 잘 알고 하는 말인지, 놀리는 건지 판별이 되지 않았다.

"걱정할 필요 없다고요?"

"네. 니지리무시는 당신이 들은 대로 사람 몸의… 어떤 걸 먹는 벌레예요. 신사에 들어가지 않으면 다가오지 않는 것도 맞고요. 그런 습성을 지니고 있어요."

"그럼 신사에 들어간 경우는 어떻게 하면…."

어느 틈엔가 선배의 말에 의지하고픈 기분에 사로잡혔다. 어쩐지 하즈키 누나에게 미안했지만, 지금 눈앞에 있는 선배의 여유 있는 분위기가 그렇게 만들었다.

"그렇죠 참. 좀 더 자세히 이야기할게요. 니지리무시는 말이죠."

선배가 들려준 이야기는 아주 흥미로웠다.

"그거… 정말인가요?"

"네. 그러니까 이제 고민 안 해도 돼요. 분명 내일부터 푹 잘 수 있을 거예요."

선배는 마음에 스며들 것 같은 미소를 지었다.

집에 와서 일단 낮잠을 잤다. 저녁에 식사를 마치고 가족과 헤어져 내 방으로 향했다. 다음 날 수업을 예습한 후 게임을 하거나 컴퓨터를 만지작거리는 등 하고 싶은 일을 하며 지냈다. 밤에 몸을 씻고 잠옷으로 갈아입은 후 멍하니 텔레비전을 보며 시간을 때웠다. 날짜가 바뀌고 한 시간쯤 지나 졸음이 몰려오자 불을 껐다. 마음을 단단히 먹고 이부자리에 누웠다.

바로 비몽사몽 속을 헤매다 어느덧 까무룩 잠이 들었다.

얕은 잠 속에서 꿈을 꾸다 답답하고 더워서 눈을 떴다. 괴롭다. 몸은 땀에 젖었고 호흡이 빨랐다. 덮고 있던 이불을 걷었다. 갈비뼈 언저리가 아팠다. 숨을 들이쉴 때마다 욱신욱신한다. 늑간신경통이다.

통증과 함께 이상한 기척을 느꼈다. 몽롱하던 의식이 서서히 또렷해졌다. 드디어 왔구나 싶어 정신을 다잡았다. 누운 채 고개를 돌려 방구석을 보았다. 아니나 다를까 놈이 벽을 기어 내려오고 있었다.

낮에 배운 이름대로라면 니지리무시다. 어쩌면 오늘부로 작별일지도 모른다. 놈이 어마어마하게 많은 다리를 불규칙적으로 바쁘게 움직이자 사락사락 소름 끼치는 소리가 났다. 방이 어두운데도 어째선지 지네 같은 그 모습만은 똑똑히 잘 보였다.

인간의 팔뚝만큼 커서 징그럽지만 처음 봤을 때만큼 혐오스럽지는 않았다. 스스로도 놀랍지만 이제 익숙해졌다. 그렇지만 접촉하는 건 당연히 별개의 문제다. 접촉하려면 각오가 필요하다.

놈은 기다란 몸통을 꿈틀대며 이쪽으로 천천히 다가왔다.

어제와 똑같다. 신사를 피해 다녔던 그저께까지는 방구석에서 이쪽을 그저 노려만 봤다. 하지만 어제부터는 다가온다. 천천히, 그 이름 그대로 슬금슬금 다가든다.

벽에서 바닥. 바닥에서 이부자리로. 너무 조마조마해 갈비뼈가 아프고 호흡이 가빠 죽을 지경이었다. 이불을 꽉 움켜쥔 채 가만히 지켜보고 있으니 니지리무시가 마침내 몸으로 기어올랐다. 온몸이 딱딱하게 굳었다. 각오했지만 수많은 다리의 감촉이 너무 기분 나빠서 비명을 꽥 지르고 싶었다.

참자, 꾹 참아. 오늘로 끝내는 거다.

마음을 다독이며 어떻게든 의식을 유지했다. 몸 위로 올라온 니지리무시가 뭔가를 찾듯 머리를 좌우로 흔들다가 움직임을 딱 멈췄다.

다음 순간.

웬걸… 놈이, 니지리무시가 내 가슴을 통해 몸속으로 들어왔다. 마치 처음부터 구멍이 뚫려 있었던 것처럼 재빨리 머리부터 쑥 파고들었다. 개미굴에라도 들어가듯이 점점 깊이 들어간다. 화들짝 놀라서 몸을 일으켰다. 아팠다. 니지리무시 때문이 아니라 갑자기 움직인 탓에 갈비뼈가 몹시 아팠다. 참지 못하고 끙끙 앓는 소리를 냈다.

가슴 밖으로 놈의 몸통이 절반쯤 덜렁 나와 있고, 나머지 절반은 몸속에 들어간 상태다. 도저히 믿기지 않았다. 옷까지 관통했다. 하지만 피는 나지 않았고 잠옷도 찢어시시 않았다. 도대체 어떻게 된 것일까? 투과 비슷한 현상일까? 의문은 일단 제쳐놓고 애써 구역질을 참았다.

이러지도 저러지도 못하고 얼떨떨한 기분으로 그저 아픔을 참고 있자니, 난생 처음 느껴보는 엄청난 통증이 가슴을 덮쳤다. 목소리조차 내지 못하고 식은땀만 줄줄 흘렸다.

그 직후에 니지리무시가 머리를 꺼냈다. 내 가슴에서 몸통을 뽑아낸 것이다. 몸을 돌린 니지리무시는 이부자리를 빠져나가 바닥을 기어서 벽을 타고 어딘가로 사라졌다. 마지막까지 사락사락 소름 끼치는 소리를 내면서.

나는 잠깐 넋을 놓았다.

육체적으로도 정신적으로도 녹초가 됐지만 일단 안심했다. 여러모로 놀란 나머지 쇼크사해도 이상하지 않을 상황이었다.

잠시 후 마음이 진정되자 심호흡을 해보았다. 신기하게도 갈비뼈 부근에서 느껴지던 통증이 흔적도 없이 사라졌다.

조심조심 가슴을 만져보았다. 놈이 드나든 구멍 같은 건 없었다.

코를 대고 냄새를 맡아보았지만 땀 냄새만 풍길 뿐이었다.

낮에 신사 앞에서 마쓰리비 사야라는 선배가 들려준 이야기를 떠올렸다. 니지리무시의 습성. 그것은….

'니지리무시는 딱히 나쁜 벌레가 아니에요. 사람 몸의 나쁜 요소, 즉 병 따위를 먹이로 인식해 먹어 치우죠. 하지만 신사의 냄새가 묻지 않으면 먹잇감에 접근할 수 없어요. 다시 말해 당신은 지금까지 정반대로 착각하고 신사를 피해왔던 거죠. 식사를 마치면 어딘가로 가버리니까 니지리무시를 어떻게 하고 싶다면 오히려 빨리 신사에 가야 했어요.'

솔직히 믿어도 될지 망설였지만, 지금 선배의 말이 진실로 증명됐다. 다음에 만나면 고맙다고 인사해야겠다. 선배니까 기회가 없을지도 모르지만 다시 만날 수 있으면 기쁘겠다.

기적

시계를 보자 새벽 세 시가 지난 시간이었다. 오늘도 학교에 가야 하니 다시 잠을 청하고자 이불을 덮고 누웠다. 하지만 좀처럼 잠이 오지 않았다. 충격적인 경험을 한 탓인지 눈이 말똥말똥해졌다.

그렇지만 그것만이 원인은 아니었다. 눈을 감아도 어떤 생각이 머리에 들러붙어 떠나지 않았다.

그 선배, 마쓰리비 사야는 이제 고민하지 않아도 된다고 했다. 하지만 니지리무시를 물리친 바로 그 순간 새로운 문제가 생겼다. 당분간 그 문제로 고민할 것 같았다.

내가 니지리무시에 대해 오해한 이유가 있다. 바로 사촌 누나 하즈키 때문이다.

분명 누나는 거짓말도, 틀린 말도 입에 담지 않았다.

니지리무시가 사람 몸의 어떤 것을 먹이로 삼는다는 말도, 신사에 들어가지 않으면 다가오지 않는다는 말도 사실이었다. 다만 아주 중요한 부분을 덮어놓았다. 그러니 오해하는 것도 당연하다. 누나가 의도적으로 그랬다고 단언할 수는 없겠지만….

어쩌면 나는 누나에 대해 단단히 착각한 게 아닐까?

새해가 되면 다시 친척들이 모인다. 니지리무시가 붙었다가 살아남은 나는 대체 어떤 얼굴로 하즈키 누나를 보면 될까?

제 3 화

—

시계토라

어렸을 적에 겪은 일은 천천히 흐려지는 법이다. 몇몇 인상적인 일을 제외하면 기억은 점점 모호해져 머릿속에서 빠져나간다. 내 유년 시절에 있었던 일을 부모님이 재미있다는 듯 들려줘도 과연 그런 일이 있었나 의아함을 느끼고는 한다. 물론 어릴 적부터 기억력이 좋은 사람도 있으리라. 하지만 나는 대부분 잊어버렸다.

애매모호한 어린 시절. 돌이켜 보면 희미한 꿈 같은 추억들뿐이다. 하지만 지금까지 또렷이 기억하는, 잊으려도 잊히지 않는 체험도 있다. 10년이 지나도록 기억 속에 남아 있는 이유는 그 체험이 내게 커다란 영향을 끼쳤기 때문일 것이다.

여섯 살 때였다. 물론 나는 어디서든 흔히 볼 수 있는 철없는 여자애였다. 그래도 할머니가 초등학교 입학을 앞두고 빨간색 책가방을 사주신 후로는 약간이나마 어른이 된 기분으로 하루하루를 보냈던 것 같다. 유치원을 졸업하고 2주간, 벽장에 넣어둔 책가방을 매일같이 꺼내는 통에 애를 먹었다고 어머니가 그리움이 어린 말투로 이야기해 주었다. 사실 나는 기억이 잘 안 난다. 책가방을 등에 메고 거울에 자랑스럽게 비춰보며 좋아했던 모양이다.

그러던 어느 날, 나는 딱 한 번 책가방을 멘 채 혼자 몰래 밖에 나가려고 시도했다. 초등학교에 다니는 기분을 빨리 느껴보고 싶었던 것이다. 하지만 어머니에게 들켰고, 어머니는 외출을 허락해 주지 않았다. 아직 어리니까 돌봐주는 사람 없이는 밖에 놀러 나가면 안 된다. 그게 우리의 약속이었다.

놀러 나가고 싶으면 다른 사람이랑 같이 가렴.

어머니가 그렇게 말했지만 그래서는 의미가 없다.

내게는 네 살 많은 언니가 있다. 혼자서도 자유롭게 외출할 수 있는 언니는 매일같이 친구들과 놀러 다녔다. 즐거워 보이는 그 모습이 부러워서 한시라도 빨리 언니처럼 되고 싶었다. 어린 마음에도 불만스러운 기분이 폭발해 어머니에게 떼를 쓰다가 혼났던 건 기억난다.

나는 울던 끝에 어머니에게 약속을 받아냈다. 초등학생이 되면 혼자 밖에 나가도 된다는 약속을. 그 말을 듣자마자 엉엉 울던 것도 잊고 활짝 웃지 않았던가. 멀리 가면 안 된다, 어디로 가는지 미리 말해야 한다, 다섯 시까지는 들어와야 한다 등등 어머니가 몇몇 조건을 걸었지만 기대로 가슴이 벅차 이야기도 제대로 듣지 않고 고개를 끄덕였던 기억이 난다.

책가방을 메고 돌아다니고 싶은 마음에 얼른 4월이 오기만을 바랐다.

어린 내게 책가방은 성장을 나타내는 일종의 증표였다. 앞으로 일주일. 앞으로 닷새. 앞으로 사흘. 손가락을 꼽아가며 하루하루 기다렸다. 마침내 입학식 날이 되자 이른 아침부터 일어나 폴짝폴짝 뛰며 기뻐했다.

그 후로 매일 아침 책가방을 메고 같은 초등학교에 다니는 언니 그리고 집이 가까운 아이들과 함께 단체등교를 했다. 그것만으로도 즐거웠다. 하지만 사람의 마음은 변하는 법이다. 아이는 특히나 더 그렇다. 한 달쯤 지나자 책가방에 느꼈던 신선한 기분도 어디론가 사라져버렸다. 뭐, 책가방은 다들 똑같은 것을 가지고 있으니 그럴 만도 하다.

얼마 지나지 않아 학교에서 동갑내기 친구가 생기고, 방과 후 그 아이 집에 놀러 가게 되자 나는 그토록 소중하게 아꼈던 책가방을 집에 오자마자 현관에 내팽개치고 1초라도 빨리 뛰쳐나갔다. 혼자 밖을 돌아다닐 수 있다는 사실이 신선하고 기뻤다. 친구랑 노는 게 즐거웠다. 그런 나날에 만족했다. 어머니와 나눈 약속은 반드시 지켰다. 만약 어기면 조건이 더 까다로워지리라는 것을 알고 있었기 때문이다.

나는 유년 시절을 그렇게 보냈다. 지금 돌이켜 보면 행동이 약간 선머슴 비슷했던 것도 같다.

그리고 그날이 찾아왔다.

친한 친구와 놀다 헤어져 혼자 집으로 돌아오는 길이었다. 어머니와 약속한 다섯 시까지 시간은 충분했다. 해가 긴 시기였을 텐데, 어째선지 하늘이 황혼에 물들었던 것 같다. 그 아름다운 배경과 함께 아련한 적적함이 기억을 수놓는다. 사람이 별로 없어 동네는 조용했다.

도중에 있는 공원에 다다랐다. 집에서 그리 멀지 않은 곳으로 미끄럼틀, 그네, 모래밭, 정글짐 등 어지간한 놀이기구는 다 갖추어놓았다. 그중에서 체육 시간에 배우기 시작한 철봉이 시선을 끌었다. 대, 중, 소 세 가지 크기가 있었다.

이 지역에서는 저녁이 되면 착한 아이는 이만 집으로 돌아가자는 내용의 방송을 내보낸다. 공원에서라면 방송을 듣고 나서 집에 가도 통금 시간에 늦지 않는다. 아직 여유가 있으니 철봉 연습을 하려고 공원에 들어갔다. 철봉 앞돌기라는 기술을 연속해서 해내면 아이들이 선망의 눈길을 보낸다. 아직 반에서 몇 명밖에 성공하지 못한 기술이다. 몰래 연습해서 해내면 아이들이 놀랄 거라고 생각했다.

공원에는 나 말고 아무도 없었다. 제일 낮은 철봉을 잡고 단숨에 몸을 끌어 올렸다. 그날은 프릴과 리본이 달린 원피스를 입었다. 아버지를 졸라서 산, 아끼는 외출복이었다. 운동할 때는 적합하지 않지만 그때는 그런 걸 전혀 염두에 두지 않았다.

철봉 앞돌기는 배와 다리 사이에 철봉을 끼우고 무릎 뒤쪽을 손으로 감싼 채 반동을 주어 회전하는 기술이다. 연습해 보았지만 아무래도 잘 안 됐다. 한 바퀴 돌기 전에 속도가 느려져서 멈춘다. 원인은 알고 있었다. 반동을 주는 힘이 모자라기 때문이다.

몇 번 시도해 보았지만 전부 실패했다. 이제 그만하고 돌아가자 싶어 철봉에서 등을 돌려 걸어갔다.

하지만 문득 좋은 생각이 나서 다시 몸을 돌렸다.

성큼성큼 뛰어간다. 도움닫기를 하다 철봉으로 풀쩍 뛰어올라 몸을 앞으로 넘겼다.

그러자 별 어려움 없이 빙글 돌아갔다. 철봉 앞돌기에 성공했다. 나는 기뻐서 다시 한번 해보려고 철봉에서 내려왔다. 그때 예상치 못한 사태가 벌어졌다. 원피스 허리께에 달린 리본이 회전할 때 철봉에 엉킨 것이다. 나는 그런 줄도 모르고 땅에 내려왔다. 찌직 하고 소리가 났다. 아니나 다를까 리본이 세게 잡아당겨져 옷이 찢어지고 말았다.

들뜬 기분이 단숨에 시들었다. 산 지 얼마 되지도 않았는데. 큰일이다, 엄마한테 혼난다. 어린 내게 엄마의 꾸중은 무엇보다 무서웠다.

잠시 철봉 앞에 멍하니 서서 발치만 내려다봤다. 아무리 생각해도 뾰족한 수가 없었다. 해가 기울자 그림자가 점점 길어졌다. 그런데 내 그림자에 갑자기 다른 그림자가 겹쳤다.

고개를 들자 어느 틈엔가 가까이에 사람이 하나 서 있었다.

새카만 양복을 입고 중산모자를 쓴 모르는 남자였다. 나이도 불분명했다. 30대처럼도 보였고 50대라고 해도 납득이 가는 차림새였다.

"누구세요?"

나는 물어보았다.

"나는 시계토라."

검은 양복을 입은 남자는 그렇게 대답했다. 노인 같은 목소리였다. 시계토라는 뭘까? 이름일까?

"나는 시계토라."

내가 어리둥절해하자 남자는 되풀이해서 말했다. 억양 없는 목소리. 퉁방울 같은 눈. 수염은 안 길렀다. 어린아이인 나와 비교하면 키가 커서 얼굴을 확인하려면 올려다보아야 했다.

"넌 뭐지?"

남자가 무표정한 얼굴로 물었다. 나는 아오이라고 이름을 댔다. 말하고 나서야 모르는 사람에게 이름을 알려줘도 되나 걱정스러워졌다. 학교에서 주의를 받은 기억이 났다. 하지만 상대가 먼저 이름을 말했으니 괜찮다고 어린아이답게 적당히 넘어갔다.

"곤란한 일이 생겼나."

나는 말없이 고개를 끄덕이고 옷이 찢어졌다고 남자에게 밝혔다. 혼나고 싶지 않다는 것도.

"새 옷을 가지고 싶어?"

상대가 또 물었다. 딱히 새 원피스가 필요한 건 아니다. 찢어진 부분을 어떻게든 하고 싶을 뿐이었다.

"새 옷은 찢어진 곳이 없는데."

확실히 그렇지만 다른 옷을 입고 가면 부모님이 대번에 눈치챈다. 둘러댈 방법이 없다. 그리고 무턱대고 새 옷을 바라는 것도 좀 그렇다. 물건은 아껴 써야 하는 법이다.

나는 평소 부모님과 선생님에게 들은 이야기를 고대로 남자에게 전했다.

"똑같은 옷이라면 가지고 싶나."

뭐, 같은 옷이라면 괜찮을 것 같아 나는 방금 전에 한 말도 잊고 고개를 끄덕였다. 구분이 가지 않으면 부모님에게 들키지 않으리라는 단순한 발상이었다.

"그럼 거래를 할 수 있다."

"거래?"

"똑같은 옷을 주지. 갚는 건 10년 후. 이자는 없어."

"이자?"

당시는 들어본 적 없는 말이었다. 남자가 뭐라고 설명했지만, 아무튼 옷을 빌리고 10년 후에 갚으면 된다는 말은 이해했다. 요컨대 약속이다.

"거래할 텐가?"

"할래요."

나는 깊이 생각하지 않고 대답했다. 어른이 어린아이를 상대로 아주 진지하게 이런 이야기를 하는 게 얼마나 부자연스러운지 그때는 전혀 몰랐다.

"알았다."

남자는 재빨리 고개를 끄덕이더니 손가락을 딱 튕겼다. 그러자 몸에서 천이 스치는 듯한 감각이 느껴졌다. 무슨 일이 일어났는지 바로 이해했다. 방금 전만 해도 찢어져 있던 원피스. 리본이 잡아당겨져 구멍 난 곳이 막혀 있었다.

"우와!"

나는 놀라서 소리쳤다. 찢어진 곳이 수선된 게 아니다. 남자가 말한 대로 입고 있던 옷이 순식간에 똑같이 생긴 새 원피스로 바뀐 것이다. 그 증거로 아침부터 입고 다녀 생긴 주름과 얼룩도 싹 사라졌다.

마법사가 아닐까 싶어 눈앞에 있는 남자를 올려다보았다.

"아저씨는 누구예요? 여기서 뭐 하고 있어요?"

"나는 시계토라. 저 남자에게 빚을 받으러 왔지."

검은 양복 남자, 시계토라는 손가락을 들어 공원 입구를 가리켰다. 동시에 뚱뚱한 남자가 개를 데리고 지나갔다. 마치 올 걸 미리 알고 있었던 듯한 행동이었다.

산책 코스인지 뚱뚱한 남자는 공원으로 들어왔다. 팔에 금색 시계를 찼고 얼굴에는 선글라스를 꼈다. 그는 개목걸이에 연결된 리드 줄을 잡고 걸어가다 그네 기둥 옆에서 걸음을 멈췄다. 개는 냉큼 기둥에 얼굴을 대고 냄새를 확인하듯 코를 킁킁거렸다. 시계토라가 그쪽으로 다가갔다. 나는 철봉 옆에서 그 모습을 바라보고 있었다.

"안녕하세요."

남자가 시계토라를 보고 손을 들며 인사했다. 서로 아는 사이인지 시계토라도 같은 동작으로 답했다. 두 사람은 그대로 대화를 시작했다. 아무래도 하잘것없는 잡담 같아 방금 전의 빚을 받으러 왔다는 말은 뭐였나 싶어 나는 고개를 갸웃했다.

"건강해 보이셔서 좋군요."

"그쪽이야말로."

나와 이야기할 때와 달리 시게토라는 상냥한 표정이었고 목소리도 부드러운 것 같았다. 이상하다고 생각하면서 지켜보고 있으니, 시게토라의 다음 한마디로 분위기가 급변했다.

"그럼… 10년이 지났으니 네게 빌려준 만큼 돌려받겠어."

시게토라는 다시 무표정해졌고 목소리 억양도 사라졌다. 뚱뚱한 남자는 5초쯤 멍하니 있다가 얼굴이 창백해졌다. 그리고 무슨 소리냐며 언성을 높였다.

"3년 전과 7년 전에 경고했을 텐데. 네게 빌려준 것은…."

시게토라가 담담히 뭔가를 설명하자 뚱뚱한 남자는 동요하며 "난 너 같은 놈 몰라. 썩 꺼져." 하고 버럭 고함을 쳤다.

"흠, 뭐, 좋아. 그럼 알아서 돌려받도록 하지. 조금 모자랄 것 같지만 돌려줄 수 있는 만큼만이라도 상관없어. 이렇게 되면 어디를 받아도 똑같겠지."

시게토라는 상대의 말은 듣는 둥 마는 둥 뚱뚱한 남자의 몸을 위아래로 핥듯이 훑어보았다. 그리고 내 옷을 바꾸어주었을 때처럼 손가락을 딱 튕겼다.

뚱뚱한 남자가 자취를 감췄다.

과장이나 무슨 비유가 아니라 그 자리에서 없어졌다. 하지만 그가 입었던 옷은 그대로 남아 있었다. 땅에 셔츠와 바지, 벨트가 널브러졌다. 시계와 선글라스도 마찬가지다. 운동화는 예의 바르게 발끝이 똑같은 방향을 향하고 있었다. 기묘한 광경이었다.

나는 놀라서 무슨 일이 일어난 건지 확인하려고 머뭇머뭇 다가갔다. 뚱뚱한 남자가 입었던 셔츠가 약간 부풀어 올라 있고 천에는 빨간색이 번졌다. 틈새로 선명한 분홍색 물체가 보였다. 비슷한 걸 보건실 포스터에서 봤다. 건강한 분홍색 내장과 건강하지 못해 거무스름해진 내장을 비교하는 포스터. 즉, 인간의 배 속에 든 내장이다.

주인을 잃은 개가 어찌할 바를 모르겠다는 듯 제자리를 빙글빙글 돌자 리드 줄이 땅에 질질 끌려갔다. 시게토라가 리드 줄을 발로 꾹 밟아서 멈추고 손으로 주워 들었다.

"이런, 잘못 봤나. 모자라는 게 아니라 조금 남는군."

시게토라는 혼잣말을 중얼거리고 내 쪽으로 돌아섰다. 나는 몸을 잔뜩 움츠렸다.

"너한테도 10년 후에 돌려받으러 오마. 알겠지?"

"이거, 필요 없어요. 지금 돌려줄게요⋯."

나는 떨리는 목소리로 대답했다. 갑자기 너무 무서워져서 원피스를 돌려주려 했다. 아무 생각도 없이 약속한 것을 후회했다.

"그건 안 돼."

"왜요?"

"난 인간의 몸을 원해. 그러니 돌려받을 때는 몸으로 계산해서 받겠다."

그림자가 으스스하리만치 길게 뻗어 있었다. 시계토라의 말은 대충 이해가 갔다. 방금 뚱뚱한 남자에게 한 것과 똑같이 하겠다는 말이다. 나도 사라지는 건가 싶어 눈물이 앞을 가렸다.

"네가 거래를 잊지 않도록 3년 후와 7년 후에 확인하러 오마. 나는 시계토라. 기억해라."

나는 그저 고개만 끄덕끄덕했다. 두려워서 상대의 얼굴도 제대로 볼 수 없었다.

시간이 됐는지 착한 아이는 집에 가자는 방송이 멜로디를 타고 흘러나왔다.

집에 가야 해.

나는 온 힘을 다해 달려 도망치듯 공원을 벗어났다. 빨리 집에 가고 싶었다. 가슴속에 맺힌 불안감을 조금이라도 풀고 싶다는 마음뿐이었다.

집에 무사히 도착했지만 부모님에게는 아무 말도 할 수 없었다. 그날은 저녁 식사와 목욕을 마치자마자 이불을 덮어쓰고 누웠다. 옷이 새것으로 바뀐 줄은 아무도 눈치채지 못했다. 공원에서 있었던 일로 머릿속이 가득했지만 피곤해서인지 금방 잠들었다.

다음 날은 기운이 없었지만 평소와 다름없이 생활했다. 어제 그 일이 실제로 있었던 일인지 의심스럽기까지 했다. 인간은 간사한 생물인지라 하룻밤 지나자 그건 꿈이 아니었을까 생각하게끔 됐다.

하지만 내 얄팍한 기대는 바로 부정당했다.

며칠 후 학교에 가기 전에 토스트를 먹고 있으니 엄마가 신문을 펼쳐 들었다. 우리 동네에서 누군가 행방불명되었는지 엄마는 아주 불안한 듯 한숨을 쉬었다. 행방이 묘연해진 건 유복한 남자였다. 저녁에 개를 산책시키러 나갔다가 돌아오지 않았다고 한다. 돈을 노린 걸까, 무서워라, 하고 엄마는 중얼거렸다.

나는 그 이야기를 듣고 확신했다. 행방불명됐다는 사람은 그날 공원에 개를 데리고 온 뚱뚱한 남자다.

시계토라는 꿈나라 사람이 아니다. 어쩌지. 어쩌면 좋지.

약속의 기한은 10년 후. 어린 내게는 상상도 못 하게 긴 세월이다.

공포와 불안, 후회와 고뇌가 나를 옥죄었다. 나는 마음속에 비밀을 품은 채 살아가게 됐다.

공원에서 그 일을 겪은 뒤로 저녁에 혼자 밖을 돌아다니기가 너무 무서워졌다. 집에 틀어박혀 노는 날이 늘었고, 친구

집에서 놀 때는 엄마에게 데리러 오라고 부탁했다. 매일같이 집을 뛰쳐나가 통금 시간이 다 되도록 놀던 나날과 비교하면 하늘과 땅 차이다. 밖을 돌아다니고 있으면 또 눈앞에 시계토라가 나타나지 않을까 싶어 가슴이 조마조마했다. 그런 나를 보고 걱정하는 사람도 있었지만, 여자애니까 그 정도가 딱 좋다는 사람도 있었다. 무서워하는 이유는 아무에게도 밝히지 않았다. 말해봤자 믿어주지 않으리라는 건 본능적으로 알고 있었다.

가슴속에 불안이 깊숙이 새겨졌지만, 그것도 세월이 흐르면서 서서히 희미해졌다.

시계토라와 만난 지 3년이 흘러 나는 아홉 살이 되었다. 초등학교 4학년이다.

당시는 성격이 그다지 적극적이지 못해 같은 반 여자애들 중에서도 얌전한 축에 속했다. 시계토라와의 만남이 인격 형성에 영향을 준 탓인지도 모르고 또는 그냥 그런 성격을 타고났는지도 모른다. 유전과 환경, 어느 쪽인지는 확실치 않다.

하지만 얌전하다고 해서 성인군자였던 것은 아니고, 주변 아이들과 비교해 특이한 점도 없었다. 자리 배정이 중요한 이벤트였고 누가 학교에 몰래 가져온 패션 잡지를 같이 보았다. 스마트폰을 가지고 싶어 했고 아이돌을 좋아하기도 했다. 친구도 내 나름대로 있었다.

세상 돌아가는 이치를 점점 이해하기 시작한 시기였다. 신비한 일이 그렇게 흔히 일어나지 않는다는 사실도 알았다. 하지만 그렇다면 3년 전에 공원에서 경험한 일은 뭐였는지 새삼 고민되기도 했다. 하지만 대답을 내놓는 데 힌트가 될 만한 재료는 하나도 없었다. 공들인 장난질이라는 설을 검토하려도 행방불명된 뚱뚱한 남자는 여전히 발견되지 않았다. 결국 의문은 풀리지 않았다. 그때 입었던 프릴과 리본이 달린 원피스는 작아져서 엄마가 아는 사람에게 주었다.

어느 날 담임선생님이 다음 미술 시간에 나뭇가지로 만들기를 할 테니 각자 재료를 준비해 오라고 했다.

유리라는 같은 반 친구가 함께 놀면서 겸사겸사 적당한 나뭇가지를 찾자고 하기에 그러기로 약속했다. 유리는 4학년 초에 전학 온 여자애다. 아직 두 달밖에 안 되었지만 나는 유리와 아주 친해졌다.

유리는 눈치가 빨라 늘 내 마음을 헤아려 행동한다. 교실에서 내가 재미있을 때는 자기도 재미있다고, 심심할 때는 자기도 심심하다고 족집게 점쟁이처럼 내 심정에 동의해 준다. 안색을 잘 살피는 재주가 있는 듯하다. 같이 있어도 긴장되지 않는 아이였다.

사이가 좋기는 했지만 사실 방과 후에 같이 놀기로 약속한 건 처음이었다. 초등학생인 내게 유리네 집은 제법 먼 곳이라 놀러 가기가 여의치 않았다. 유리도 우리 집까지 오기 힘든 건 마찬가지라, 유리가 전학 온 지 두 달이 지났지만 한 번도 서로의 집에 가본 적은 없었다.

그래서 기대됐다. 유리와 상의해 약속 날짜를 정했다. 방과 후에 집에 가지 않고 나뭇가지가 많이 떨어져 있을 만한 곳을 함께 산책할 예정이었다. 집에 들르지 않고 바로 놀러 가면 야단맞으니 친구랑 수업에 필요한 준비물을 찾으러 간다고 미리 부모님을 설득했다.

약속한 날이 왔다. 수업이 끝나자 우리는 책가방을 멘 채 비닐봉지를 들고 학교를 나섰다. 나뭇가지를 주울 만한 장소는 한정되어 있다. 도로같이 아스팔트로 된 곳 말고 나무가 많은 곳이다. 점찍어 둔 학교 근처 잡목림에 가보자 예상대로 습한 땅에 나뭇가지가 많이 떨어져 있었다. 우리는 만들기에 적합한 나뭇가지를 찾아 열심히 비닐봉지에 담았다.

얼마 지나지 않아 둘 다 나뭇가지를 넉넉히 모았으므로 이만 다른 걸 하기로 했다. 밖에서는 뭘 하며 놀면 좋을까 생각하고 있자니 유리가 물었다.

"아오이는 늘 요 근처를 돌아다녀?"

잡목림은 우리 집에서 가까웠다. 학교를 사이에 두고 정반대 쪽에 사는 유리에게는 낯선 곳이었으리라.

"늘 그런 건 아니지만, 맞아."

"그럼 안내 좀 해주라. 아직 이사 온 지 얼마 안 돼서 어디가 어딘지 잘 몰라."

내가 긍정하자 유리는 그렇게 부탁했다. 안내 정도는 얼마든지 해줄 수 있으니 나는 알겠다고 대답했다.

달리 특별한 건 없지만 큰 슈퍼와 헌책방, 구멍가게가 늘어선 길을 걷거나 주택가를 어슬렁어슬렁 돌아다녔다. 그 정도만으로도 시간이 꽤 많이 흘렀다. 그러자 유리가 옆에서 중얼거렸다.

"어째 목이 마르네."

마침 나도 목이 마르던 참이었다. 자판기에서 차가운 주스를 사서 마시고 싶었지만 용돈이 든 지갑은 집에 있었다.

"저기, 아오이. 요 부근에 공원은 없어?"

"왜?"

"공원에는 수도가 있잖아. 거기서 물 마시자."

"있기는 한데."

나는 말을 얼버무렸다. 가장 가까운 공원은 그 공원이었다.

"그럼 거기로 가자."

유리가 부탁하듯 내 손목을 잡고 "가자!" 하며 재촉했다.

"난 괜찮지만 유리네 집에서는 멀어질 텐데, 괜찮겠어?"

"응, 이미 여기까지 왔으니 지구 끝까지 가도 괜찮아."

조금 망설였지만 유리가 재촉하듯 손을 잡아끌기에 공원

까지 안내하기로 했다. 별로 내키지 않아 발걸음이 저절로 무거워졌다.

결코 잊을 수 없다. 그 공원은 3년 전 검은 양복 차림에 중산모자를 쓴 남자, 시게토라와 약속을 나눈 곳이다.

"여기로구나."

"응….."

공원 입구에 도착했다. 놀이 기구가 옛날보다 훨씬 작아 보였다. 철봉과 그네도 그때 그대로였다. 유리는 바로 공원으로 들어갔지만 나는 제자리에 멈춰 섰다.

"왜 그래?"

"여기서 우리 집이 가까우니까 우리 집에 가자. 물 말고 주스 줄게."

그날 이후로 신기한 일이나 이상한 사건을 겪은 적은 없었다. 이제는 저녁에도 혼자 밖을 돌아다닐 수 있다. 그래도 이 공원은 최대한 피하며 생활해 왔다. 어릴 적 뿌리 내린 공포 때문이었다.

"아오이, 기운 없어 보이네."

"응, 미안해."

"혹시 이 공원에서 무슨 일 있었어?"

내 태도를 보고 감을 잡은 모양이다. 아무 대답 없이 가만히 있자 유리가 내 어깨에 살짝 손을 얹었다.

"얘기 안 해주면 모르잖아."

"응…."

"아오이, 내가 같이 있으니 걱정 마."

유리가 힘 있는 목소리로 달래주었다. 그게 진심으로 기쁘고 고마웠다. 시게토라와 약속한 뒤로 걸핏하면 생각했다. 앞으로 내내 그날 일을 혼자 끌어안고 고민하기는 싫다고. 가능하다면 믿어주는 사람과 고민을 나누고 싶다고. 혹시 믿어줄 사람이 생긴다면, 고민을 털어놓을 수 있다면 속이 조금은 후련해질지도 모른다.

지금까지는 그러지 못했다. 이야기하려고 마음먹기도 했지만 실제로 말한 적은 없다. 예를 들어 어른은 듣기도 전에 이쪽이 무슨 말을 하려고 하는지 미리 상상한다. 내가 어려서 그랬는지도 모르지만 얼굴을 마주하면 어쩐지 그런 낌새가 느껴졌다. 그건 분명 어른이 자신의 경험을 기준으로 삼기 때문이다. 어른은 상식에 얽매이므로 상식의 범위 안에서 내 이야기를 받아들이려 할 것이다.

주변의 친구들은 어떤가. 결코 나쁜 사람은 아니다. 하지만 정도의 차이는 있을지언정 다들 성격이 가볍고 심각한 걸 싫어한다. 그런 분위기를 흐트러뜨리면 바로 따돌림을 당한다. 그러니 진지한 고민을 밝힐 만한 환경은 아니었다.

"나한테 말해봐. 아오이가 무슨 이야기를 하든 다 믿을게."

다정한 말이 가슴에 스며들었다. 밝히고 싶었지만 밝히지 못했던 고민. 하지만 유리에게라면….

마음이 흔들렸다. 그리고 지금까지 아무에게도 말하지 않고 비밀로 숨겨온 그날의 일을 털어놓기로 결심했다.

공원 입구에 서서 그날 있었던 일을 차근차근 정리해 가며 열심히 설명했다. 내 표정은 불안해 보였을 것이다. 해 질 녘이 되어 주변이 서서히 붉게 물들어 갔다. 부모님과 약속한 통금 시간은 옛날보다 늦어졌다.

유리는 진지하게 귀를 기울였다. 도중에 끼어들거나 웃지도 않고, 내 말을 한마디도 놓치지 않으려고 애쓰는 모습이었다.

이야기를 끝내자 불안과 안도가 뒤섞인 신기한 감정이 느껴졌다.

유리의 얼굴을 똑바로 쳐다보았다. 나는 눈물이 살짝 맺힌 것을 숨기려고 자꾸 눈을 깜박였다. 과연 유리는 뭐라고 말할까? 만약 아주 조금이라도 긍정해 준다면 구원받은 기분으로 씩씩하게 살아갈 수 있을 것 같았다.

바람이 불었다. 우리의 머리카락이 같은 방향으로 나부꼈다.

빙긋 웃는 얼굴이 시야에 들어왔다. 그리고.

"잘 기억하고 있나 보군."

눈앞에 있는 소녀의 입술에서 전혀 어울리지 않는 노인의 목소리가 새어 나왔다.

"유리…?"

"그날 말했지. 3년 후와 7년 후에 확인하러 오겠다고."

그 말을 듣고 나는 "말도 안 돼." 하고 잠긴 목소리로 중얼거렸다.

눈앞에 서 있는 사람은 틀림없이 유리였다. 나와 키가 비슷한 여자애다. 두 달간 학교에서 매일같이 떠들며 놀았다. 그런 유리가 그렁그렁한 목소리로, 시게토라처럼 말했다. 너무 얼떨떨했다. 내 두 눈이 의심스러웠다.

"4년 후에 또 확인하러 오마. 빚은 7년 후에 돌려받겠다. 기억해라."

방금 전까지와는 달리 무표정한 얼굴로 그렇게 말하고 손가락을 딱 튕겼다. 그러자 내 눈앞에서 유리의 모습을 한 존재가 순식간에 흔적도 없이 사라졌다. 그때처럼 신기한 일이 벌어졌다.

나는 나뭇가지가 든 비닐봉지를 들고 망연자실한 상태로 터덜터덜 집에 돌아왔다. 돌아온 후에도 낮에 있었던 일을 최대한 떠올리지 않으려 애쓰며 시간을 보냈다.

다음 날, 학교에 가기가 무서웠다. 유리를 만나기가 두려웠다. 그래도 확인해야 한다고 용기를 내어 등교해 교실 문을 열었다.

교실에 유리는 없었다.

아직 등교하지 않았다거나 결석한 것이 아니다. 교실에는 아예 유리의 자리조차 없었다. 또한 복도에 붙여둔 학생들의 그림 가운데 유리의 그림만 사라졌다. 반 아이들에게 물어보자 무슨 소리냐며 의아한 표정을 지었다. 놀랍게도 아무도 유리를 기억하지 못했다. 손톱만 한 흔적도 남아 있지 않았다. 친구도, 담임선생님도, 나 말고는 아무도 유리를 몰랐다.

고작 하루 만에 유리는 이 세상에서 감쪽같이 사라졌다. 출석부와 사진 등을 아무리 뒤져봐도 유리가 존재했다는 증거는 찾을 수 없었다.

예외는 내 기억뿐이었다.

유리는 내 망상이었을까? 내가 틀린 걸까? 아니다, 그럴 리 없다. 추억이 똑똑히 남아 있다. 오직 나만이 기억하고 있다.

그럼 유리는 뭐였을까. 답은 뻔했다.

시계토라다.

놈이 내가 약속을 기억하고 있는지 확인하려고 만들어낸 존재. 그게 유리였다.

친구라고 믿었는데….

뭐가 어떻게 된 건지 이해하자 바락바락 악을 쓰고 싶은 기분이었다. 미쳐버릴 것만 같았다. 웅크려 앉아 귀를 막고 눈을 감고 이 세상 모든 것을 부정하고 싶었다. 온갖 충동이 얽히고설커 어쩌하면 좋을지 모를 지경이었다.

어린 시절에 멋모르고 한 약속이 이러한 결과를 초래했음을 뼈저리게 느꼈다.

시게토라는 사람이 아니다. 내가 인간이 아닌 존재와 약속을 나누었다는 사실을 실감했다.

초등학생용 책가방과 작별하고 교복을 입었다. 파란 리본이 달린 감색 세일러복이다.

나는 중학생이 됐다.

환경이 바뀌자 설레는 기분과 앞으로 시작할 생활에 대한 불안이 나를 감쌌다. 걱정거리 중 하나는 인간관계다. 초등학생 때는 유리가 사라진 뒤로 엉망진창이었다. 그 일은 내 인간성에 지대한 영향을 끼쳤다. 주로 부정적인 방향으로.

말 한마디 나눌 사람도 없었다거나 괴롭힘을 당한 건 아니다. 결코 주변 사람들과 사이가 나쁜 건 아니었지만 담소하는 반 아이들 사이에 내가 먼저 끼지는 않았고, 저쪽에서 다가와도 슬쩍 물러났다. 그러므로 초등학교 4학년 이후로는 친한 친구 없이 반에서 겉돌며 지냈다.

친구란 상대를 서로 이해해 주는 존재다. 유리는 분명 나를 잘 이해한 것 같았다. 하지만 유리가 내 마음을 헤아려 행동한 건 알맹이가 시게토라였기 때문이다. 내가 기억하는지 못 하는지, 오직 그걸 확인하기 위해 놈이 만들어낸 살가운 친구였다. 그 일은 내 마음속에 가시처럼 박혀 있다. 절대로 잊지 못할 것이다.

'4년 후에 또 확인하러 오마. 빚은 7년 후에 돌려받겠다. 기억해라.'

시게토라가 남긴 말이다.

놈은 확인하기 위해 또 같은 짓을 할지도 모른다. 방법은 모르지만 놈은 인간으로 변할 수 있다. 처음 만났을 때 보았던 검은 양복과 중산모자 차림도 본래 모습일지 의문스럽다. 두 번째는 소녀 모습으로 나와 친해져 그날의 약속을 상기시켰다. 그리고 흔적도 없이 사라졌다. 사람들의 기억에서도 자신의 존재를 삭제했다. 단 하나, 내 기억을 제외하고.

그런 일이 또 생길지도 모른다고 생각하니 남을 대하기가 조심스러워졌다. 웃음이 줄자 마치 거울에 비친 모습처럼 상대도 서먹서먹하게 굴었다. 옛날부터 알고 지내는 사람은 시게토라일 가능성이 낮다는 건 안다. 그래도 찜찜하다. 만약 믿었던 사람이 시게토라라면 배신감이 사무칠 것 같아 두려웠다.

모든 것이 새까맣게 보였던 그 기분은 두 번 다시 맛보고 싶지 않았다. 이제 모든 것을 거부하고 방구석에 웅크리기는 싫었다.

아무도 가까이하지 않으면 배신당할 일도 없으니 분명 괜찮으리라. 하지만 역시 친구가 있었으면 좋겠다. 나는 약한 인간이다. 나이를 먹을수록 약해지는 기분이었다.

역시 이대로는 안 된다. 과거에 얽매여 소극적으로 살지 말고 달라져야 한다.

같은 초등학교에 다녔던 아이들에게 나는 재미없는 아이로 통했다. 그러니 중학교에서는 생활 태도에 주의를 기울이기로 마음먹었다. 돌이켜 보면 유리는 내게 적극적으로 접근할 때가 많았다. 그게 시계토라의 수법이라면, 기다리지 말고 먼저 다가가면 괜찮을지도 모른다. 신중하게 판단해서 무탈해 보이는 상대를 고르는 것이다.

그 일이 벌어진 후로 많은 시간이 흘러 나도 사고방식이 바뀌었다. 균형이 중요하다. 중학생이 되면 다양한 사람들과 새로이 만난다. 다시 시작할 기회였다. 마주치는 사람들을 무조건 의심할 필요는 없다고 스스로를 타일렀다.

그리하여 중학교 1학년 때는 그럭저럭 무난하게 지내는 데 성공했다.

행복하다고 할 정도는 아니지만 시계토라 때문에 뒤집어진 모래시계를 도로 뒤집은 듯한 기분이었다.

1학기가 힘들었다. 딱딱한 웃음밖에 지을 수 없어서 매일 아침 거울 앞에서 표정을 풀고, 스스로를 격려한 후에야 학교에 갔다. 적극적인 성격으로 바꾼 건 좋지만 여러모로 어정 쩡했다.

그래도 적으나마 이야기 상대가 생겼다. 그리고 2학기가 되어 가을이 깊어질 무렵에는 진심으로 웃을 수 있게 되었다.

동아리 활동은 미술부를 선택했다. 내가 다닌 중학교에는 반드시 동아리 활동을 해야 한다는 규칙이 있었다. 거의 매일 녹초가 될 때까지 붙잡아 놓는 운동부와 달리, 미술부는 일주일에 한 번 금요일에만 모이면 됐다. 선배들도 대부분 성격이 온화했다. 편하다는 이유로 가입하는 학생도 있었고, 그림이 좋아서 가입하는 학생도 있었다. 나는 반반 정도의 비율이었다.

눈 깜짝할 사이에 1년이 지나 2학년이 되었다.

교실이 위층으로 바뀌어 한 학년 높아졌음을 실감했다. 동시에 악몽 같은 기억을 떠올릴 수밖에 없었다. 시계토라는 4년 후에 또 확인하러 오겠다고 말했다.

놈이 온다.

시계토라가 유리의 모습으로 나타난 지 딱 4년째 되는 해다. 나는 그 사실을 날마다 강하게 되새기며 생활했다.

내 생일은 6월 초이므로 그때까지는 열세 살이다. 시계토라와는 생일이 오기 전에 처음으로 마주쳤다. 유리 때도 그랬다. 즉, 놈은 장마가 시작되기 전에 내 앞에 나타날 가능성이 높지 않을까.

나는 주변 사람들을 관찰하기 시작했다. 노골적으로 다가오는 사람은 시계토라일지도 모른다. 하지만 확인은 불가능하다.

반이 바뀌어 모르는 학생들과 접할 기회가 늘었다. 상대가 기껏 말을 걸었는데 다른 생각에 빠져 의심하는 눈으로 쳐다보면 정떨어질지도 모른다. 간신히 얻은 친구를 잃기는 싫었다.

미술부에 1학년이 새로 들어왔다. 후배는 천진난만하게 또는 조심스레 질문한다. 나도 선배에게 그림 그리는 법을 배웠으니 무시하고 넘어갈 수는 없다.

그래도 내게는 여유가 있었다. 지난번에는 노골적인 유도작전에 걸려 쓸데없는 소리를 하고 말았지만, 그 수법은 이제 안다. 어차피 상대는 하나다. 내 주변의 누군가로 변했더라도 내가 잃는 건 한 명뿐. 그렇게 마음먹으면 유리 때처럼 충격 받지는 않을 것이다.

이때 나는 문제의 본질에서 벗어난 착각을 했고, 방심도 했다. 마음가짐이 어중간했다. 결국 직전까지 정체를 알아차리지 못하고 쓴맛을 봤다.

미술부에 구라모토 모미지라는 부원이 있었다. 같은 반이었지만 특별히 친하지도, 그렇다고 소 닭 보듯 하지도 않는 그 정도 관계였다.

어느 날 방과 후, 동아리 활동을 하다가 화장실에 다녀오자 구라모토 모미지가 복도에서 기다리고 있었다. 그녀가 "이토카와!" 하고 밝게 불러서 나는 털끝만큼의 의심도 없이 미소로 답했다. 참고로 이토카와는 내 성이다.

"왜 나와 있어?"

"잠깐 쉬려고. 그리고 이토카와에게 물어보고 싶은 것도 있고."

"뭐길래 굳이 나와서까지."

"실은 지금 네가 그리고 있는 그림, 엄청 근사해."

구라모토 모미지가 말한 그림은 여름 콩쿠르에 출품하려고 준비 중인 그림이었다. 느닷없이 대놓고 그렇게 말해서 내 얼굴은 분명 벌게졌을 것이다. 칭찬에 익숙하지 않아 부끄러운 나머지 눈을 돌리고 모깃소리로 고맙다고 인사하는 게 고작이었다.

"그래서 말인데, 뭔가 참고하는 게 있나 싶어서."

아무래도 그게 묻고 싶었던 모양이다.

"있어. 뭐냐 하면."

1학년 때 도서실에서 빌려 본 책을 참고삼아 그림을 그렸으므로 그 책 제목을 말해주었다. 단순한 기호의 아름다움을 재조명하는 책으로 쉬운 해설이 실려 있다.

"이야, 재미있겠다."

"필요하면 내가 빌려다가 줄게."

그렇게 제안하자 구라모토 모미지는 기쁘다는 듯 폴짝폴짝 뛰었다. 어깨까지 기른 머리가 함께 흔들렸다. 나랑 머리카락 길이가 비슷했다.

감정을 아주 솔직하게 표현하는 구라모토 모미지를 보자 어쩐지 나까지 기분이 좋아졌다.

복도에서 구라모토 모미지와 헤어져 도서실로 향했다. 도서실 앞에 서자 독특한 정적이 느껴졌다. 문을 열고 안으로 들어갔다. 카운터에 앉은 도서위원 같은 여학생을 빼면 아무도 없었다. 카운터 주변에만 형광등을 켜놓고 다른 곳은 꺼놓아 조금 어둑했다.

바로 책을 찾았다. 예전에 그림을 공부하려고 딱 한 번 빌린 책이다. 대출 기간 동안 몇 번이나 들여다봤기 때문에 내용은 기억한다. 미술 관련 서가에서 금방 찾아냈다.

뒤표지를 펼쳐 대출이력을 확인하자 내 이름이 적혀 있었다. 그 밖에는 한 명뿐이었다. 읽는 사람이 한정된 분야라서 그렇기도 하겠지만, 애당초 도서실을 이용하는 사람이 그리 많지 않은 듯하다. 카운터로 가져가서 직사각형 모양 안경을 낀 도서위원에게 내밀었다. 한가한지 내가 다가갈 때까지 모험소설을 읽고 있던 도서위원은 책에 책갈피를 끼워 옆에 내려놓고 고개를 들었다. 1학년 때 책을 빌렸을 적에도 같은 사람이 카운터에 있었던 것 같다.

"이런 책에 흥미가 있나 봐요?"

대출 절차가 끝나기를 기다리고 있으니 도서위원이 말을 걸었다. 이름이 뭔지는 모른다.

"네, 미술부거든요."

연필을 받아 대출이력 카드에 이름과 날짜를 적었다. 대출 기간은 일주일이다.

"그럼 이런 책에 실린 그림을 가지고 싶고 그래요?"

"아니요, 가지기 싫은 건 아니지만 보는 것만으로도 만족해요. 어차피 제가 가져봤자 예쁘게 걸어둘 곳도 없으니까요."

나는 잠깐 생각하다 그렇게 대답했다.

"넓은 집이 있으면 걸어둘 수 있겠군요."

"그야 그렇지만 관리를 제대로 못 할 테니 그림이 불쌍할 것 같은데요. 하지만 넓은 집은 좋네요. 저만의 아틀리에가 있으면 완성도는 둘째 치고 그림을 마음껏 그릴 수 있을 테니까요."

꿈꾸는 마음으로 상상의 나래를 펼쳐보았다. 화가 지망도 아니고 바란다고 될 수도 없겠지만, 취미로 그리는 건 개인의 자유다.

세 평쯤 되는 공간에 캔버스와 의자를 놓고, 벽에는 내가 그린 그림을 건다.

그런 망상에 빠져 있자니 도서위원이 말을 건넸다.

"거래할 수 있어요."

그 한마디에 지금까지 무슨 대화를 나누었는지도 잊어버리고 시야가 깜박거리는 듯한 착각에 빠졌다. 뇌가 기억을 일깨워 경고했다. 나는 한 호흡 쉬고 나서 카운터 너머에 있는 사람을 노려보았다.

"너, 시계토라지?"

목소리가 떨리지 않도록 주의했다. 다리가 휘청거릴 것 같았지만 꾹 참고 버텼다. 기습을 당했다고 할 만큼 놀랍지는 않았다. 조만간 놈이 나타나지 않을까 예상은 하고 있었다. 몸이 말을 잘 안 듣고 힘이 빠지는 건 본능이 거부하기 때문이리라.

"기억하고 있었나 보군."

부드러웠던 도서위원의 목소리가 노인의 그렁그렁한 목소리로 변했다. 겉모습과 동떨어진 목소리. 그 기묘함이 공포로 이어졌다.

"당연하지. 옛날에 했던 약속을 취소해 줘."

용기를 쥐어짜 내 강하게 나갔다. 어렸을 때와는 다르다.

"약속이 아니라 거래야."

"그렇게 불합리한 거래가 어디 있어. 난 아직 어린애였다고. 세상 철모르는 어린애를 속여먹은 거나 마찬가지잖아!"

도중에 목소리가 떨렸다. 그래도 끝까지 말했다. 카운터 안쪽에 있는 시게토라는 아무 반응도 하지 않았다. 그래서 "입 다물고 있지 말고 뭐라고 말 좀 해봐." 하고 다그쳤다. 그러자 시게토라는 억양 없는 목소리로 이렇게 말했다.

"꽤 예전에 비슷한 일을 겪었지. 인간에게 비슷한 이야기를 듣고 죽임을 당한 적이 있어. 그래서 입을 다문 거다."

놈에게 꽤 예전은 대체 얼마 정도의 시간을 가리키는 걸까? 죽임을 당했다는 것도 잘 모를 말이다. 지금 이렇게 눈앞에 있지 않은가.

"총이라도 있으면 나도 널 죽여버릴 텐데."

"여기에 총은 없어."

아주 당연하게 그딴 대답을 내놓는 걸로 보아 우리와는 사고방식이 다르다. 분명 농담도 통하지 않으리라. 나는 말을 이었다.

"4년 전… 유리는 뭐였어? 지금도 그래. 주변 사람으로 위장해서 뭘 어쩌자는 거야."

"나와 거래한 사람은 내 얼굴을 보자마자 달아나기도 해. 그래서 이렇게 다른 몸을 사용하는 거지."

"언제부터 그 모습으로 있었어?"

"가능한 범위라면 언제부터라도."

"그게 무슨 소리야?"

"이 몸은 열다섯 살이야. 그러니 15년 전부터 존재할 수도 있지."

석연치 않은 대답이었다. 분명 인간의 상식으로는 이해할 수 없을 것이다.

시계토라는 예전처럼 금방 사라지지 않고 질문에 담담히 대답했다. 그 대신이라는 듯 이번에는 시계토라가 물었다.

"가지고 싶은 건 있나?"

"뭐라고?"

"내게 새로이 거래를 요구하는 인간은 적지 않아. 제일 많이 원했던 건 돈이지."

"그래? 그래서?"

"방금 전에 말했던 넓은 집은 어때? 돈이 있으면 살 수 있겠지."

"그딴 건 필요 없으니 거절할게. 누굴 바보로 알아? 어차피 대가로 인간의 몸을 받으려는 거지? 처음부터 알았으면 절대로 거래 안 했을 거야. 원피스도 그때 바로 돌려주려고 했는데 네가 거절했잖아. 이 사기꾼 같으니라고."

아무래도 이래저래 하고 싶은 말이 쌓였던 모양이다. 눈물을 글썽거리면서도 불만이 차례차례 떠올랐다.

"너 때문에 내 인생은 엉망이 됐어. 그걸 겨우, 겨우 원상

복구 했단 말이야. 그러니 다시는… 다시는 내 앞에 얼씬도 하지 마!"

어느덧 목소리가 높아졌다. 나는 숨을 씩씩대며 교복 소매로 눈물을 닦았다. 다른 사람이 아무도 없어서 다행이었다.

"안 돼."

시계토라는 고개를 저었다. 방금 전부터 놈이 눈을 전혀 깜박이지 않는다는 사실을 깨닫고 소름이 쫙 끼쳤다.

"왜! 왜냐고!"

"아직 거래가 남았다. 3년 후에 다시 오마."

시계토라는 내 말을 귓등으로도 듣지 않고 기계처럼 예고했다. 역시 인간이 아니다. 놈의 법칙은 내가 상식으로 알고 있는 법칙과는 근본부터 다른 것이리라. 그 법칙에서 벗어난 말은 놈에게 분명 아무 의미도 없다.

이래서는 대화가 성립되지 않는다. 나는 그제야 이해하고 고함지르는 걸 그만두었다. 시계토라는 내게 악랄한 장난을 치려는 게 아니다. 자신의 법칙에 따라 거래를 하려는 것뿐이다.

심란해진 마음을 추스르려 애쓰고 있는데 갑자기 도서실 문이 열렸다. 반사적으로 시선을 주었다.

"어, 혼자예요?"

같은 학년 여학생이 책을 손에 들고 쭈뼛쭈뼛 안으로 들어왔다. 도서실에 볼일이 있는 듯하다. 반이 달라서 이름은 모른다. 눈을 돌리자 카운터에 있던 시게토라는 어느새 사라지고 없었다. 나는 혼자라고 말하고 눈을 내리떴다.

여학생은 문 앞에서 꼼짝도 하지 않았다. 나를 신경 쓰는 분위기가 전해져 왔다. 큰 소리로 말했으니 시게토라와 나눈 대화가 들렸을지도 모른다. 도서실에 나밖에 없으니 다른 사람 입장에서는 혼잣말을 한 것처럼 느껴지리라. 힐끗 쳐다보니 뭔가 하고 싶은 말이 있는 표정이었다.

"뭔데?"

나는 세게 나가서 기선을 제압하기로 했다. 동요한 속내를 들키지 않으려고 이를 악물었다.

"아니요, 그게… 그쪽은 머리를 기르는 편이 좋겠어요. 최대한 길게."

"그래."

희한한 광경과 맞닥뜨려 상대도 동요했는지 상황에 맞지 않게 엉뚱한 소리를 했다. 나는 빌리려고 한 책을 들고 여학생 옆을 지나쳐 재빨리 도서실을 빠져나왔다.

복도를 걸어 미술실로 돌아가기 전에 화장실에 들렀다. 거울을 보자 눈가가 벌거니 얼굴이 참 가관이라 세수를 했다.

유리 때 같은 충격은 없었다. 놈이 친한 사람으로 변해서 나타나지 않았기 때문인지도 모른다. 하지만 주체할 수 없는 무력감이 몸을 감쌌다.

지금까지 인생을 되찾으려 긍정적으로 살아온 것이 아무 의미도 없다는 사실을 깨달았다. 그래, 아무 의미도 없다.

친구를 만들어본들 무슨 소용이란 말인가. 3년 후에 시계 토라가 빚을 받으러 오면 끝이다. 친구가 몇십, 몇백 명 있어도 놈이 날 없애버리면 전부 헛일이다.

동아리 친구인 구라모토 모미지에게 책을 주고 기뻐하는 모습을 보고 고맙다는 인사를 들은들 무슨 소용이란 말인가. 그 애와 친해져도 3년 후에는 끝난다. 끝장나서 모든 것을 잃는다.

나는 문제의 본질을 착각했다. 어리석게도 이제야 알아차렸다.

운명을 받아들이고 남은 몇 년간 하고 싶은 일을 실컷 하며 살면 마지막에 행복했다고 말할 수 있을까? 아닐 것이다. 분명 행복하면 할수록 무력감에 좀먹혀 우울해지리라. 후회가 모든 감정을 압도할 게 분명하다. 그렇다면… 내 인생은 아직 시작되지 않았다. 진짜 인생은 시계토라를 물리친 다음부터 시작된다. 그 방법밖에 없다.

시계토라와 세 번째로 만나고 며칠이 지났다. 나는 도서실에서 마주친 여학생이 묘한 소문을 퍼뜨릴 걸 각오했다. 아무도 없는 곳에서 혼잣말을 떠들어댔으니 당연하다.

하지만 아무 일도 없었다. 어쩌면 그 여학생은 나와 시계토라가 나눈 대화를 못 들었는지도 모른다. 그런 생각도 들었지만 가끔 교내에서 마주치면 나를 물끄러미 쳐다봤으니 적어도 수상쩍게 여긴 것 같기는 하다. 그래서 중학교를 다니는 동안 그 여학생을 최대한 피하며 지냈다.

고등학생이 됐다. 수험 공부에 제법 힘써 이 지역에서도 상위권 커트라인을 자랑하는 학교에 붙었다. 전철을 타고 통학해야 하지만 그렇게 멀지는 않다. 집 근처 역에서 몇십 분이면 도착한다. 약간 촌 동네라 아쉽지만 우리 동네가 훨씬 촌 동네라서 불만은 없다.

나는 이미 각오를 다졌다. 이대로 아무것도 하지 않고 있으면 옛날에 공원에서 본 뚱뚱한 남자처럼 내 인생은 끝장난다. 비눗방울이 터지는 것처럼 순식간이리라. 그런 건 싫다. 이대로 손가락만 빨며 기다릴 생각은 없었다. 그렇다고 체념하거나 남은 몇 년간 청춘을 불태우려는 건 아니다.

나는 이긴다. 그러기 위해 할 수 있는 일을 한다.

일단 중학생 때와 달리 친구를 적극적으로 만들지 않기로 했다. 시계토라가 모습을 바꾸어 접근한다면, 그 후보를 줄이기 위해서다.

학교에 중학교 동창은 고작 몇 명뿐이다. 인간관계가 초기

화됐으니 오히려 잘됐다. 주변에 있는 또래 여자애들은 누구 할 것 없이 경쟁하듯 화사하게 꾸미기 시작했다. 그래서 나는 일부러 어두운 이미지를 유지했다. 초여름까지 입는 동복이 검은색이라 더더욱 칙칙해 보였다. 나 같아도 이런 학생에게는 다가가기 싫을 것 같았다.

만약 시계토라가 처음 보는 사람으로 변해서 불쑥 나타난다면 아무 소용도 없는 짓이다. 그래도 나는 주변 사람들을 멀리했다. 거기에는 와신상담의 의미도 담겨 있었다. 행복과 거리를 두고 싸울 마음가짐을 갖출 필요가 있었다.

고등학교 1학년 때는 존재하지만 인식되지 않는 공기처럼 지냈다. 말수가 줄고 표정도 다시 딱딱하게 굳었다.

눈 깜짝할 사이에 계절이 한 바퀴 돌아 2학년이 되었다. 가슴속에 비밀을 간직하고 살아온 지 10년째. 예정대로라면 시계토라는 장마가 시작되기 전에 드디어 빛을 받으러 나타날 것이다.

내게도 생각이 있었다. 골머리를 썩인 끝에 대책이라 할 정도는 아니지만 살아남을 작전을 세웠다. 예전에 어둑한 도서실에서 시계토라와 나눈 대화 속에 힌트가 있었다.

그때 도서위원으로 변한 놈의 정체를 알아차리자마자 나는 목소리를 높였다. 그러자 놈은 입을 다물었다. 내가 그걸 지적하자 시계토라는 "인간에게 비슷한 이야기를 듣고 죽임을 당한 적이 있어."라고 답했다.

　자세히 묻지는 않았기 때문에 구체적으로 무슨 일이 있었는지는 모른다. 애당초 시계토라는 인간이 아니다. 과연 정말로 죽일 수 있을까? 죽는다고 쳐도 칼로 멱을 따면 죽을까, 총으로 심장을 쏘면 죽을까, 아니면 온몸이 재가 될 때까지 불태워야 죽을까? 인간이라면 틀림없이 죽겠지만 비상식적인 존재이므로 불확실하다. 과연 생물로서 죽는다는 개념이 있을지도 의문이다. 내가 알고 있는 죽음과는 완전히 다른 개념일지도 모른다.

　모르는 일 천지다. 하지만 내게는 유일한 광명이었다.

　빚을 받으러 온 시계토라를 죽인다면 나는 살아날 수 있을지도 모른다. 정말로 효과가 있을지는 모르지만, 시계토라도 싫으니까 입을 다문 것이다. 꽤 예전에 죽임을 당한 경험이 있고 이번에는 죽고 싶지 않으니까 입을 다물었다. 그것만은 확실하다.

　그러니까 해보는 수밖에 없다.

　살아남기 위해 대결한다.

　일단 도구를 준비했다. 학교 규정상 아르바이트는 금지였지만 1학년 겨울방학 때 몰래 빵집에서 아르바이트를 했다. 그 밖에도 행사 스태프나 창고 작업 등 단기 아르바이트를 해서 돈이 어느 정도 모이자 인터넷과 대형 마트에서 쓸 만한 물건을 찾았다. 인간을 상대로 한 호신 용품부터 숨통을 끊을 수 있는 물건까지 다양한 도구를 구입했다.

시계토라가 나타났을 때 정면 공격으로 이기는 상황은 상상하기 어려웠다. 순식간에 눈앞에서 사라지는 놈이니만큼 기습을 가하거나, 유리한 상황을 만드는 것이 중요하다.

4월 말이 되자 모아놓은 도구를 학교 지정 가방에 숨겨 늘 가지고 다녔다. 혹시 들키면 야단나서 압수당할 만한 물건도 있었지만, 내 가방에 관심을 가지는 사람은 아무도 없으니 들킬 확률은 낮다. 교복 호주머니에도 도구를 넣어두었다. 전체적으로 몸이 약간 무거워져 교과서와 노트는 골라서 가지고 다녔다. 수업 예습과 복습을 학교에서 마치면 책을 집에 들고 올 필요가 없다. 쉬는 시간에 떠들 친구는 없으니 그 시간을 활용했다.

준비를 마친 뒤로는 등하교할 때도 신경을 곤두세웠다. 거동이 수상한 사람과 치한을 조심하라는 경고 표지판이 역에 설치되어 있는데, 만약 습격을 당하더라도 지금의 나라면 차분하게 물리칠 수 있으리라.

단단히 각오한 채 지내고 있는데, 어떤 사람이 접근해 왔다.

중학교 2학년 때 도서실에서 시계토라와 마주친 후 나타난 여학생이었다. 나와 시계토라의 대화를 들었을지도 모르는 사람이다. 중학교 내내 피해 다녔는데, 우연히도 같은 고등학교에 입학했다.

1학년 때는 다른 반이라 별문제 없었다. 하지만 2학년으로 올라가 새로 반을 배정하면서 같은 반이 됐다. 3년 전에 잠깐 이야기를 나누고는 남남처럼 지냈는데 같은 반이 되자 느닷없이 말을 붙였다.

"이토카와 아오이, 맞죠?"

어느 날 방과 후, 내가 재빨리 교실을 나서자 그 여학생이 따라와서 말했다. 나는 복도에 멈춰 서서 고개를 살짝 끄덕였다. 그러자 "아아, 역시 그랬군요." 하고 입꼬리를 부드럽게 끌어 올렸다.

"기억할지 모르지만, 저는 마쓰리비 사야라고 해요. 같은 중학교에 다녔어요."

마쓰리비 사야. 아무래도 걔가 수상하다.

나는 집에 와서 옷을 갈아입고 방에 누워 아까 전에 있었던 일을 생각했다.

방과 후, 3년 만에 사야가 말을 걸자 나는 평소 남에게 그러듯이 쌀쌀맞은 태도로 대응했다. 그러면 대개 가까이할 가치가 없는 녀석이라 판단하고 물러난다.

하지만 사야는 달랐다. 복도에서 현관을 지나 교문까지 따라오더니 역으로 향하는 길을 함께 걸었다. 처음에는 학교에 관해 몇몇 이야기를 꺼냈지만 내가 시종일관 무뚝뚝하게 대한 탓인지 도중에 입을 다물었다.

역에 도착해 적당히 비어 있는 전철을 탔다. 이만 헤어지고 싶었지만 사야는 내 옆에 앉았다. 내리는 역은 똑같다. 예전에 우리가 다닌 중학교는 공립이라 재학생이 모두 같은 학구였다. 즉, 중학교 동창생은 한동네에 산다. 이사라도 가면 모를까 어쩔 수 없다.

어쩐지 거북한 분위기였다. 옆에 앉은 사야도 그걸 느꼈는지는 모르겠다.

전철이 목적지에 도착했다. 사야와 함께 플랫폼에 내려서 계단을 올라갔다. 개찰구를 통과한 후 집이 서로 다른 방향임을 알았다.

드디어 이 답답한 시간이 끝난다. 개찰구 앞에서 인사하고 헤어지려 하자 사야가 마지막으로 불러 세웠다.

"이토카와, 모처럼 같은 반이 됐으니 그, 사이좋게 지내면 좋겠어요. …그럼 내일 봐요."

사야는 정중하게 고개를 숙인 후 조심스레 손을 흔들며 나를 배웅했다. 나는 뭐라 표현하기 힘든 죄책감을 느꼈지만 아무 대답 않고 몸을 돌려 집으로 향했다.

똑바로 누워 마쓰리비 사야가 손을 흔들던 모습을 떠올리며 천장을 올려다보았다. 한쪽 무릎을 세우고 다른 쪽 다리를 얹었다. 남이 보면 칠칠맞지 못하다고 할지도 모르지만 편한 자세다. 집에서는 고무밴드로 뒷머리를 묶는데, 지금은 몸 옆으로 빼놓았다. 고등학생이 되고 많이 길러서 지금은 허리까지 내려온다.

사이좋게 지내자고 했다.

친구를 원하던 예전 같았으면 기뻐했을 것이다. 하지만 지금은 다르다. 갑자기 나 같은 사람에게 다가오다니 좀 뜬금 없다는 생각이 들었다. 나는 사야에게 웃음 한 조각 없이 냉담한 태도를 취했다. 그런데도 내일 또 보자니.

시기상 의심해야 마땅하다.

지금 생각해 보면 여러모로 수상한 점이 많다. 3년 전 도서실. 도서위원으로 변한 시계토라가 카운터 안쪽에서 사라지는 동시에 사야가 나타났다. 혼자인지 확인했으니 내 목소리가 들렸을 가능성이 높다. 분명 수상쩍게 여겼을 것이다. 그런데 이제 와서, 시계토라가 빛을 받으러 오는 날이 코앞에 닥친 이 시기에, 태연하게 접근했다.

어쩌면 마쓰리비 사야가 시계토라 아닐까.

너무 노골적으로 접근하는 것도 같지만 대뜸 부정할 수는 없는 가설이다. 의심해야 한다. 내게는 여유가 없다.

다음 날 등교하자 사야는 교실에 있었다. 아직 새로운 반에 익숙하지 않은지 자기 자리에 가만히 앉아 있었다. 그 모습을 확인하다 눈이 마주치자 사야가 고개를 살짝 숙여 인사했다. 그게 전부였다.

안도와 아쉬움이 동시에 몰려왔다. 아무튼 이대로 사야가 접근하지 않는다면 기우에 불과했다 치고 넘어가기로 했다.

하지만 방과 후 교실을 나서자 사야가 다시 말을 걸었다.

"저기, 이토카와."

"미안, 볼일이 있어서."

순간적으로 떠올린 거짓말이었다. 나는 사야를 남겨두고 부리나케 학교를 나섰다.

며칠 간격으로 몇 번 비슷한 일이 있었다. 아무리 성격이 둔해도 이 정도면 내가 피하고 있다는 걸 눈치챘으리라.

그런데도 사야는 포기하지 않고 말을 붙였다.

"잠깐 시간 괜찮아요?"

점심시간에 화장실에 다녀오다 복도에서 사야와 마주쳤다. 정말 끈질기다. 그리고 그만큼 더 수상하게 느껴졌다. 애당초 왜 교실에서는 말을 걸지 않는지도 의문이었다. 사야는 반드시 주변에 사람이 없을 때만 다가왔다.

나는 아무 대꾸도 없이 사야를 무시하고 지나갔다. 스스로 생각하기에도 너무하다 싶었다. 최악이다.

나중에 교실로 돌아온 사야의 표정이 어쩐지 서글퍼 보였다. 하지만 그렇다고 의심을 풀지는 않는다. 7년 전과 같은 수법을 쓸 가능성도 고려해야 한다.

과연 시계토라는 어디 숨어 있을까? 이미 5월도 하순에 가까워졌다. 빚을 변제할 날은 착실히 다가오고 있다. 이제부터는 더욱 신중하게 행동해야 한다.

시계토라를 물리칠 각오와 준비는 했다. 하지만 실수로 아무 상관도 없는 사람을 죽여서는 안 된다. 놈과 다름없는 존재가 되어서는 곤란하다. 살아남는 건 중요하지만 정체를 확실하게 확인하고 행동에 나서야 한다.

고민 끝에 나는 하굣길에 사야를 미행하기로 했다.

달리 후보로 삼을 만큼 수상한 인물은 없다. 가능성을 확인하는 것은 중요하다. 마쓰리비 사야가 시계토라임이 확실하다는 증거가 나오면 내가 먼저 공격할 생각이었다.

수업이 다 끝나자 평소보다 오래 교실에 머물렀다. 평소 냉큼 사라지는 내가 돌아가지 않아서인지 올해 새로 부임한 담임 이시야마가 웬일이냐는 듯 쳐다보았다.

사야가 나가는 모습을 확인하고 나도 교실을 나섰다. 서두르지 않고 신중하게.

미행 개시다. 전철에서 내릴 때까지는 어차피 같은 방향이니까 무리해서 접근하지는 않는다.

하늘에 구름이 끼고 바람이 불었다. 낮에는 예년보다 기온이 약간 높았지만 밤에는 선선할 듯했다.

역에 도착하자 계단 위치를 고려해 전철을 탔다. 내리는 역에서 자연스레 목표물의 등 뒤를 포착할 수 있도록 움직였다. 별일 없이 역에 도착하자 예상한 대로 사야의 뒷모습이 눈에 들어왔다. 걷는 리듬에 맞추어 긴 머리가 흔들렸다.

마쓰리비 사야가 시게토라라는 증거. 예를 들면 도중에 사라진다든가, 모습을 바꾼다든가, 말도 안 되게 빨리 이동한다든가, 집에 돌아갈 낌새 없이 한밤중까지 돌아다니는 행동이 확인된다면 가능성이 농후하다고 봐도 되리라.

그럴 경우 공격할 준비도 했다. 호신용 경찰봉과 전기충격기, 서스펜스 드라마에서 사용할 법한 흉기, 그 외에도 도움이 될 만한 물건을 가방에 숨겨 왔다.

나는 걸음을 옮기며 가방 지퍼를 열고 위쪽에 노즐 버튼이 달린 빨간 캔을 꺼내 바로 사용할 수 있도록 호주머니에 넣었다. 벽 등을 칠할 때 쓰는 컬러 스프레이다. 여차하면 이걸 뿌려 빈틈을 만들고 저항할 생각으로 가져왔다. 이런 게 효과가 있을지는 모른다. 하지만 아무 반격도 안 하는 것보다는 낫다. 가늘고 긴 원통형 캔 옆면에 사람에게 뿌리면 안 된다는 주의 사항이 적혀 있었다. 내 상대는 사람이 아니니까 상관없다.

개찰구를 통과한 마쓰리비 사야는 우리 집과 반대 방향으로 걸어갔다. 놓치지 않도록 조심해서 뒤를 밟았다. 몇 분 후

역 앞 상점가를 빠져나와 주택가에 들어섰다. 거기 집이 있나 싶었지만 멈추지 않고 계속 걸어갔다. 나는 적당히 거리를 두고 따라갔다. 미행을 알아챈 기색은 없었다.

주택가 외곽까지 오자 인적 없는 길이 나타났다. 양옆으로는 논이 펼쳐졌고 저 멀리 산이 보였다. 전형적인 시골 풍경이었다.

어디까지 가려는 걸까? 그렇게 생각했을 때 사야가 갑자기 걸음을 멈추더니 고개를 좌우로 돌리며 주변을 살폈다. 다음에는 휙 돌아서서 뒤쪽을 확인했다. 나는 심상치 않은 분위기를 민감하게 감지하고 사야가 돌아서기 전에 근처 담 뒤편에 몸을 숨겼다. 간발의 차였다.

안심한 것도 잠시, 이번에는 사야가 갑자기 달리기 시작했다. 좌우에 논이 펼쳐진 길을 똑바로 나아간다. 그렇게 빠르지는 않지만 멈출 낌새는 없었다.

설마 미행을 눈치챈 걸까? 하지만 언제 어디서? 시야에 들어가지 않도록 조심했는데.

생각할 틈도 없이 목표물이 멀어졌다. 놓치지 않으려고 나도 부랴부랴 달려갔다. 지금 뒤돌아보면 대번에 들통난다. 주변에 숨을 만한 곳은 거의 없었다. 논에 물을 대는 기계와 농기구를 보관하는 창고 뒤편 정도다.

오늘은 포기하고 날을 다시 잡는 편이 나을까? 나는 이만 멈추려고 속도를 늦추었다.

그런데 바로 그때, 어떤 일이 벌어졌다. 그래서 다시 속도를 높여 사야와 거리를 좁혔다.

몇십 미터 앞에 있는 사야가 달리기를 멈추고 서 있었다.

아니, 뒷걸음치는 것처럼 보인다. 뭘까? 자세히 보자 누가 또 있었다. 사야보다 덩치가 훨씬 큰 사람이다. 근처에 있는 농기구 창고 문이 열려 있으니 저기서 나온 걸까. 니트 모자를 쓴 남자가 사야에게 서서히 다가갔다.

역에 설치된 경고 표지판이 떠올랐다. 나는 달리면서 호주머니에 손을 넣어 컬러 스프레이를 꺼냈다.

가까이 가자 니트 모자 남자가 사야의 긴 머리채를 휘어잡고 난폭하게 끌어당기는 중이었다. 나는 냉정하게 노즐 버튼에 손가락을 얹고 스프레이 분사구를 남자에게 향했다. 남자는 흥분했는지 그제야 내가 있다는 걸 알아차렸다.

가스와 함께 도료가 뿜어져 나갔다. 푸슛 하는 소리와 함께 남자의 얼굴이 빨갛게 물들었다. 스프레이를 뿌린 나도 깜짝 놀랄 정도였다. 남자는 반사적으로 비명을 지르더니 손으로 얼굴을 감싼 채 뛰어갔다.

괴한을 격퇴했다.

아무 특징 없이 평범한 길가에서 우리는 시선을 마주쳤다.

"괜찮아?"

일단 말을 걸었다. 아무래도 잠자코 있기는 애매한 상황이었다.

"아, 네, 괜찮아요. 그… 요전에도 누가 뒤를 밟는 것 같았는데, 그날은 아무 일도 없었거든요. 그래서 착각인가 했는데 오늘도 비슷한 기분이 들더라고요. 경계를 한다고는 했는데, 어느 틈에 숨어 있었는지 아까 그 사람이 나타나서 길을 막고…."

넋이 나간 듯 멍하니 서 있던 사야가 정신을 차리고 그렇게 설명했다. 아직 동요가 가라앉지 않았는지 이야기에 두서가 좀 없었다. 왜 내가 여기 있는지 신경 쓸 여유도 없는 듯했다.

"그래, 아무튼 신고할게."

여기서 사야의 이야기를 시시콜콜 들어봤자 아무 소용 없다. 그리고 니트 모자 남자가 돌아올 가능성도 있으니 위험하다. 거동이 수상한 사람과 치한을 조심하라고 적은 표지판이 근처 전신주에 설치되어 있었다. 역에도 똑같은 표지판이 있다. 스마트폰을 꺼내 표지판에 적힌 번호로 신고했다.

전화는 가까운 파출소로 연결됐다. 나는 방금 일어난 일과 현재 위치, 도망친 남자의 특징을 말해주었다. 전화를 받은 경찰관이 의문을 느꼈는지 질문을 몇 개 했다. 그중 하나에는 우연히 가지고 있던 컬러 스프레이를 실수로 잘못 뿌렸다고 대답했다.

"순찰차를 보낼 테니 기다리래."

통화를 끝내고 사야에게 알려주었다.

"네, 알았어요. 아 참, 고맙습니다. 얼마나 놀랐는지 몰라요."

"고맙기는."

사야가 머리를 숙이며 감사를 표했지만 방금 전까지 미행하던 처지라 어쩐지 머쓱했다.

그러다 아차, 하고 후회했다. 사야의 정체를 확인하려면 아까 좀 더 지켜봤어야 했다. 내 나름대로 침착하게 대처했다 싶었지만 갑작스러운 일에 마음이 급했던 모양이다.

"그런데 이토카와는 여기 웬일이에요?"

"그건 그러니까, 음…."

순찰차를 기다리는 동안 사야가 지당한 의문을 꺼내서 얼버무리느라 애먹었다.

니트 모자를 쓴 남자는 경찰에 붙잡혔다.

신고하고 잠시 후에 순찰차가 두 대 왔다. 한 대는 우리 앞에 멈췄고 다른 한 대는 그대로 달려갔다. 우리는 차에서 내린 30대 경찰관의 질문에 대답했다. 그는 도중에 다른 경찰관의 연락을 받고 괴한을 확보했다고 가르쳐주었다.

경찰관은 질문을 금방 끝내고 우리를 풀어주었다. 다만 이야기를 들으러 나중에 경찰관이 찾아올 수도 있다는 모양이다. 귀찮지만 어쩔 수 없다.

이번 사건은 학교에도 연락이 갔다. 그쪽 학교 학생들이 큰일 날 뻔했으니 앞으로 주의하도록 지도해 달라는 내용이다.

괴한에게 습격당한 사야도 경찰관이 보는 앞에서 전화로 집에 연락했다.

즉, 사야에게는 가족이나 그에 가까운 존재가 있다. 사야가 시게토라라면 과연 그런 설정을 할까? 단정은 할 수 없다. 하지만 그럴 가능성은 낮을 것 같았다.

사야는 약간 화난 말투로 통화했다. 처음 보는 모습이었다. 아무래도 집안사람이 과도하게 걱정하며 자꾸 안부를 물어서 화가 난 모양이다. 이제 괜찮다고 몇 번이나 말했다. 아주 인간미 넘치는 대화. 이제 내 눈에는 사야가 평범한 소녀로밖에 보이지 않았다.

"이토카와, 잠깐 이야기 좀 했으면 하는데요."

순찰차가 가고 나서 사야가 그렇게 말했다. 학교를 나선 지 제법 시간이 많이 지나 해가 기울고 있었다.

"봉변 당해놓고 늦게 가면 집에서 걱정해서."

괴한이 또 나오지 말라는 보장은 없다.

"그럼 언제 방과 후에 시간 좀 내줄래요?"

나는 잠깐 고민하다 대답했다.

"…응, 알았어. 약속할게. 하지만 곧 중간고사니까 그거 끝나고 나서."

"알았어요, 약속이에요. 그럼."

헤어질 때 사야가 요전처럼 손을 흔들었다. 나도 발걸음을 돌렸다. 집까지 가는 거리가 역에서 걸어갈 때보다 배로 늘어났다.

무슨 변덕이 나서 사야의 제안을 받아들인 건 아니다. 어제까지였다면 거절했으리라. 다만 방금 전 통화하는 모습을 보자 더 이상 의심하기가 귀찮아졌을 뿐이다. 딱히 친해질 마음은 없었다. 한번 실컷 이야기를 나누면 끈덕지게 다가오려는 마음이 잦아들지 않을까 싶었다.

다음 날 학교에 가자 담임 이시야마가 걱정을 했다. 경찰에서 연락했다는 소식을 들었나 보다. 습격은 사야가 당했는데 나까지 우려하는 눈으로 바라보았다. 담임이 틀에 박힌 말을 늘어놓기에 "걱정 마세요", "괜찮아요", "앞으로 조심할게요" 하고 나도 틀에 박힌 말로 대답했다.

그로부터 며칠 후, 1학기 중간고사가 시작됐다. 매년 5월 20일을 전후해서 나흘간 치른다. 1학년 때도 그랬다.

시험공부는 별로 안 했지만 문제는 그럭저럭 풀 만했다. 친구가 없는 대신 짬짬이 예습과 복습을 한 덕분이다.

시험이 끝나 주말을 보내고 월요일에 등교했다.

"오늘 수업 끝나고 교실에 남아줄래요?"

아침에 교실에 들어가자 사야가 부탁했다. 약속한 바였으니 고개를 끄덕였다. 사야는 어쩐지 안심한 표정이었다.

그날 수업은 편했다. 채점이 빠른 교사에게 시험 답안지를 돌려받고 문제 해설을 적당히 흘려들으면 되었다. 대체 사야는 무슨 이야기를 하려는 걸까, 머릿속은 그 생각으로 가득했다.

방과 후, 돌아가는 반 아이들을 곁눈질하며 의자에 앉아 기다렸다. 사야도 자기 자리에 앉아 있었다. 사람이 줄어들자 사야가 일어서서 줄지은 책상 사이를 누비며 이쪽으로 다가왔다.

나도 자리에서 일어났다. 그러자 사야가 아니라 교단에서 학급일지를 확인하던 이시야마가 말을 걸었다.

"애들아, 요전에 그런 일이 있었잖니. 나쁜 사람이 또 나타날지도 모르니 얼른 돌아가렴."

교사답게 정석적인 의견이었다.

"선생님, 걱정 마세요. 나쁜 사람이 또 나타나도 이토카와가 물리쳐 줄 테니까요."

사야가 그렇게 대답했다. 농담 섞인 말투긴 했지만 그런 일을 척척 해낼 수 있다고 오해해서는 곤란하다.

"그러고 보니 요전에는 어떻게 물리쳤니?"

"스프레이로요. 꼼짝달싹도 못 하는 제 앞에서 이렇게요.

새빨간 색이었어요."

이시야마의 물음에 사야는 몸짓을 섞어가며 대답했다. 나는 창피해서 얼른 말렸다. 다행히 교실에는 우리 세 명밖에 없었다.

"새빨간 스프레이라면 뿌리는 도료 말이니? 왜 그런 걸 가지고 다녔어?"

"그건 그러니까…."

난감한 질문이라 나는 말끝을 흐렸다. 시계토라라는 괴물에게 대항하기 위해 소지했다고 사실대로 말할 수는 없다.

경찰관이 물어봤을 때는 미술부 소속이라 우연히 가지고 있었다고 거짓말했다. 중학교 때는 그랬지만 고등학교에서는 동아리에 가입하지 않았다. 담임은 내가 미술부원이 아니라는 사실을 알 테니 똑같은 거짓말은 통하지 않는다. 이럴 줄 알았으면 도료 말고 헤어컬러 스프레이를 가지고 다닐 걸 그랬다.

"아, 그러고 보니 이토카와는 중학생 때 미술부였지. 아직도 집에서 그리나 보네? 그래서 스프레이를 가지고 있었구나."

"네, 뭐."

어떻게 대답할까 고민하고 있으니 이시야마가 멋대로 납득하고 넘어가서 마음이 놓였다.

"그랬군요. 저는 같은 중학교에 다녔는데도 몰랐어요."

사야는 금시초문인 눈치였다. 나는 어떤 사실을 알아차렸
다. 잠깐 생각하다 사야에게 말했다.

"마쓰리비, 미안하지만 먼저 현관에 가 있을래? 나, 선생님
한테 볼일이 좀 있어서."

사야는 순순히 "알았어요." 하며 가방을 들고 교실을 나섰다.

"볼일이라니, 뭔데?"

이시야마가 교단에서 내려와 다가왔다.

"선생님한테 확인하고 싶은 게 있어서요."

입안이 바싹 말랐다. 교실에 둘만 남자 긴장감이 솟구쳤
다. 멀리서 운동부의 고함 소리가 들렸다. 시험 기간에는 동
아리 활동이 금지라 오랜만에 의욕이 넘치는 모양이다. 목소
리에서 힘이 느껴졌다.

"선생님, 우리 학교에 오시기 전에는 무슨 일을 했어요?"

태도에서 위화감이 느껴지지 않도록 주의하며 물었다.

"무슨 일을 했냐니… 그야 선생님이 되기 전에는 너희들처
럼 공부했지."

"대학에서 공부했단 말이죠? 어느 대학인가요?"

뒤쪽 책상에 내 가방을 올려놓았다. 오른손을 뒤로 돌려
몰래 지퍼를 열고 안을 더듬었다. 저번에 사용한 스프레이를
찾아서 움켜쥐고 위쪽 노즐 버튼에 손가락을 댔다.

이시야마는 이웃한 지역에 있는 사립대학교 이름을 댔다.

"그 전에는 어디서 뭘 했는데요?"

"그런 질문을 몇 개나. 갑자기 왜 그러니?"

나는 웃음으로 얼버무렸다. 스프레이를 쥔 손에 땀이 배었다. 화제를 바꾸기로 했다.

"저, 가지고 싶은 게 있는데요."

"어머, 뭔데?"

"그런데 선생님이 준비할 수 있으려나."

"그러지 말고 말해보렴. 그게 볼일이야?"

"아니요, 확인하고 싶은 게 있어요."

"…이토카와, 지금 날 놀리는 거니?"

이시야마가 난감한 표정으로 고개를 갸웃했다.

정작 때가 오자 덜컥 겁이 났다. 그래서 이야기를 빙빙 돌려가며 각오를 다질 시간을 벌었다. 나는 약하다. 시선이 이리저리 흔들리려는 것을 참으며 방금 알아차린 사실을 머릿속에서 말로 바꾸어 이시야마에게 쏘아붙였다.

"선생님, 제가 중학교 때 미술부였다는 걸 어떻게 알았죠?"

떨지 않고 말했다. 방금 전에 알아차린 의문. 이시야마는 올해 4월에 우리 학교에 부임한 신입 교사다. 그리고 나는 중학생 때 일을 이시야마에게 말한 적이 없다. 그러니 알고 있으면 이상하다.

"…들었어. 분명 너랑 같은 중학교에 다닌 아이한테."

"그게 누군데요?"

설령 누군가가 이시야마에게 알려줬더라도 우리 학교에서 그 사실을 알 만한 사람은 내 중학교 동창, 그리고 입학시험 때 면접을 담당한 선생님 정도일까. 하지만 선생님은 수많은 학생들을 면접했을 테니 일일이 다 기억하지는 못할 것이다.

이시야마는 아무 대답도 없었다. 나는 조용히 지켜보았다. 분위기가 점점 팽팽해졌다.

내 중학교 동창이 알려주었을 가능성은 어떨까? 2학년 중에 동창생이 몇 명 있고, 그중 한 명은 같은 반인 사야다. 물론 다른 반에도 있지만 올해 새로 부임한 선생님이 과연 다 파악하고 있을까? 이시야마는 근무한 지 아직 두 달도 되지 않았다. 자기 반 학생도 아닌데 어느 중학교 출신인지까지 알고 있을 것 같지는 않았다. 기껏해야 자기 반 학생 정도면 모를까.

그런 관점에서 보면 이시야마와 안면이 있으면서 내 과거에 관해 알려줄 수 있는 사람은 사야뿐이다. 하지만 사야는 내가 미술부였다는 사실을 아까 처음 들었다고 했다.

따라서 이시야마가 알 방도는 없다.

그런데 알 리가 없는 정보를 알고 있다.

나는 가만히 기다렸다. 납득할 만한 대답을 내놓는다면 그냥 기우로 끝난다. 하지만 이 분위기는….

"어머, 아무래도 내가 착각한 모양이네."

이시야마가 아쉬운 듯한 목소리로 말했다.

나는 실수가 아니길 빌면서 재빨리 등 뒤에 감추고 있던 오른손을 앞으로 뻗었다. 손에 쥔 스프레이를 똑바로 겨누고 망설임 없이 노즐 버튼을 눌렀다.

괴한을 물리쳤을 때처럼 상대의 얼굴이 새빨갛게 물들기를 기대했다. 그런데 어찌된 일인지 어느덧 내 손에서 스프레이가 사라졌다.

"위험하잖나."

이시야마가 노인같이 그렁그렁한 목소리로 말했다. 물론 들어본 목소리다. 처음으로 마주치고 드디어 10년째. 내 인생의 숙적이라 해도 과언이 아닌 상대, 시계토라다.

사라진 스프레이는 담임의 모습을 한 놈의 손에 쥐어져 있었다. 어느 틈엔가 빼앗아 간 모양이다. 일단 시각부터 빼앗고 치명타를 날린다는 내 계획은 초장부터 우르르 무너져 내렸다.

"조금 이르지만 대략 10년이다. 빌려준 걸 돌려받기로 하지."

시계토라가 선고하듯 말했다. 설령 어떤 모습을 하고 있든 내게는 큰 낫을 든 사신이나 다름없는 존재다.

마침내 약속한 날이 찾아왔다.

내가 중학교 때 미술부였다는 정보.

이시야마는 시게토라였기에 알고 있었던 것이다.

3년 전 도서실에서 내 입으로 미술부라고 말했다. 그때 나눈 이야기는 세세한 부분까지 똑똑히 기억한다. 살아남기 위한 힌트가 한 조각이라도 있지 않을까 싶어 머릿속에 꼭꼭 담아두길 잘했다.

하지만 기습에 실패하고 말았다.

시게토라의 정체를 알아내려고 한 건 선제공격으로 우위에 서기 위해서였다. 그런데 이래서는 아무 의미도 없다.

나는 뒤쪽 책상에 놓인 가방에 다시 오른손을 넣어 준비해 온 물건들을 더듬었다. 스프레이는 빼앗겼지만 아직 식칼이 있다. 얄팍하니 미덥지 못한 싸구려 말고, 날이 튼튼하고 날카로운 물건이다. 이걸로 고기를 썰어본 적은 없지만 분명 잘 들 것이다.

"뭐 하는 건가?"

놈의 질문에는 대답하지 않고 칼자루를 잡았다. 무슨 원리인지는 모르지만 또 빼앗길지도 모르니 가방에서 꺼내지 않고 숨긴 상태로 기회를 노렸다.

시게토라는 무표정해서 감정을 읽을 수 없다. 애당초 감정이라는 게 있는지도 의문이다. 나는 일단 똑바로 노려보며 놈이 어떻게 나올지 기다려보기로 했다.

이렇게 대치하고 있으니 10년 전 공원에서 있었던 일이 떠올랐다. 시게토라는 개를 산책시키던 뚱뚱한 남자를 순식간에 없애버렸다. 몸을 빼앗긴 걸까? 그럼 내장은 왜 조금 남아 있었을까?

"할 말 없으면 변제 절차로 넘어가지. 난 네게 옷을 빌려주었고 이자는 없다. 추가로 빌려준 것도 없고. 보기 드물게 건조하고 꽉꽉한 인간이로군."

나는 그렇게 되는 것도 당연하지 않느냐고 속으로 투덜거렸다. 아무튼 앞으로 변제 절차인지 뭔지를 진행할 모양이다. 이렇게 된 이상 다른 방법은 없다. 살아남기 위해서는 필사적으로 저항하는 수밖에…. 마음을 굳히고 식칼을 고쳐 잡는데 갑자기 교실 문이 열렸다.

"잠깐 실례할게요."

젊은 여자 목소리. 누가 들어왔다.

"왜…? 현관에서 기다리라고 했잖아."

깜짝 놀라 나도 모르게 물었다. 아까 나갔던 사야가 교실로 돌아왔다.

"아아, 역시 선생님이셨군요. 이토카와, 이리로 와봐요."

사야는 그렇게 말하며 왼손으로 내게 손짓했다. 하지만 선뜻 따르기가 망설여졌다. 사야가 오른손에 큼지막한 가위를 들고 상태를 확인하듯 날을 벌렸다 오므렸다 했기 때문이다.

현관에 있으라고 했는데 어째서인지 가위를 들고 여기에 나타났다. 그것도 날 길이가 족히 10센티미터는 넘어 보인다. 무슨 생각인지 통 모르겠다.

하지만 이건 좋은 기회다. 시게토라가 교실 입구에 서 있는 사야에게 정신이 팔렸다. 이 기회를 놓칠 수는 없다. 지금이라면.

나는 가방에서 식칼을 꺼내 그대로 시게토라를 향해 힘껏 내밀었다.

아주 불쾌한 감촉이 느껴졌다.

식칼이 칼자루 근처까지 배에 푹 박혔다. 처음에는 약간 뻑뻑한 느낌이 들었지만 칼날이 셔츠를 찢은 후에는 쑥 들어갔다. 한 호흡 쉬고 나서 뽑으려고 했지만 힘이 모자랐다. 근육이 꽉 맞물려 어지간한 힘으로는 꼼짝도 안 할 것 같았다.

시게토라는 내 얼굴을 보고, 배에 박힌 식칼을 확인하더니 인형처럼 바닥에 쓰러졌다. 새하얀 셔츠가 빨갛게 물들기 시작했다. 시게토라는 인간이 아닐 테지만 진짜 피 같아 보였다.

"해치웠나…?!"

나는 어깨를 들썩이며 숨을 쉬었다. 가까운 책상에 손을 짚어 몸을 지탱했다. 온몸이 떨리고 다리에 힘이 들어가지 않았다. 달성감과 어마어마한 짓을 저지른 것 아니냐는 공포감이 뒤섞였다.

이시야마로 변해서 나타난 시게토라는 바닥에 쓰러진 채 미동도 없었다. 배에는 식칼이 깊이 박혀 있다. 과연 죽었을까? 이걸로 끝난 걸까? 빠져나가는 생명을 붙잡아 두려고 발악하는, 그 어떤 움직임도 보이지 않았다. 쓰러진 놈의 육체에서는 아무것도 느껴지지 않았다.

나는 목숨을 건진 걸까? 10년이나 두려워하고 고뇌해 온 일이 이렇게 쉽사리 끝날 줄이야. 기뻐해도 될까? 나는….

"이토카와, 이리로 와봐요."

사야가 다시 불렀다. 심각해 보이는 표정이었다.

"아니야, 이건…."

정신이 번쩍 들었다. 남이 보기에 이건 그냥 살인이다. 사람이 죽는 광경을 목격했으니 비명이라도 지를 법하건만 사야는 그다지 놀란 기색이 아니었다.

"네, 알아요. 그러니까 이리로… 앗!"

사야가 갑자기 큰 소리를 냈다. 대체 무슨 일인가 싶어 주변을 확인했다.

최악의 사태가 발생했다. 쓰러져 있던 시게토라가 말끔히 사라졌다. 바닥에는 핏자국 하나 남아 있지 않았다.

"말도 안 돼…."

그뿐이라면 차라리 다행이다. 사라져서 두 번 다시 나타나지 않는다면 아무 문제도 없다.

등 뒤에서 말로는 다 표현할 수 없을 만큼 섬뜩한 기운이 느껴져 휙 돌아섰다. 배가 피로 칠갑된 여자가 서 있었다. 이시야마로 변한 시게토라다. 죽지 않았다. 박혀 있던 식칼은 빠지고 없었다.

"아아…."

나는 한심한 목소리를 흘리며 뒷걸음치려다 꼴사납게 넘어져 엉덩방아를 찧었다. 몸에 힘이 들어가지 않았다. 어떻게든 일어서려고 옆에 있는 책상과 의자를 붙잡았지만 소용없었다. 다리가 계속 바들바들 떨렸다. 하다못해 도망치기라도 쉽도록 책상과 의자가 없는 교실 뒤편까지 엉금엉금 기어갔다. 그게 한계였다.

"진정해요. 이렇게 됐으니 그도 더는 기다려주지 않을 거예요."

교실 입구에 서 있던 사야가 내 곁으로 다가왔다. 지금 사야가 '그'라고 했다. 시게토라를 가리키는 걸까? 하지만 지금 시게토라는 20대 초중반 여자의 모습이다. 아무것도 모른다면 '그' 운운할 리 없다.

"이만 돌려받아야겠어."

시게토라가 지옥 밑바닥에서 울려 퍼지듯 나지막한 목소리로 말했다. 드디어 모든 걸 잃고 끝날 때가 왔다. 시작하지도 못한 인생이 막을 내리는 것이다. 절대 받아들일 수 없지만 다른 방도가 없었다. 이게 현실이라 생각하자 절로 눈물이 펑펑 쏟아졌다.

"네, 돌려드릴게요."

왜인지 모르지만 사야가 대신 대답했다. 사야가 내 등 뒤로 돌아가서 쪼그리고 앉더니, 내 몸의 어떤 부분을 살짝 잡았다.

"어?"

"움직이지 말고 가만히 있어요."

사야는 "미안해요." 하고 중얼거리고는 싹둑싹둑 가위질을 했다.

몸의 일부가 잘려 가뜬해진 느낌이 들었다.

아프지는 않았다.

길었던 내 머리카락이 어깨보다 조금 위로 올라갈 만큼 깡충하게 짧아졌다.

사야는 자른 머리카락을 정리해서 시계토라에게 가져갔다. 그리고 여기요, 하고 내밀었다.

나는 눈물을 닦았다. 무서워서 다리에 힘이 풀렸지만 간신히 비틀비틀 일어섰다. 분위기가 달라졌기 때문인지도 모른다. 하지만 대체 무슨 일인지는 이해가 되지 않았다.

"어때요, 충분한가요?"

"…조금 모자라는데."

사야가 묻자 시계토라는 고개를 옆으로 흔들었다. 놈은 내 머리카락을 쥐고 있었다.

"그렇군요. 하지만 더 자르기는 아까운데요."

사야가 이쪽을 보고 중얼거렸다.

"저기, 뭐 하는 거야…?"

"그럼 이러면 어떨까요?"

뭐가 뭔지 몰라 얼떨떨해하는 나를 내버려 둔 채, 사야는 긴 자기 머리를 한 줌 잡더니 끝에서부터 10센티미터쯤 잘라서 시계토라에게 내밀었다.

"넌 거래 상대가 아니야."

"대신 갚는 건 안 되나요? 이토카와는 제 친구예요."

상대가 인간이 아닌데도 사야는 스스럼없이 이야기를 나눴다. 아무것도 모르는 내게는 그 모습이 든든하게 느껴졌다.

"상관없겠지. 내가 빌려준 무게를 충족시키는군."

시계토라는 잠깐 입을 다물었다가 그렇게 말했다. 그리고 나를 보며 "거래는 끝났다." 하고 똑똑히 일러주었다.

나는 멍한 기분으로 뭔가 물어보려고 입을 열었다. 하지만 시계토라는 교실에서 흔적도 없이 사라진 뒤였다. 역시나 순식간에 벌어진 일이었다.

"그에게는 그만의 법칙이 있어요. 마구잡이로 행동하는 악마는 아니에요."

내가 겨우 마음을 진정시키자 사야가 그렇게 말했다.

방과 후, 우리 말고는 아무도 없는 교실. 시계토라가 사라지자 나는 다시 바닥에 풀썩 주저앉았다. 공포와 안도가 뒤섞여 어찌할 바를 모를 지경이었다. 사야는 그런 나를 내버려 둔 채 돌아가지 않고 옆에서 챙겨주었다.

"마쓰리비, 너 시계토라를 아는구나?"

사야는 조용히 고개를 끄덕이더니, 어째서 알고 있는지가 아니라 시계토라에 관해 설명했다.

"시계토라는 인간과 거래하는 존재예요. 음식물이든 돈이든 사람이 바라는 걸 주죠. 뭘 얼마나 줄 수 있는지는 확실치 않지만 어지간한 건 다 준다고 해요. 모습이 다양하고 신출귀몰해서 마주치느냐 마느냐는 운이고요."

사야가 교단 앞에 서서 이야기했다. 나는 가까이에 있는 의자에 앉아 끼어들지 않고 가만히 귀를 기울였다.

"하지만 무상은 아니에요. 빌려주는 거죠. 정해진 기한이 끝나면 빌린 걸 갚아야 해요. 이토카와는 실제로 거래를 해봤으니 알겠지만 기한은 10년이고요. 몇 년 지날 때마다 나타나서 추가로 원하는 건 없는지 묻는다는 이야기도 있어요. 그리고 10년이 지나 빚을 갚아야 할 때는 빌려준 걸 그대로 돌려받지 않아요. 시계토라는 인간의 몸을 노리고 거래하거든요. 즉, 갚을 때는 그에게 가치가 있는 인간의 육체로… 그렇게 되는 거죠."

"정말 불합리해. 거래에 응한 후에야 알려줬단 말이야."

옛날에 겪었던 다양한 일이 뇌리를 스쳤다. 비상식적이라 쉽게는 믿기지 않을 법한 일들. 하지만 내게는 생생한 현실이었다. 웃기게도 지금은 그 일들이 마치 꿈같이 느껴졌다.

"시게토라의 법칙으로는 그게 맞는 거겠죠. 그와 거래할 때 우리 인간에게 가장 중요하고 주의해야 할 점은 교환 비율이에요. 다시 말해 받은 것에 대해 얼마만큼 지불하면 되느냐인데, 이때 받은 것의 가치는 중요하지 않아요. 판단 재료는 무게예요."

"무게?"

내가 모르는 정보가 나왔다.

"네, 시게토라는 무게로 판단해요. 어, 그러니까…."

사야는 교단에 올라가서 하얀 분필을 집어 칠판으로 돌아섰다.

重さで取られる(오모사데 토라레루. 무게로 받아 간다는 뜻—옮긴이).

따닥따닥 소리를 내며 그렇게 쓰고 분필을 내려놓았다.

"혹시 그걸 줄여서 '시게토라'라는 거야?"

"네. 금방 알아보는군요."

'重'이라는 한자는 '시게'라고도 읽는다. 주로 사람 이름이

나 사물의 명칭에서만 그렇다. 무게의 '시게'에 받아 가다의 '토라'를 합쳐 '시게토라'인 모양이다.

그제야 수긍이 갔다. 만약 빌려준 것을 똑같은 무게로 받아 간다면….

"내가 거래한 건 원피스였어."

부모님이 사준 새 옷이 찢어져 혼나기 싫어서 거래했다. 어렸던 터라 상대가 괴이한 존재임을 알아채지 못했다.

"네, 게다가 10년 전이니 어린이용 원피스였겠죠. 다행히 그리 무겁지는 않았을 거예요. 만약 이토카와가 큼지막한 금괴를 많이 받았다면 속수무책이었겠지만요. 적어도 팔 하나는 받아 갔을 거예요. 인간의 욕심은 한도 끝도 없는 법이라, 시게토라와 거래하고 무사히 살아남는 사람은 드물어요."

개를 산책시키던 뚱뚱한 남자는 거의 온몸을 빼앗겼다. 남자가 사라지는 광경을 목격한 탓에 때가 오면 속절없이 몸과 함께 목숨을 빼앗길 것이라고 내내 착각하며 지냈다. 머리카락으로 때웠으니 행운이라 해야 할까.

"머리카락도 몸의 일부다 그거구나. 그나저나 내가 시게토라와 거래했다는 걸 알고 있었던 모양인데, 어떻게 알았어?"

돌이켜 보면 사야는 분명 알고서 행동에 나섰다.

"3년 전 일 기억해요? 중학교 도서실에서 있었던 일인데."

"물론이지."

사야와는 그때 처음으로 말을 나누었다.

"그때 실은 이토카와의 목소리가 복도까지 들렸거든요. 누군가랑 이야기하고 있다는 건 바로 알았죠. 그런데 어쩐지 내용이 좀 이상한 느낌이라 문 앞에서 엿듣다가 시게토라라는 걸 알아차렸어요."

"이야기만 듣고서?"

"이토카와의 말을 듣고 알았어요. 거래라느니 인간의 몸이 어쨌느니 하는 말이 들렸거든요. 원피스를 거래했다는 것도 그때 알았고요. 그리고 이유가 또 있어요. 그때 저한테 시게토라의 목소리는 들리지 않았어요. 당시 도서실에 그가 있었다는 증거는 없는 셈이죠. 도서위원도 없는데 희한하게 혼자 떠드는 사람이 있었을 뿐이에요. 하지만 시게토라가 관계없는 사람의 기억에서 지워진다는 사실은 알고 있었거든요. 그러면 설명이 된다 싶어서 오히려 확신을 얻은 거예요."

납득이 갔다. 다른 사람들의 기억에서 시게토라가 지워지는 현상은 나도 경험했다. 초등학교 때 유리가 그랬고, 중학교 때 도서위원도 그랬다. 둘 다 어느 날을 경계로 자취를 감추고 두 번 다시 나타나지 않았다. 하지만 아무도 소란을 떨지 않고 잠잠하게 넘어갔다.

"그런데 이시야마 선생님은 기억나?"

지금까지와 마찬가지라면 이시야마도 나 말고 다른 사람

들의 기억에서 사라지지 않을까.

"네, 기억나요. 아마 저도 머리카락을 줘서 그런 게 아닐까요. 거래에 관여한 셈이니까."

머리카락… 사야의 뒷머리는 일부가 비스듬하게 짧아졌다.

"나한테 머리를 기르라고 한 것도 시게토라에게 빚 갚을 날을 내다보고 한 말이야?"

사야는 고개를 끄덕였다. 3년 전에는 이상한 소리를 한다고 생각했지만 지금 돌이켜 보면 타당한 제안이었다.

하지만 내가 머리를 많이 기른 건 사람을 멀리하기 위해서였다. 어두운 이미지를 만들어 가까워지려는 사람을 줄임으로써 시게토라를 한시라도 빨리 찾아내려는 목적이었다. 사야의 의도와는 상관없다. 사야 덕분에 미리를 기른 건 아니니 완전히 우연이라 할 수 있다.

뭐, 아무튼 내가 머리를 기르지 않았다면 어땠을까 생각하자 등골이 오싹해졌다. 원피스의 무게만큼 몸의 다른 부분을 내놓아야 했으리라.

"머리카락은 무게가 제법 나가거든요. 어린이용 원피스 정도는 감당하지 않을까 싶어서."

하지만 안타깝게도 무게가 모자라 사야도 머리카락을 잘라야 했다. 날 길이가 10센티미터도 넘어서 보기만 해도 오싹한 가위로.

"가위는 머리카락을 자르려고 가져온 거구나. 그런데 어째서 그렇게 큰 걸 가져왔어?"

"그게, 집에 이발용 가위가 이것밖에 없어서요. 할머니한테 빌렸어요."

"현관에서 기다리라고 했는데 교실로 돌아온 건 이시야마 선생님을 의심해서야? 언제부터 의심했어?"

"이토카와가 중학교 때 미술부였다는 걸 알다니 어쩐지 이상하다 싶더라고요."

나랑 같은 부분을 포착했다. 그러고 보니 중간고사 답안지를 돌려받을 때 사야는 선생님에게 칭찬을 받았다. 분명 높은 점수를 받았으리라. 그것도 한 과목만이 아니었다. 틀림없이 머리가 좋은 것이다.

"최근에 갑자기 나한테 접근한 건 시게토라에 대해 알려주려고? 교실에서는 왜 말 안 걸었어? 늘 아무도 없을 때 몰래 말 걸었잖아."

나는 연거푸 질문했다. 전전긍긍하던 일이 해결되자 의문이 쉴 새 없이 샘솟았다.

"어, 그 그건….."

"아, 나중에 말해줘도 되고, 불편하면 대답 안 해도 괜찮아."

알아서 자제했다. 말하자면 사야는 생명의 은인이다. 생명의 은인을 난처하게 만들어서는 못쓴다.

교단에서 내려와 내 곁으로 다가온 사야가 어째선지 눈이
마주치지 않도록 비스듬히 아래를 내려다보며 대답했다.

"…실은 좀 더 빨리 말하고 싶었지만, 민폐인가 싶어서요."

"민폐?"

민폐라니 왜? 어리둥절해하다가 지금까지 사야가 다가올
때마다 내가 얼마나 차가운 태도를 취했었는지 기억났다. 그
러고 보면 중학교 때도 내내 피해 다녔다.

"…미안해. 내 탓이구나."

"저야말로 멋대로 친구라고 해서 미안해요."

사야가 갑자기 허리를 굽히며 사과해서 당황스러웠다. 분
명 시게토라에게 나를 '친구'라고 하긴 했다. 하지만 사과할
일은 아니다. 이를테면 긴급사태였으니까.

사야는 허리를 편 후에도 고개는 들지 않았다.

혹시 겨우 그 정도 일로 고개도 못 들 만큼 부담감을 느끼
는 걸까?

사야가 어떤 사람인지 조금 알 것 같았다.

"머리가 확 짧아졌네."

나는 시원해진 뒷머리를 만지며 심술궂게 말해보았다. 그
러자 사야는 허둥거리며 몹시 미안한 표정을 지었다. 그게
어쩐지 우스워서 웃음이 나왔다. 딱딱하게 굳었던 표정이 저
절로 풀어졌다.

"저기, 마쓰리비. 이제부터 사야라고 불러도 돼?"

"이름으로요?"

"내 친구잖아?"

"그건… 네, 괜찮아요."

"그럼, 사야. 가위 좀 빌려줘."

사야가 가지고 있던 커다란 가위를 받아 들었다. 조금 무거
웠지만 손을 움직여 보자 다루기는 어렵지 않을 것 같았다.

"뭐 하려고요?"

걱정스레 묻는 사야에게 나는 웃음을 지어주었다.

"아까 대충 잘라서 머리가 한쪽만 비스듬하게 짧아졌어.
이상해 보이니까 다듬어줄게. 여기 앉아봐."

내가 앉았던 의자를 사야에게 내밀며 제안했다.

"하지만."

"걱정 마. 시계토라도 아닌데 배를 푹 찌르기야 하겠어?"

"아니, 그런 게 아니라…."

사야는 내 머리카락을 자른 게 여전히 마음에 걸리는지 이
런저런 말을 꺼내놓았다. 내가 "이제 그만." 하고 한마디로
정리하자 사야는 고분고분하게 의자에 앉았다.

뒤에서 사야의 폭포수 같은 검은 머리를 만져보았다. 윤기
가 자르르하니 언제까지고 쓰다듬고 싶을 만큼 감촉이 좋았
다. 순수하게 예쁘다고 생각했다. 나보다 긴 머리가 훨씬 잘

어울린다.

손으로 사야의 머리를 빗으며 앞으로 다가올 미래를 생각해 보았다.

이제 머리를 기를 필요가 없다. 다음에 미용실에서 마음에 드는 헤어스타일로 바꾸자. 앞으로는 괜히 신경을 곤두세우고 주변을 경계하지 않아도 된다. 시계토라를 물리치기 위해 준비한 도구는… 수상한 사람과 마주쳤을 때를 대비해 일부만 가지고 다닐까. 그리고 굳어버린 얼굴 근육을 풀어 웃는 연습도 해야 한다. 한 번 더 옛날처럼.

생각이 꼬리에 꼬리를 물자 기쁜데도 왠지 조금 눈물이 났다.

"왜요, 무슨 일 있어요?"

"아니, 아무것도 아니야."

나는 옷소매로 몰래 눈가를 닦고 신중하게 가위질을 시작했다.

10년간의 비밀이 끝을 맞이했다.

오늘 일은 평생 잊지 못하리라.

제4화

———

축제 날 밤에

향냄새가 코를 찔러 눈 속이 시큰했다. 아직 6월이 된 지 일주일 정도밖에 지나지 않았지만 이건 분명 그거다.

학교 건물로 들어가기 위해 내딛던 걸음을 멈추고, 숙이고 있던 얼굴을 들었다. 정면은 건물 출입구, 오른쪽은 체육관, 왼쪽은 자전거 주차장이다.

냄새는 자전거 주차장에서 진하게 흘러왔다. 가보자 안면 있는 직원이 있었다. 나보다 열 살은 족히 많은 그는 냄새의 원인 옆에서 하늘을 올려다보고 있었다. 전용 그릇에서 피어오르는 흐릿한 연기에서 냄새가 풍겼다. 나는 다가가서 말을 걸었다.

"안녕하세요. 모기향인가요?"

"아아, 사카구치 선생님, 안녕하세요. 네, 맞습니다."

서로 가볍게 인사를 나누었다. 여기는 고등학교고, 나는 교사다. 수업 사이 쉬는 시간에 나와서 돌아다니던 참이다.

"아직 6월인데 벌써 모기가 있나요?"

"아아, 벌레가 있는 건 아니고요."

"그럼 왜 모기향을?"

그럼 왜 자전거 주차장 한구석에서 때 이른 모기향을 피우고 있을까?

"눅눅해지지 않았는지 확인하는 거랍니다. 학교 창고에 있던 건데, 아무래도 꽤 오래된 모양이라 처분할지 고민하는 중이었나 봐요. 하지만 이렇게 많은데 그냥 버리기는 아깝잖아요. 이걸 한번 보세요."

그는 발치에 놓아둔 골판지 상자를 열었다. 안에 소용돌이 모양의 모기향이 잔뜩 담겨 있었다.

"전부 사용 안 한 건가요?"

"네. 그래서 아직 쓸 만하면 놔두려고요. 학교에 필요 없으면 교직원끼리 나눠서 집에서 써도 되잖아요. 어때요, 선생님도 좀 가져가시죠."

"…저는 사양하겠습니다. 아무래도 냄새가 마음에 안 들어서요."

나는 어쩐지 미안해서 머리를 긁적이며 거절했다.

"그럼 어쩔 수 없죠. 옛날에 아는 사람 중에도 그런 사람이 있었어요. 뭐, 요즘은 전자 모기향이니, 뿌리는 모기약이니 많잖아요. 그런 건 냄새가 안 나서 좋더라고요. 역시 기술은 진보한다니까."

"네, 그렇죠."

"눅눅해지지 않았다는 걸 확인했으니 그만 꺼야겠습니다. 모기향 냄새를 맡고 있으니 어쩐지 옛날 생각이 나네요."

그는 그렇게 말하고 모기향을 정리했다. 나도 다음 수업을 하러 걸음을 옮겼다.

옛날 생각. 그는 거기에 젖어 맑은 하늘을 올려다보고 있었을까?

무슨 기분인지 알 것 같았다. 나도 모기향 냄새를 맡으면 떠오르는 기억이 있다. 잊어서는 안 되지만 떠올리면 마음이 좀 아프다. 그러니 별로 떠올리고 싶지는 않다.

복도를 걸어가며 다른 생각으로 기분을 전환하기로 했다.

요즘은 지난달 말 경험한 괴현상으로 머릿속이 가득하다.

그날 오후. 볼일이 있어 구관의 빈 교실에 갔다가 중요한 열쇠를 떨어뜨리고 말았다. 밤에 그 사실을 알아차리고 찾으러 갔다. 열쇠는 금방 찾아냈지만 기묘한 현상을 목격하고 말았다.

까릭까릭, 수상한 소리를 내며 마루판을 뒤집는 괴생명체.

그것은 3층 복도 마루판 밑에 숨어 있었다. 분명 인간의 것이 아닌 길쭉한 팔을 뻗어 말 그대로 마루판을 뒤집었다. 마지막에는 노랗게 빛나는 눈으로 나를 노려봤다. 하마터면 큰일 날 뻔해서 가슴이 철렁했다. 혼비백산한 나머지 또 열쇠를 떨어뜨렸지만 밤에 구관에 들어가기가 싫어서 일단 집에 갔다가 날이 밝은 후에야 열쇠를 찾으러 갔다.

나 혼자 지지고 볶았다면 잠이 덜 깨서 꿈을 꿨다든가, 피곤해서 환각을 보았다는 식으로 넘길 수도 있다. 문제는 바닥 밑에 숨어서 마루판을 뒤집는 '그것'에 관한 이야기를 어떤 사람에게 먼저 들었다는 것이다.

마쓰리비 사야라는 학생에게.

마쓰리비에게 '그것'의 이야기를 들은 후, 이야기의 내용과 똑같은 현상을 경험했다. 상식과는 동떨어진 일이지만 그걸 아는 사람이 있고, 내 두 눈으로 목격한 이상은 무시하고 잊어버릴 수도 없다.

그건 뭐였을까? 내가 가진 지식과 지혜를 아무리 짜내도 답은 나오지 않는다. 아무리 마음에 걸리고 고민스러워도 모르는 건 모르는 거다. 이럴 때는 정체를 알 법한 사람에게 직접 물어보는 수밖에 없다.

하지만 마쓰리비에게 물어볼 기회는 돌아오지 않았다. 마쓰리비의 반에는 수업을 들어가지 않아서 접점이 없다. 복도에서 마주치기도 하지만 그럴 때는 꼭 주변에 누가 있다. 편견이겠지만, 소위 괴담에 가까운 화제니까 남의 귀에 들어가지 않도록 몰래 물어봐야 할 것 같다. 그리고 교사가 괴담을 즐긴다는 소문이 나면 일부 학생들이 깔볼 우려가 있다.

그래서 혼자 멋대로 상상을 부풀리다가 대체 무슨 망상이냐며 자조하는 나날을 보냈다.

이러다 평생 고민에 빠져 사는 게 아닐까 근심스러웠다. 너무 과한 걱정인가? 결혼할 계획도 없으면서 손자에게 그 일을 옛날이야기처럼 들려주는 자신의 모습을 상상하고 쓴웃음을 지었다.

평소처럼 고개를 숙인 채 복도를 걸었다. 남에게 피해를 주지 않도록 고개를 살짝 들어 앞쪽을 확인하자 한 학생이 눈에 들어왔다.

"음, 너는⋯ 마쓰리비 사야!"

순간적으로 이름을 부르자 학생이 멈춰 섰다. 옆구리에 교과서와 노트를 낀 학생은 바로 마쓰리비 사야였다. 이동수업일까. 마침 주변에는 아무도 없었다. 생각지도 못한 기회가 찾아왔다.

"왜, 왜 그러세요?"

"난데없이 불러서 미안해. 너한테 확인하고 싶은 일이 있어서."

일단 갑자기 불러 세운 걸 사과했다. 교사가 말을 시키면 학생은 불안해지는 법이다.

"확인하시고 싶은 일이라고요?"

"기억할까 모르겠네. 2주쯤 전, 중간고사 마지막 날에 같이 책상을 날랐는데."

"아아, 이시야마 선생님 부탁으로 대신 책상을 옮겨주신 선생님이시군요."

"이시야마?"

처음 듣는 이름이라 고개를 갸우뚱했다. 우리 학교에 그런 교사가 있었던가? 내가 책상을 옮긴 건… 왜였더라? 어째선 지 생각이 안 났다. 누군가에게 부탁받은 것 같기도 한데 그 부분만 기억이 쑥 빠졌다. 혹시 건망증인가? 아직 서른도 안 됐는데 노화가 진행됐나?

"앗… 아니에요, 죄송해요. 제가 착각했네요. 신경 쓰지 마세요."

"음, 뭐 그렇다면야."

어쩐지 석연치 않았지만 두통이 나고 머리가 어질어질해서 마쓰리비 말대로 신경 쓰지 않기로 했다. 평소 밤새 생각에 빠져도 잠만 좀 부족할 뿐이지 큰 문제 없는데 희한한 일이다.

"그런데 무슨 일이신가요?"

"아, 그래. 네가 말했던 바닥을 뒤집는 '그것'은 대체 뭐니? 이상하게 들릴지도 모르지만 요전에 '그것'을 봤거든. 진짜 놀랐어. 농담이 아니라 정말 간 떨어질 뻔했다니까."

요전에 마쓰리비가 들려준 이야기에 대해 물어보았다. 도깨비, 요괴, 괴물 등등 정체불명의 존재를 부르는 명칭은 다양하다. '그것'은 그러한 부류에 속하는 존재일까, 아니면 내 지적 수준으로는 상상조차 불가능한 뭔가일까? 솔직히 나는 그런 유의 존재를 믿지 않는 성격이지만, 순순히 수긍하느냐는 둘째 치고 직접 목격한 이상 무턱대고 부정할 수는 없다. 만약 정체가 신종 동물이라면 내 이해의 영역에 아슬아슬하게 턱걸이하지 않을까.

"그러고 보니 선생님께 그런 이야기를 해드렸죠."

지금 생각났다는 것처럼 마쓰리비 사야는 고개를 끄덕끄덕했다. 내가 '그것'을 봤다는 사실 자체에는 놀라지 않는 듯했다.

"넌 그런 쪽으로 잘 아니?"

만약 그렇다면 어디서 그런 지식을 얻었을지 궁금했다.

"그게 말이죠."

"사야, 늦어서 미안해. 찾아보니 교과서 있더라."

마쓰리비가 질문에 대답하려던 참에 대화가 중단됐다.

어느 틈에 누가 다가왔나 보다. 게다가 달려온 여학생은 마쓰리비와 아는 사이인지 친근하게 말을 걸었다.

"죄송해요, 선생님. 곧 수업 시작이라."

다가온 학생의 말에 나는 손목시계를 들여다보았다. 쉬는 시간이 얼마 남지 않았다.

"아아… 그러게. 늦으면 안 되지."

"사야, 가자."

"그, 실례할게요."

멀어지면서 나중에 온 학생이 수상쩍다는 눈으로 이쪽을 쳐다봤다. 어쩌면 말소리가 들렸는지도 모르겠다. 마쓰리비가 친구와는 이런 이야기를 하지 않는다면 미안한 짓을 한 셈이다.

방과 후 사무 작업을 마치고 퇴근해 집에 가기 전에 약국에 들렀다.

아무래도 몸 상태가 시원치 않았다. 어쩐지 열이 나는 것이, 낮에 머리가 아팠던 것도 감기 때문이었나 보다. 약을 사서 집에 돌아왔다. 나는 맨션에서 자취한다. 혼자 살기에는 큰 편이지만 시골이라 집세가 싸고 학교에서도 가깝다. 슈퍼와 약국을 빼면 근처에 가게가 별로 없어서 차가 필요한 것 말고는 딱히 불만이 없다.

내일 출근할 준비를 마친 후 약을 먹고 평소보다 일찌감치 잠자리에 들었다.

다음 날 아침, 최악의 기분으로 잠에서 깼다. 옷이 식은땀으로 흠뻑 젖었고 두통도 약간 남아 있었다.

그리고 별로 좋지 않은 꿈을 꿨다. 모기향 냄새를 맡은 탓이리라. 침대에서 기어 나와 거실로 가서 벽에 걸린 달력을 확인했다. 어느덧 3년이 넘게 지났다.

나와 사귀었던 히가시다 사토미가 세상을 떠나고 벌써 세월이 그렇게 흘렀다.

사토미와는 대학생 때부터 사귀기 시작했다. 대학도 전공도 달랐지만 취미는 겹치는 부분이 있었다.

사토미를 처음 본 곳은 영화관이었다. 좋아하는 감독의 신작을 개봉 첫날 보러 갔다. 친구를 살살 꾀어도 "아, 그거." 하고 거절할 만큼 기대치가 높지 못한 영화였다. 그래서 혼자 보기로 했다. 빈자리가 넘쳐났지만 다섯 좌석 옆에 내 또래로 보이는 여자가 앉아 있었다. 여자도 혼자였다.

얼마 후 나는 또 영화관에 갔다. 친구를 살살 꾀어도 "뭐야 그게?" 하고 말할 만큼 홍보가 안 된 영화를 보기 위해서다. 물론 개봉 첫날 혼자서 갔다. 역시 빈자리가 넘쳐났지만 예전에 본 여자가 또 있었다. 솔직히 말하자면 미인이라 얼굴을 기억하고 있었다.

여자는 전과 비슷한 위치에 앉아 있었다. 한복판보다 약간 뒤쪽. 분명 영화를 보기에 최적의 위치가 거기였을 것이다.

영화관은 표를 구입할 때 좌석을 고를 수 있다. 비어 있으면 어디를 고르든 자유다. 나도 거의 똑같은 위치를 좋아하므로 동질감을 느꼈다. 여자는 이번에도 혼자였다.

그 후로도 같은 영화관에서 가끔 그녀를 봤다. 인기가 낮아 관객이 얼마 없는 영화에서는 특히 더 눈에 띄었다. 인기가 높은 작품은 관객이 많으니까 사람들에 가려서 내가 못 봤을 뿐인지도 모르지만.

그렇게 자꾸 보는 사이에 점점 그녀에게 관심이 생겼다. 혹시 영화 애호가라면 이야기가 잘 통할지도 모른다. 또래 중에 비주류 영화 이야기까지 나눌 수 있는 상대는 흔치 않다. 덧붙여 미인이라 친해지고 싶었던 것도 사실이다.

돌이켜 보니 영화 개봉 첫날에 눈에 띌 확률이 높다는 사실을 깨달았다.

그때부터 별일 없는 한 개봉 첫날에 영화를 보러 갔다. 머릿속의 똑똑한 부분이 조건만 갖추어지면 그녀와 또 만날 수 있을지도 모른다고 계산했다.

작전은 스스로도 놀랄 만큼 잘 맞아떨어졌다. 영화관에서 그녀의 모습이 자주 눈에 띄었다. 하지만 말을 걸지 않으면 아무 소용도 없다. 망설이다 포기하고 다음에는 반드시 말을 걸겠다고 결심한다. 그 과정을 몇 번이나 되풀이하다가 어느 날 영화가 끝난 후 드디어 그녀에게 말을 거는 데 성공했다.

그리하여 그녀도 나와 비슷한 과임을 알았다. 행동만 봐도 명백하지만 요컨대 영화 애호가다. 친구가 질색하는 영화도 취미 삼아 자주 본다. 그래서 혼자일 때가 많다.

히가시다 사토미라는 이름도 그때 처음으로 들었다. 그게 우리의 첫 만남이었다.

그로부터 4년쯤 재미있게 사귀며 점점 관계가 깊어지던 중에 사토미가 갑작스런 사고로 세상을 떠났다. 3년 반 전 겨울에 있었던 일이다.

강에 걸린 다리가 노후화해 기울어지면서 무너진 것이 원인이었다. 사토미는 운이 나빴다. 고작 몇 초면 건너는 작은 다리를 지나가던 중에 교각의 수명이 다할 줄 누가 알았으랴. 기울어지고 일부가 함몰된 다리에서 사토미의 차는 균형을 잃었다. 약간 삐딱해진 정도라면 무사했을지도 모르지만, 다리는 미끄럼틀처럼 급경사를 이루었다.

당황한 사토미는 운전대를 잘못 조작하고 말았다. 차는 다리 양옆에 설치된 나지막한 난간을 넘어 얕은 강에 추락했다. 사토미는 온몸, 특히 뒤통수를 세게 부딪쳐 중태에 빠졌다가 사망했다.

이슈가 될 만한 사고라 당시 텔레비전과 신문에서도 크게 보도했다. 조사 결과, 사고의 원인과 다리를 둘러싼 상황 등이 밝혀졌다. 부러진 교각은 예전부터 금이 가고 볼트 구멍이 어긋나는 등 여러 문제가 발생한 데다 노화된 콘크리트가 부스러져 언제 무너져도 이상하지 않을 만큼 약해진 상태였다. 다리 교체 사업안은 있었지만 시청 쪽에서 오랫동안 방치해 두었던 모양이다. 딱히 민원이 있었던 것도 아니고 그리 큰 다리도 아닌 데다 교통량도 적어서 미뤄놓은 것이다.

사토미의 가족과 친구는 분노와 슬픔을 풀 곳이 마땅치 않았다. 시청 직원이 기자회견에서 사고에 대해 설명하는 모습이 뉴스 등에서 방송됐지만 차마 보지 못했을 것이다.

사토미는 나를 만나러 올 때만 그 다리를 이용했다. 그 때문에 유족의 낯을 볼 면목이 없어 연락은 하지 못했다. 그러므로 지금 남은 사람들의 심경이 어떤지는 모른다. 다만 애석한 기분을 쉽게 식이지는 못할 것이다.

나는 연인이었으면서도 사토미의 죽음을 뭔가 책망할 여지가 없는 불행한 사고라고 차갑게 받아들였다. 왜냐하면 현실감이 없었기 때문이다. 가까운 사람이 아무 조짐도 없이 덜컥 죽는 일은 예전에도 겪어봤다. 물론 기분이 우울하기는 했지만 그뿐이었다. 사토미는 희로애락이 표정에 고스란히 드러나는 사람이었다. 그 다양한 표정들은 내 마음속에 단단히 새겨져 있었다. 추억이 남아 있으니 괜찮을 줄 알았다.

하지만 사고가 발생하고 반년이 지난 여름. 방에 있던 모기향을 피우고 냄새를 맡은 순간 눈물이 쏟아졌다. 그날은 더 이상 아무것도 할 수 없어 그저 멍하니 지냈다. 형언할 수 없는 공허감이 몰려왔다고 하면 될까.

사토미는 소용돌이 모양의 모기향을 즐겨 사용했다. 우리 집에 있던 모기향은 사토미가 두고 간 것이다. 하잘것없는 추억. 사토미는 "역시 연기가 나야 효과가 있어 보이잖아." 하며 난색을 표하는 내 앞에서 모기향을 피웠다. 집에 전기로 약을 살포하는 방충 제품이 있는데도 말이다. 모기향에서 나는 냄새와 연기 때문에 눈 속이 약간 시큰했다. 하지만 사토미가 만족하니 모기향도 나쁘지 않겠다고 생각했다.

그 후로 모기향 냄새를 맡을 때마다 그 기억이 되살아났다. 같은 향이라도 장례식에서 사용하는 선향 냄새에는 반응하지 않는다. 잘 모르겠지만 내 몸의 구조는 그렇게 되어 있는 모양이다.

평범한 일상의 한 조각.

이제 사토미가 없다는 사실을 그 무엇보다도 각인시킨 건 모기향이었다.

그렇구나, 벌써 3년도 넘게 지났구나.

사토미가 살아 있었다면 어제 학교에서 남은 모기향을 기꺼이 받아 왔을 것이다.

나는 달력 앞에서 잠시 생각에 잠겨 있다가 냉장고를 뒤져 아침거리를 적당히 찾았다.

오늘은 평일이다. 나는 교사니까 물론 일하러 학교에 가야 한다. 하지만 몸이 안 좋은 탓인지 움직이기가 귀찮았다. 사토미와 함께였던 시절의 꿈을 꾼 탓인지 기분도 너무 울적했다.

잠시 고민한 후 하루 쉬기로 했다. 그냥 안 가면 결근이니 여름방학에 받으려고 했던 유급휴가를 앞당겨 쓰기로 했다. 미안함을 느끼며 일찍 출근하는 사무직원에게 연락했다. 사립학교는 이런 부분에 융통성이 있어서 좋다.

감기약을 먹고 제자들에게 마음속으로 사과하며 다시 침대에 누웠다. 몸 상태가 안 좋은 것은 사실이니 안정을 취해야 한다.

잠에 빠졌다가 정오가 되기 조금 전에 다시 깨어났다. 또 온몸이 땀으로 범벅이었다. 열이 내렸는지 두통이 가셔서 개운했다. 이제 몸은 괜찮은 듯했다.

옷을 갈아입고 냉동식품으로 점심을 때웠다. 아프다는 핑계로 쉬어놓고 이런 말을 하기는 좀 그렇지만 몸 상태가 좋아지자 심심했다. 뭔가 할 일이 없을까 궁리하다 그게 떠올라 컴퓨터를 켰다. 인터넷에 들어가 마룻판을 뒤집는 '그것'에 대해 찾아보기로 했다. 물론 답이 나올 거라고 기대하지는 않는다. 밑져야 본전이라는 생각이었다.

바닥 아래, 동물, 긴 팔 등 생각나는 말들을 이것저것 조합해 가며 검색해 보았지만 눈이 번쩍 뜨일 만한 결과는 나오지 않았다. 뭐, 당연하다면 당연하리라. 수상쩍은 사이트도 검색되는 통에 10분도 안 지나 질려서 그만두었다.

이왕 인터넷에 들어왔으니 뭔가 또 찾아볼 만한 것이 없을지 생각했다.

문득 마쓰리비 사야가 떠올랐다. 아무래도 구관에서 발생한 괴현상과 마쓰리비가 내 머릿속에 한 세트로 자리 잡은 모양이다. 수학으로 따지면 합집합 같다고 할까.

그러고 보니 중간고사 전에 사건이 하나 발생했다. 당사자는 다름 아닌 마쓰리비 사야다.

집에 가다가 인적 드문 길에 숨어 있던 괴한에게 습격을 당했다. 운 좋게도 마침 근처에 친구가 있어서 큰 변은 당하지 않았지만 흉흉한 사건이다. 나를 포함한 학교 교사들은 사건 현장을 직접 보지는 못했지만 교무실에서 경찰의 보고를 들었다. 모두들 걱정으로 안색이 바뀌었고, 일을 내팽개친 채 조속히 대책을 강구해야 한다고 목소리를 높였다. 정말 난리도 아니었다.

이런 일이 생겼으니 부모님도 이만저만 걱정이 아니시겠다고 그때 누군가 중얼거렸다. 그러자 걔는 부모님이 안 계신다고 호시가 말했다. 호시는 현대문학을 가르치고, 장기바둑부도 담당하는 40대 남자 교사다.

왜, 하고 의문이 담긴 시선이 일제히 호시에게 집중됐다. 그러자 호시는 괜히 무거운 화제를 꺼냈다고 반성하는 표정으로 설명했다.

마쓰리비 사야는 10여 년 전에 부모님을 잃고 지금은 조부모님과 함께 산다. 부모님은 사고나 병으로 돌아가신 게 아니라 강도에게 살해당했다고 한다. 아무래도 면식범은 아니고 뜨내기 강도의 범행인 듯하다. 경찰 수사는 난항을 거듭해 여태 범인을 검거하지 못했다. 10년도 넘게 지났으니 안타깝지만 사건이 해결될 가능성은 낮으리라.

그 이야기를 듣고 교무실에 있던 사람들은 차마 아무 말도 하지 못했다. 나도 뭔가 할 말을 찾다가 단념한 기억이 있다. 여기서 동정하는 말을 꺼낸다고 마쓰리비의 마음에 위로가 되지는 않는다. 그렇다면 차라리 아무 말 없이 고인의 명복을 비는 편이 훨씬 낫겠다고 느꼈다.

나는 지난달에 일어난 일을 떠올리며 컴퓨터 화면을 바라보았다.

마쓰리비의 부모님이 돌아가신 사건을 인터넷에서 조사해볼까 싶었지만 사생활 침해라서 조금 망설이다가 결국 그만뒀다.

기운을 차렸으니 다음 날은 학교에 출근했다. 결근, 아니

유급휴가 동안 못 한 일을 처리하고 평소 일과로 돌아갔다. 학생들에게는 미안하지만 쉬느라 수업을 빠진 반은 보충수업을 하면 진도를 맞출 수 있을 것 같아 안심했다.

6월 후반은 기말고사 문제를 만드느라 바빴다. 시험에 쫓기는 건 학생이나 교사나 마찬가지다. 장마가 한창인 시기라 습해서 더 불쾌한 더위가 전국을 뒤덮었다.

눈 깜짝할 새 7월이 되어 1학기 기말고사를 치렀다. 동시에 여름방학이 가시권에 들어왔다. 학생들이 들뜨기 시작했을 무렵, 오랜만에 어떤 학생이 내게 말을 걸었다.

수업을 마치고 교무실로 돌아가는 길이었다. 예전에 마쓰리비와 이야기할 때 끼어들었던 여학생이 복도에서 나를 불러 세웠다. 이름을 물어보니 이토카와 아오이라고 했다.

"사카구치 선생님, 상담할 게 있는데 시간 좀 내주시면 안 될까요?"

나는 이토카와의 담임도 아니거니와 수업도 들어가지 않는다. 즉, 서로 접할 기회가 없건만 일부러 내 이름을 기억하고 찾아온 모양이다.

"그야 괜찮은데, 상담이라니?"

대체 뭘까? 내가 제대로 대답해 줄 수 있는 분야는 수학, 그것도 교과서에 실린 범위만이다.

"그 전에 하나 물어볼게요. 선생님, 결혼은 했어요?"

"아니…."

예상외의 질문이라 당혹스러웠지만 나는 고개를 저었다. 장래를 약속한 사람도 없이 오랫동안 독신으로 지내는 상태다.

"그럼 괜찮겠네요."

이토카와가 밝은 표정으로 두 손을 짝 맞부딪쳤다. 뭐가 괜찮다는 걸까? 이토카와가 또 아리송한 말을 꺼냈다.

"선생님, 차로 통근하죠? 주차장에서 봤어요."

"응, 그런데?"

"은색 4인용 승용차. 그거 선생님 차 맞죠?"

"응, 맞아."

별다를 것 없이 평범한 국산 세단이다. 얘가 어떻게 그걸 알고 있을까? 이른 아침과 방과 후 말고는 주차장에 갈 일이 없다. 설마 잠복이라도 해서 알아낸 걸까.

"얼마 후 축제가 열려요. 딱 여름방학 첫날에, 장소는…."

이토카와는 5월에 괴한 소동이 발생한 곳의 옆 동네인 T마을의 이름을 댔다.

"축제라. 놀러 가는 건 상관없다만 너무 늦게 귀가하지 않도록 주의하렴."

"아니요, 축제에는 안 가요."

교사답게 충고하자마자 예상과는 다른 대답이 나와서 놀랐다.

"그럼 뭔데?"

"선생님 그날, 7월 21일은 한가해요?"

"아니, 그날은 금요일이잖아. 방학이라도 교직원은 할 일이 있거든."

"저녁에는요? 일은 낮에 끝나지 않아요?"

"뭐, 저녁이라면야."

"한가한 거죠?"

"그렇다고 할까….'

"한가하다면 다행이네요. 이제 본론으로 들어가서, 차 좀 태워주면 안 돼요?"

"차를 태워달라고? …어디 데려가 달라는 거니?"

"음, 딱히 어디 가고 싶은 건 아니지만요."

대체 무슨 이야기인지 종잡을 수가 없었다. 요즘 여고생은 다들 이렇게 어디로 튈지 모르게 말하는 걸까? 내가 나이를 먹은 탓에 이야기를 따라가지 못하는 것이 아니기를 빌었다.

"참, 구관에서 봤다면서요."

나는 이토카와가 느닷없이 꺼낸 말에 반응했다.

"너도 '그것'에 대해서 아니?"

"저는 사야에게 들었어요. 걔는 그런 쪽에 빠삭하거든요."

"빠삭하다고…?"

"네. 이것저것 많이 알죠. 이거 비밀이에요."

나는 말없이 고개를 끄덕였다. '그것'과 같은 존재가 그 밖에도 있다는 걸까. 그리고 어째선지 마쓰리비 사야는 보통 사람들은 모르는 존재들에 대해 알고 있는 모양이다.

"그런데 선생님은 그렇게 상식으로는 설명할 수 없는 존재를 믿어요?"

"직접 목격했으니 무턱대고 부정하지는 않겠어. 하지만… 여러 가능성을 짚어볼 필요가 있으니 믿기가 쉽지만은 않다고 할까."

복잡한 심경이다. 구관에 가서 한 번 더 조사해 보고 싶기는 하지만, 가까이 가지 말라고 본능이 경고한다. 다시 무서운 일을 겪고 싶지도 않다.

"이러쿵저러쿵하지만 결국 흥미가 있는 거로군요. 요전에도 사야에게 물어봤다면서요."

"이, 이러쿵저러쿵…?"

"실은 요즘 사야가 좀 이상해요."

그제야 이토카와가 화제를 어디론가 유도하고 있는 게 아닌가 싶었다. 이건 미리 목적지를 정해두고 하는 말이다. 상대에게 휘둘리다 뭔가 코가 꿰일 것만 같은 예감이 들었다.

"고민이라도 있나?"

"그거예요, 선생님! 힘든 일이 있는 거예요! 그러니 축제날 밤에 드라이브 좀 시켜줘요. 저랑 사야랑 그리고 한 명 더 데려가려고요. 네 명이니 선생님 차가 딱이잖아요."

무슨 스위치라도 켜진 것처럼 이토카와가 열 올려 말했다. 안쪽으로 컬을 넣은 머리카락이 어깨 위에서 흔들렸다.

"밤에? 교사로서 그건 좀."

"학생이 힘들어하잖아요! 상식으로 설명할 수 없는 존재를 인정하는 선생님이 아니면 부탁 못 한다고요!"

"아, 알았으니 진정하렴. 목소리 낮추고."

복도를 지나가던 다른 학생이 수상하다는 듯이 쳐다보았다. 학교라는 특성상 이상한 소문이 금방 퍼지므로 이러면 몹시 곤란하다.

"정말이죠? 감사합니다. 약속한 거예요, 꼭 부탁할게요. 지금은 시간이 없으니까 자세한 이야기는 방과 후에 알려줄게요. 약속 장소랑 시간도 그때."

"아….."

이토카와는 빠르게 말하고 질풍처럼 가버렸다. 나는 마지못한 약속에 석연치 않은 표정을 지으며 그 모습을 지켜보는 것이 고작이었다.

방과 후, 아까 말한 대로 이토카와가 찾아왔다.

나는 교무실의 내 자리에서 학급일지를 보는 중이었다. 당번이 날씨와 수업 내용 등 그날 있었던 일을 간결하게 정리한 일지에 짧은 대답을 적어 다음 당번에게 넘겨주면 된다. 그런 교환일기 같은 업무를 하다가 이토카와에게 복도로 불려 나갔다. 복도에는 마쓰리비 사야, 그리고 한 명이 더 있었다.

"아사이, 무슨 볼일이라도 있니?"

우리 반 남학생이라 말을 걸었다. 가냘픈 체격을 반영하듯 성격이 얌전한 학생이다.

"붙잡혔어요… 이 사람들한테."

그가 한숨 섞인 투로 말했다. 피해자 같은 표정이었다.

"아사이는 사야에게 빚진 게 있어서 불렀어요. 일단 이야 기를 나눌 만한 곳으로 자리를 옮기죠. 선생님 반으로 갈까 요? 다들 집에 가서 아무도 없을 것 같은데요."

옆에서 이토카와가 말했다. 완전히 분위기를 주도하는 모 양새다. 어차피 문을 잠가야 하니 제안을 받아들여 교실로 가기로 했다.

"저어, 제 사정으로 여러분의 시간을 빼앗아 정말 죄송합 니다."

도착하자마자 마쓰리비가 공손하게 고개를 꾸벅 숙였다. 예상대로 교실에는 아무도 없었다.

"괜찮아, 사야."

이토카와가 친구답게 바로 두둔하고 나섰다.

"뭐, 아무튼 설명을 들어볼까."

"그래요. 저랑 선생님은 뭐가 뭔지 통 모르겠으니까요."

아사이도 설명을 듣지 못한 모양이다. 그나저나 마쓰리비에게 무슨 빚을 진 걸까?

나를 포함한 네 명은 교실 뒤편 사물함 앞에 섰다. 1학년 한 명, 2학년 두 명 그리고 교사 한 명이 얼굴을 마주 보며 이야기를 나누었다.

"네, 알았어요. 설명해 드릴게요. …믿기지 않으실지도 모르지만 실은 곤란한 일이 생겼어요."

그렇게 서론을 깔고 나서 마쓰리비 사야는 본론을 꺼냈다.

"축제 날 밤에 마물이 나와요."

마물.

그 말에 나는 숨을 삼켰다. 교실 온도가 갑자기 낮아진 것 같은 착각과 함께 긴장감을 피부로 느꼈다. 마쓰리비 사야는 아주 진지한 표정이었다.

"오빠가 알려줬어요. 그리고 마물은 오빠의 목숨을 노리고 있고요. 이대로 놔두면 오빠가 마물에게 살해당할 거예요. 저는 오빠를 꼭 구하고 싶어요. 그러니 여러분이 힘을 빌려주셨으면 해요."

마쓰리비는 그렇게 말하고 나, 이토카와, 아사이의 얼굴을 차례차례 보았다.

"잠깐만. 일단 오빠라면 네 친오빠?"

죽는다는 찜찜하고 뒤숭숭한 말에 위축됐지만 나는 끼어
들어 물어보았다.

"네, 이름은 마쓰리비 겐이치로예요."

"마물에 대해 겐이치로가 알려줬다… 즉, 자기가 죽을 걸
알고 있다는 뜻인데."

"맞아요. 오빠는 알면서도 받아들이려 해요."

"그런데 어떻게 알았지?"

당연한 의문이다. 죽이러 가겠다고 마물이 예고했거나, 아
니면 미래를 예지했다. 그런 답이 불쑥 떠올랐다.

"오빠는… 특별해요. 그 이상은, 죄송합니다."

"이야기하기 싫은 거니?"

"그런 건 아니지만, 죄송해요. 이야기가 옆길로 샐 것 같으
니 다음에 기회가 있으면 말씀드릴게요."

마쓰리비의 표정이 어두워졌다. 뭔가 숨기는 것처럼도 보
였지만, 단순히 그 화제를 피하고 싶은 것 같기도 했다.

"알았어, 그건 제쳐놓자. 그럼 마물 말인데 정말로 있느냐
없느냐, 믿느냐 마느냐는 논쟁을… 피하기 위해 이 멤버들을
모은 거라고 보면 될까?"

그게 전제일 것 같았다. 이토카와가 나와 약속을 잡으면서
나눈 이야기를 돌이켜 보건대 분명 그렇다. 마쓰리비 말고
이토카와가 대답했다.

"협력해 줄 사람이 필요했어요. 하지만 좀체 믿기지 않는 이야기니까 믿을 수밖에 없는 사람을 끌어들… 협력을 요청하기로 한 거죠. 선생님과 아사이는 실제로 겪어봤으니, 이른바 초자연현상이 포함되는 이야기를 꺼내도 대뜸 부정하지 않고 이해해 줄 것 같았어요."

"지금 이 사람, 끌어들인다고 하려다 말 바꾼 것 아닌가요? 맞죠, 선생님!"

아사이가 불안한 표정으로 주장했다. 아무래도 아사이도 괴현상을 겪어본 모양이다. 그때 마쓰리비와 안면을 튼 걸까. 나는 아사이를 달랬다.

"알았어. 납득이 가든 안 가든 일단 마물이 있다 치고 이야기를 들어보자. 아사이, 들어보는 것 정도는 괜찮지?"

"뭐, 안 되는 건 아니지만…."

살면서 고생이 많을 것 같은 성격이라고 나는 무책임하게 생각했다. 마쓰리비가 말을 이어받았다.

"감사합니다. 그럼 이토카와에게는 이미 이야기했지만, 마물에 대해 두 분께 좀 더 자세하게 설명해 드릴게요. 일단 저희 옆 동네인 T마을에 궁흉한 곳으로 여겨져 사람들이 별로 드나들지 않는 산이 있어요."

궁흉하다는 건 불길하다는 뜻일까? 적어도 좋은 말은 아닐 것이다.

"T마을에서는 매년 여름에 축제가 열리는데, 축제 당일 밤에 정체불명의 존재가 산에서 내려온다고 해요. 몸이 아주 크고, 짐승 냄새를 풍기며, 목적을 달성하기 위해 날뛴다고 하는데… 실제로 어떤지는 모르고요. 아무튼 인간에게 별로 좋지 못한 존재 같아요. 그래서 어느덧 '마물'로 불리게 된 거고요. 사람들은 입에서 입으로 전해 내려온 이 지방 특유의 전설로 여기고 있는데요. 어떤 경위로 오빠가 그 마물의 표적이 되고 말았어요."

"아주 크다니, 얼마나 크길래?"

단순히 궁금해서 물어보았다.

"공포의 대상이었던 것 같으니 곰보다 크지 않을까요."

"곰보다 큰 마물이라. 상상도 하기 싫군. 그런데 무슨 경위로 표적이 된 거야?"

"…죄송해요. 그건 저도 잘 모르겠어요. 오빠 말로는 자기가 마음에 들었는지도 모르겠다는데, 글쎄요. 애당초 마물이 있는 산에는 들어간 적도 없는걸요. 저는 5년쯤 전에 한 번 가봤지만요."

"마물의 마음에 들었다…. 계속하렴."

나는 중단된 이야기를 재촉했다. 이 마물은 이유도 없이 사람을 덮치는 무자비한 악마에 가까운 존재일지도 모른다. 아니면 마쓰리비가 다른 진실을 감추고 있던가. 둘 중 하나

일 것이다.

"마물은 어둠이 내린 사이에만 움직인대요. 축제 날 밤부터 이튿날 아침까지 표적을 습격하러 돌아다니죠. 구체적으로는 해가 완전히 진 다음부터 동이 터서 햇빛이 비치기 전까지요. 그동안 오빠가 마물의 손아귀에서 벗어날 수 있도록 제발 힘을 빌려주셨으면 해요."

"힘을 빌려달라는데, 구체적으로 어떻게 하자는 거니? 설마 정면으로 맞붙으려는 건 아니겠지?"

곰만 해도 힘겨운데, 하물며 상대는 마물이다. 설령 총이 있더라도 안심이 안 된다. 게다가 하필이면 밤에 활동한다고 한다.

"네, 맞서 싸우지는 않아요. 아침이 될 때까지 도망치려고요. 구체적으로 말씀드리면 당일 어두워지고 나서 날이 샐 때까지 계속 선생님 차를 타고 돌아다녔으면 해요. 오빠 대신 미끼가 되어 마물을 유인하는 거죠."

나는 그제야 이해가 갔다. 오늘 쉬는 시간에 이토카와는 이 도주 작전을 염두에 두고 묘한 질문을 했던 것이다.

"그럼 미끼고 뭐고 너희 오빠를 차에 태우고 도망치면 되지 않을까?"

"옳으신 말씀이지만, 그건 안 돼요. 그게 그러니까…."

"말 못 할 사정이라도 있니?"

머뭇대는 태도를 보고 확인하자 마쓰리비는 고개를 끄덕였다.

"네… 죄송해요. 미끼가 되는 방법은 마련해 놨어요. 당일 준비하겠지만 실은 남자만 미끼가 될 수 있어서…. 정말 죄송하지만 두 분 중 한 분께 부탁드리는 수밖에…. 그러니까 못 받아들이셔도 이해해요. 마물에 대해서도 아까 설명한 내용 이외에는 모든 게 불명확해서, 무책임한 말씀을 드리는 것 같지만 차로 달아날 수 있을지 없을지도 확실치 않고요. 위험한 일이니 싫으시면 싫다고 거절하셔도 괜찮아요. 이런 이야기를 들어주신 것만으로도 고마울 따름입니다."

마쓰리비의 목소리에서 점점 기운이 없어졌다. 옆에서 이토카와가 나를 빤히 쳐다보았다. 뭔가 호소하는 듯한 시선. 약속하지 않았느냐고 은근히 압박을 가하는 것이다. 약속을 강요했을 때는 얘가 왜 이러나 싶었지만, 친구를 구하려고 그랬다면 미워할 수도 없다.

물어볼 것도 없이 아사이도 이토카와가 반강제로 데려왔으리라. 마쓰리비와 이토카와. 한쪽은 얌전하고 한쪽은 드세다. 대조적이기는 하지만 균형이 잘 잡혔다.

자, 이제 어떻게 할지 선택해야 한다.

마쓰리비의 오빠를 마물의 손아귀에서 구해내기 위한 작전.

절대 관여하고 싶지 않지만 사람이 죽을지도 모른다고 한다. 그리고 나는 교사이며 학생이 곤경에 빠졌다. 어떻게 할 것인가.

마쓰리비의 가정환경이 떠올랐다. 마쓰리비는 어렸을 때 부모님을 잃었다. 거기에 오빠까지 잃는다면… 소중한 사람을 잃으면 얼마나 힘들고 괴로운지 내가 어찌 모르겠는가.

"…알았어, 까짓것 해보자. 다만 너무 위험하다 싶으면 도중에 그만두는 거야. 이건 약속이야. 그래도 된다면 차를 가져갈게."

나는 협력하는 쪽을 선택했다. 분명 위험한 계획이다. 하지만 내가 거절했다가 마쓰리비와 이토카와 둘이서만 무슨 행동에 나선다면 그야말로 더 위험하다. 그리고 마물이 어떤 존재인지는 모호하지만 차로 달아나면 쉽게 따라오지 못할 것 같기도 했다. 어쩌면 밤새 차만 타고 돌아다니다 끝날 수도 있다. 그 정도로 사람 목숨을 살릴 수 있다면 해볼 만하다.

"정말이세요?!"

이날 마쓰리비가 처음으로 웃음을 지었다. 내 참여로 마쓰리비가 작전을 수행할 수 있게 됐다.

"그건 그렇고 차로 달아나기만 한다면 네 명이나 필요 없잖아. 내가 미끼 역할을 맡아 운전하면 되니까."

나는 세 사람에게 어떻게 하겠느냐는 시선을 던졌다. 내 부담이 너무 커지므로 지적할까 말까 망설였지만, 극단적으로 말하면 나 혼자서도 가능한 작전이다.

"그건… 실은 저도 그렇게 생각했어요. 위험한 일이니까 축제 당일에 두 분은 대기하고 당사자인 저랑 선생님 둘이서만 달아나는 게 좋을지도 모르겠네요."

"사야, 그랬던 거야? 그래서 아무리 물어봐도 얘기 안 해주려고 했던 거구나."

마쓰리비가 내 제안에 동의하자 이토카와가 살짝 화난 투로 따졌다.

"내가 협력하겠다고 했을 때 우물쭈물했던 것도 날 생각해서 그런 거지?"

"그건 그…."

마쓰리비가 쩔쩔매며 눈을 깜박깜박했다.

"위험하니까 끌어들이기 싫다는 뜻이야? 그럼 내가 고집을 부려서 따라가는 걸로 하자. 마침 차에 네 명이 탈 수 있겠다, 어쩌면 뭔가 번쩍이는 아이디어가 떠오를지도 모르는걸. 머릿수도 적은 것보다는 많은 편이 성공률이 높을 거야. 생각해 봐, 마물에게서 달아나려면 주변을 경계해야 하잖아. 단순히 생각해 봐도 두 명보다는 네 명이 동시에 확인할 수 있는 범위가 넓어. 동서남북도 넷, 전후좌우도 넷, 우리도 넷. 네 방향을 감시하려면 최소한 네 명은 있어야 하지 않겠어?"

이토카와가 손가락을 네 개 세우며 홍수 같은 기세로 말을 쏟아냈다.

"그리고 나도 언니가 있으니까 오빠를 걱정하는 마음은 잘 알아. 무엇보다 친구로서 네가 걱정돼."

"이토카와…. 정말 괜찮겠어요?"

"당연하지."

"네, 고마워요."

감동했는지 마쓰리비는 살짝 울먹이는 표정을 지었다. 두 사람의 우정이 더욱 깊어지는 순간이었다.

이토카와는 작전에 동행하기로 했다. 두 사람의 뜻에 딱히 간섭할 마음은 없었다.

그러면 아사이는 어떻게 할 것인가. 우리 세 사람의 시선이 아사이에게 모였다.

"어휴… 알았어요. 저도 협력할게요. 심각한 사태인 모양이고, 마쓰리비 선배에게 빚을 진 것도 사실이니까요."

"저기, 싫으면 싫다고 해도 돼요. 정말 괜찮아요."

마쓰리비가 진지하게 충고했다. 그러자 아사이가 잠깐 기다리라는 듯 손바닥을 내밀었다.

"아아, 쩝, 그게… 솔직하게 말씀드리면요. 선배한테는 정말 고마운 마음뿐이에요. 덕분에 애먹던 병을 고친 셈이니까요. 그… 오늘도 만나서 반가웠고요. 그러니 저도 따라갈게요. 아니, 꼭 가고 싶어요."

본심을 꺼내놓자 창피한지 아사이는 쑥스러운 표정으로 고개를 돌렸다. 마쓰리비가 고맙다고 인사하자 더 쑥스러워했다. 사춘기 특유의 반항기가 발동한 모양이지만, 실은 이토카와에게 반강제로 끌려온 시점에 거의 마음을 굳힌 듯했다.

"결정됐네. 그럼 약속 장소와 시간 등 세부 사항을 정하도록 하죠."

이토카와가 바로 이야기를 진행했다. 네 명 중에서는 물론 내가 제일 연장자지만, 수고를 덜어주겠다니 그냥 지켜보기로 했다.

몇십 분 후, 계획을 마무리 짓고 자리를 파했다. 나는 세 사람을 돌려보낸 후 잊어버리기 전에 교실 문을 잠갔다. 아직 할 일이 남아 있어서 교무실로 돌아가는 길에 아까 들은 이야기를 머릿속으로 정리했다.

여름방학 첫날인 금요일, 밤, 축제 날, 산 그리고 마물. 술술 받아들이기에는 약간 무거운 이야기다.

아직 다가오려면 멀었는데도 나는 벌써부터 마음이 뒤숭숭했다.

여름방학이 코앞으로 다가온 어느 날.

장마가 끝났다고 기상청이 선언했는데도 매일같이 소나기

가 내리는 등 불안정한 날씨가 계속됐다.

그날도 저녁녘에 날씨가 궂어졌다. 퇴근 시간을 놓친 교사들이 교무실에서 창밖을 바라보았다. 굵은 빗방울이 주룩주룩 쏟아졌다. 나도 하늘을 보다가 책상을 정리하고 돌아갈 채비를 했다.

지나가는 비일 줄 알았는데 좀처럼 그칠 낌새가 없었다. 하지만 나는 차로 통근하니까 주차장까지만 얼른 뛰어가면 된다. 다른 사람들에게 미안했지만 먼저 실례하기로 하고 살그머니 의자에서 일어섰다.

"사카구치 선생님, 퇴근해요?"

선배 교사인 호시가 말을 걸었다. 조용히 사라지려던 작전이 수포로 돌아갔다.

"네, 이만 실례하겠습니다."

"나도 퇴근할 건데 주차장까지 같이 가죠."

그도 차로 통근한다. 업무용 가방을 들고 함께 교무실을 뒤로했다.

"어쩐지 집에 가겠다고 하기가 난감한 분위기였는데 덕분에 빠져나왔네요."

복도로 나오자 호시는 쓴웃음을 지으며 그렇게 말했다. 아무래도 내게 얹혀 가려 했던 모양이다.

"네, 그러게요. 뭐, 밤이 되기 전에는 그치겠죠."

호시와 둘만 있을 때 물어보고 싶은 이야기가 있었다는 게 문득 기억났다. 호시는 마쓰리비 사야의 부모님이 돌아가셨다는 사실을 알고 있었다. 말소리가 들릴 만한 거리에는 아무도 없었다. 마침 잘됐다.

"저어, 좀 물어보고 싶은 게 있는데요."

내가 새삼 정색해서인지 호시는 살짝 놀란 표정으로 고개를 끄덕였다. 우리는 계단을 내려갔다. 특별한 볼일이라도 없는 한 학생들은 남아 있지 않을 시간이다.

"한 학생에 관해서요."

요전에 마쓰리비에게 들은 마물 이야기는 아무에게도 하지 않았다. 여기서도 말할 생각은 없었다. 협력하기로 약속한 후로 마쓰리비와는 만난 적이 없다. 궁금한 건 마쓰리비의 오빠다. 이름은 마쓰리비 겐이치로. 그에 대해 뭔가 아는 바가 없는지 물어보고 싶었다.

"마쓰리비 사야의 오빠? 글쎄…."

호시는 기억이 안 난다는 듯 턱에 손을 대고 생각에 잠겼다. 음, 하고 소리를 내며 기억을 더듬는 동안 현관에 도착했다. 바깥의 세찬 빗소리가 귀를 때렸다. 우산은 별 도움이 안 될 듯했지만 없는 것보다는 낫다. 주차장까지 그리 멀지 않으니 어떻게든 될 것이다.

"밖에 나가면 걸음을 서둘러야겠네요. 그럼 여기서 이만."

인사를 하려고 입을 열었다. 호시는 내 말이 귀에 들어오지 않는지 혼잣말을 중얼거렸다.

"마쓰리비 사야의 부모님 일도 1학년 때 담임이라서 알게 된 거라 다른 가족까지는… 아니, 그러고 보니."

호시가 현관에서 움직임을 멈췄다. 신발을 갈아 신던 나도 덩달아 멈칫했다.

"뭔가 기억나셨어요?"

"그래… 맞아. 사카구치 선생님, 생각났어요. 마쓰리비 사야의 오빠는 말이죠."

이어진 말을 들은 나는 거센 비를 뚫고 서둘러 집으로 돌아왔다.

집에 도착하자마자 컴퓨터 전원을 눌렀다. 모니터 앞을 왔다 갔다 하며 완전히 켜지기를 기다렸다가 인터넷에 들어갔다.

요전에는 조사하려다 관뒀지만, 이번에는 마쓰리비 사야의 부모님이 돌아가신 사건을 망설임 없이 검색했다. 검색어를 바꾸어가며 몇 번 시도하다 지명으로 범위를 압축시키자 그럴듯한 뉴스 기사가 몇 개 떴다. 사건이 발생한 곳의 대략적인 지명은 요전에 교무실에서 들었다. 현재 마쓰리비가 어디 사는지는 얼마 전에 발생한 괴한 소동 때문에 알고 있지만, 거기랑은 다른 곳이다. 사건이 발생한 지 10년 넘게 지났으니 이사한 것이리라. 아니면 부모님과 따로 살던 조부모님

댁으로 거처를 옮겼든지.

관계자를 배려했는지 웹 기사에서는 실명을 언급하지 않았고, 오래된 사건이라 공개된 기사 자체가 얼마 없었다. 인터넷으로 조사하기에는 한계가 있었다.

본격적으로 알아보려면 시립 도서관에 가는 수밖에 없다. 거기 보관된 옛날 신문에는 사건에 관한 자세한 기사가 실려 있을 것이다. 다만 기사가 실렸을 날짜의 범위를 어느 정도까지는 좁혀야 한다. 나는 관련 있어 보이는 웹페이지에 닥치는 대로 들어가 마쓰리비의 부모님이 돌아가신 사건이 언제 발생했는지 대강 알아냈다.

그다음 이번 일의 관건인 또 다른 사건에 대해 조사했다.

검색어를 이것저것 넣어보았지만 유익한 정보는 얻기가 힘들었다. 마쓰리비에게 직접 확인하면 빠르겠지만….

포기하고 인터넷 창을 닫으려는데 마음에 걸리는 문구가 눈에 들어왔다. 그 기사를 열어서 읽어보고 이거구나 싶었다. 자세한 내용은 적혀 있지 않았지만, 이 기사가 올라온 날짜를 힌트로 옛날 신문을 찾아보면 될 것이다.

수첩에 날짜를 몇 개 메모하고 컴퓨터를 껐다. 그제야 아직 옷도 갈아입지 않았다는 사실을 깨달았다. 바지와 셔츠를 벗어 주름이 지지 않도록 주의해서 옷걸이에 걸고 실내복을 입었다.

시립 도서관은 저녁이면 문을 닫는다. 평일에는 일이 있으니 휴일에 가는 수밖에 없다. 다음 휴일은 7월 15일 토요일이다. 그날은 도서관에 갈 수 있으리라.

마쓰리비 사야와 작전을 수행하기로 약속한 축제 날은 그로부터 약 일주일 후인 7월 21일 금요일이다. 일은 있지만 저녁에 만나기로 했으니까 상관없다.

결국 본인에게 확인하지는 못하고 약속 당일이 찾아왔다.

서쪽으로 기울어지는 해가 아스팔트에 내리쬐어 저녁녘인데도 역 앞 로터리에는 열기가 남아 있었다.

차를 인도 옆에 대자 세 학생이 다가왔다.

"사카구치 선생님, 오셨군요. 잘 부탁드려요."

마쓰리비 사야가 공손하게 인사했다. 마쓰리비 사야와 이토카와 아오이는 뒷좌석에, 아사이 로쿠로는 조수석에 올라탔다. 평소와 달리 각자 개성 있는 사복을 입었다. 저마다 도움이 될 만한 도구와 장시간의 차량 이동에 대비해 먹을 것 등을 가져온 듯했다.

여름방학 첫날, 나를 포함한 네 명이 예정대로 모였다. 시각은 오후 다섯 시 사십 분.

"사람이 제법 있네."

내 차 말고도 차가 몇 대 서 있었다. 활기가 넘친다고 할 정도는 아니지만 촌 동네치고는 지나다니는 사람이 많았다.

"축제 날이라서 그렇겠죠. 평소는 이렇게 많지 않아요."

오늘의 주인공인 마쓰리비는 아직 차분해 보였다. 긴 머리는 하나로 묶었고, 수수한 색깔의 셔츠에 무릎까지 내려오는 청 반바지를 입었다. 마음가짐과는 상관없겠지만 복장도 차분했다. 마쓰리비 입장에서는 현재 오빠의 목숨이 위험하고 앞으로 어떻게 될지도 모르는 상황이다. 만약 나라면 안절부절못할 것이다.

"역에도 장식을 해놨네요. 축제 기분 나는걸요."

아사이가 창밖을 바라보며 말했다. 그는 오늘 진지하게 협력할 작정인 듯했다. 마쓰리비에게 빚진 마음이 강해서 그런지도 모른다.

아사이를 따라 주변을 둘러보자 홍백색 등롱이 수없이 장식되어 있었다. 나무와 전신주 사이에 쳐놓은 줄에 대롱대롱 매달아 놨다.

사전에 오늘 축제에 대해 알아보니 축제가 열리는 장소는 역에서 조금 떨어진 곳이었다. 실제로 그렇게 써놓은 안내판도 보였다. T마을의 신사와 상점가 거리에 노점이 열리지만 규모는 그다지 크지 않은 듯했다.

축제는 오전부터 시작해 오후 여섯 시 무렵에 끝날 예정이다. 앞으로 이십 분쯤 남았다. 이 시기에는 오후 일곱 시 전후에 해가 떨어지므로 늦어도 그 전에는 마무리될 것이다. 어쩐지 빨리 끝나는 감도 들지만, 어쩌면 마물이 내려온다는 전설과 관계가 있는지도 모른다.

"그러고 보니 다들 가족들한테는 허락받고 나온 거겠지?"

"친구 집에서 잔다고 했어요."

"저도 비슷해요."

"저도요. 여름방학 첫날부터 밤에 놀러 나가느냐고 혀를 차셨지만요."

내가 묻자 각자 그렇게 대답했다. 전부 예상한 대답이었다. 당연히 마물 운운할 수는 없었으리라.

"자, 가자."

그런 말로 가볍게 각오를 다지며 사이드브레이크를 풀고 천천히 액셀을 밟았다. 운전대를 꺾어 역 앞 로터리를 오른쪽으로 돌아 나왔다.

이제부터 밤새 차를 몰아야 하는데 실은 벌써부터 조금 피곤했다. 여름방학에도 교사는 업무가 있으니 평일은 평소와 다름없는 시간에 일어난다. 수업이 없는 대신 다른 볼일이 생기기도 한다. 오늘은 보충수업을 준비하고 연수 일정도 짰다. 오후가 되자 오늘 약속이 신경 쓰여 집중이 되지 않았다.

앞으로의 일정에 대비해 일단 밥부터 먹기로 했다. 역에서 그리 멀지 않은 패밀리 레스토랑에 주차하고 안으로 들어갔다. 여종업원이 네 명이시죠, 하며 싹싹하게 4인석으로 안내해 주었다.

"이제 장기전으로 돌입할 거예요. 전에도 말씀드렸지만 해가 지고 완전히 어두워진 후로는 최대한 멈추지도, 차 밖에 나가지도 말아야 해요. 그러니 여기서 든든히 먹으면서 휴식을 취하죠. 선생님, 힘드시겠지만 오늘 하룻밤 운전 잘 부탁드려요."

저마다 좋아하는 메뉴를 주문한 후, 마쓰리비가 진지하게 말했다. 조금 이르지만 저녁 식사 겸 작전 회의다.

"음, 역시 위험하겠지? 최대한 노력해 볼게."

마물의 위협을 피하기 위해 지켜야 할 규칙인 모양이다. 마물은 해가 져서 어둠이 내린 후부터 다시 해가 떠 밝아지기 전까지 활동한다. 그 사이에는 달리는 차 안에 있는 방법이 최선이라는 이야기였다.

"그럼요! 아주 중요하니까 꼭 따라주세요. 밖에 나가는 건 특히 위험해요."

마쓰리비는 조금 끈덕지게 느껴질 만큼 신신당부했다.

"일치단결해서 열심히 해보죠."

이토카와가 독려하듯 나와 아사이를 쳐다보았다. 나라고 의욕이 없지는 않다. 이토카와의 기운이 상대적으로 넘칠 뿐이다. 분명 친구를 아끼는 마음이 그만큼 큰 것이리라.

"잠깐만 실례할게요."

주문한 요리를 다 먹었을 즈음에 마쓰리비가 자리를 비웠다. 화장실에 다녀오려는 모양이다. 그러자 이토카와가 입을 열었다.

"그런데 아사이. 하나 확인하고 싶은데."

"뭔데요?"

심상치 않은 분위기를 느꼈는지 내 옆에 앉은 아사이가 조금 겁먹은 표정으로 대답했다.

"혹시 사야를 마음에 두고 있는 거 아니야?"

"네에? 그게 갑자기 무슨 소리예요?"

예상치 못한 질문이었는지 아사이의 얼굴이 빨개졌다.

"나처럼 사야랑 친구도 아니면서 위험한 일에 끼어들다니 생각해 보면 이상하잖아. 그래서 혹시나 싶어서. 선생님이야 교사 겸 어떤 의미에서는 보호자니까 책임이 무겁지만."

내 입으로 그런 소리를 한 기억은 없지만 어느 틈엔가 어깨에 무거운 책임을 짊어지게 된 모양이다. 어쩌지, 부정하는 편이 나을까.

"처음에 억지로 등 떠민 게 누군데 그래요."

"그랬나?"

자각이 있는 건지 없는 건지, 이토카와는 아사이의 반론을 듣고 고개를 갸웃했다.

"그리고 참가한 이유는 요전에 교실에 모였을 때 말했어요. 친구는 아니지만, 마쓰리비 선배에게는 은혜를 입었어요. 선배와 만나지 못해 문제를 그대로 방치했다면 까딱하다 죽었을지도 몰라요. 그 정도로 큰 은혜라고요. 과연 오늘 일로 다 갚을 수 있을지 걱정인걸요."

"흐음, 그래. 뭐, 그렇다면야 상관없지만."

이토카와의 추궁에서 벗어나 안심했는지 아사이가 한숨을 푹 쉬고 나서 반격했다. 공수 교대다.

"이토카와 선배야말로 친구라는 이유만으로 너무 열을 내는 거 아닌가요?"

"음, 이런저런 사정이 있으니 친구라는 이유만은 아니라고 해야겠지. 나도 너처럼 사야에게 도움을 받았어. 지금까지 얼마나 마음 졸이며 살아왔는지 몰라. 지금 생각하면 웃기지도 않는다니까."

"고민하며 살아온 것치고는 성격이 아주 밝아 보이는걸요."

아사이가 거침없이 지적했다. 겉으로 보기에는 분명 만사를 그렇게까지 고민하는 성격은 아닌 것처럼 느껴진다.

"이래 봬도 옛날에는 얌전했어. 뭐, 얌전하다고 해봤자 남들과 의사소통이 적었을 뿐, 입을 열면 지금의 나랑 크게 다르지는 않았겠지만. 굳이 따지자면 괜한 걱정 없이 본래의 내 모습을 표출할 수 있게 된 거라고 할까. 아아, 참… 이런 창피한 이야기는 이제 그만하자."

말하는 중에 뺨이 붉어진 이토카와가 고개를 홱 돌리고 손으로 얼굴에 부채질을 했다.

"자기가 먼저 시작해 놓고선."

아사이가 핀잔을 주듯 나직이 중얼거렸다.

휴식은 중요하지만 시간을 너무 보내는 것도 좋지는 않다. 마쓰리비가 돌아오자 잡담을 그치고 패밀리 레스토랑을 나섰다.

"저어, 처음 목적지 말인데요."

"산으로 가면 되던가?"

"네, 동네 북쪽에 있는 산이요. 조금 올라가면 터널이 있어요. 거기로 가시면 돼요."

"알았어."

마쓰리비의 지시를 받고 도로를 북쪽으로 나아갔다. 앞쪽에 우뚝 솟은 산이 보였다. 짙은 녹음에 뒤덮인 산은 봉우리로 갈수록 좁아져 깔끔한 세모꼴을 이루었다.

이번 작전은 아무래도 적당히 돌아다니기만 하면 되는 게 아닌 모양이다.

일단 무대가 되는 T마을에서 벗어나면 안 된다. 마쓰리비의 설명에 따르면 표적과 미끼가 동시에 존재할 경우 마물은 가까운 쪽을 뒤쫓는다고 한다. 섣불리 거리를 두면 미끼에 혹해야 할 마물과 너무 멀어질 우려가 있다. 그러다 마물이 겐이치로 쪽으로 가기라도 하면 야단난다. 어쨌거나 T마을에 있으면 작전 수행에는 문제가 없다는 이야기였다.

덧붙여 출발 지점과 도착 지점이 정해져 있었다. 바로 T마을의 산에 있다는 터널이다. 나무들이 우거진 산세 앞쪽에 위치한 터널에는 차로 갈 수 있다. 거기가 출발 지점이자 도착 지점이다. T마을에서 벗어나지 않는 건 도착 지점에서 너무 멀어지지 않기 위해서이기도 했다. 출발한 뒤로는 가능한 한 멈추지 말고 아침까지 계속 달려달라고 했다.

무슨 의식 같게도 느껴지는 절차를 왜 밟아야 하는가. 전에 터널에 관해 들었을 때 물어보자 마쓰리비는 말을 어물거렸다. 아무래도 비밀인 것 같았다.

그 밖에도 궁금한 점이 많아서 물어보았지만 마쓰리비 본인도 세세한 내용과 이유까지는 잘 모르는지 내 질문에 대답하지 못할 때마다 미안한 표정을 지었다. 마쓰리비라고 불가사의한 현상에 척척박사는 아닌 모양이다.

애당초 마쓰리비는 이러한 지식을 다 어디서 얻었을까? 가능하면 오늘 기회를 봐서 물어보고 싶었다.

달리는 동안 해가 뉘엿뉘엿 기울었고 주변도 점점 어두워졌다. 차 안에서는 주로 여자 두 명이 맡아서 다행이라느니 여름방학에는 뭘 할 거라느니 하며 잡담을 나누었다.

"그러고 보니 미끼는 어떻게 만드는 건가요?"

갑자기 아사이가 모두에게 질문을 던졌다. 마쓰리비 사야의 오빠, 겐이치로를 대신할 미끼. 방법은 당일 준비하겠다고 했는데.

"그거라면, 여기 가지고 왔어요."

뒤에서 목소리가 들려 룸미러로 확인하자 마쓰리비가 기다란 끈이 달린 회색 두루주머니를 들고 있었다. 손안에 쏙 들어갈 만한 크기다.

"남자가 이 두루주머니를 목에 걸면 오빠를 대신할 미끼가 돼요."

"그럼 일단 제가 걸게요."

아사이가 망설임 없이 두루주머니를 받아 목에 걸었다. 나는 괜찮겠느냐고 물었다. 이걸 목에 걸면 마쓰리비의 오빠 대신 마물에게 생명을 위협받게 된다.

"괜찮아요. 남자는 저랑 선생님뿐인데, 선생님은 운전을 맡으셨잖아요. 저도 이 정도는 해야죠."

"이야, 자청해서 미끼가 되다니 용기 있는걸."

이토카와의 말에 아사이는 부끄러워했다. 이 남학생은 연상에게 약한지도 모르겠다.

"그나저나 마쓰리비 선배, 이 주머니에는 뭐가 들었나요?"

"그건… 안은 보지 말아줄래요? 그다지 남에게 보여줄 만한 물건은 아니라서요."

어쩐지 불안한 여운이 남는 말투였다. 아사이도 그걸 느꼈는지 더는 묻지 않았다.

"그런데 오빠는 지금 어디 있니?"

겐이치로가 신경 쓰여 마쓰리비 사야에게 물어보았다.

"지금은… 집에 있어요. 저랑 같은 집에요."

"그럼 같이 사나 보네?"

"네."

"그렇구나."

마음에 걸리는 점이 여러모로 많았지만 일단 그쯤에서 질문을 멈췄다. 기회를 봐서 조금씩 물어볼 생각이었다.

이러저러하는 사이에 차가 산기슭에 도착했다. 근처에 건물은 거의 눈에 띄지 않았다. 신호등조차 없이 살풍경한 길이 이어졌다.

"이 산은 궁흉한 곳으로 여겨진다고 했지?"

"네, 정확한 이유까지는 모르지만 이 지방과 주변 지역에서는 마물이 사는, 별로 상서롭지 못한 땅으로 취급해요."

사람이 드나들지 않는 분위기이기는 한데, 임업이나 농업에도 이용하지 않는 걸까? 마쓰리비가 이야기한 바로는 산을 조금 올라가면 터널이 나올 것이다.

"이 지방에 전해 내려오는 전설이라고 했지만, 저희는 마물이 실제로 존재한다고 보고 대응하는 거죠?"

"아사이, 이제부터 그 산에 들어갈 거니까 그런 소리 하지 마. 괜히 더 무섭잖아."

이토카와가 뒤에서 몸을 내밀었다. 조수석에 앉은 아사이가 뒤를 돌아보았다.

"알았어요. 여차할 때는 선생님의 차를 믿어야죠 뭐."

"하지만 마물이 곰보다 크다면, 차를 통째로 뒤집어 버릴 수도 있지 않을까."

겁줄 생각은 아니었지만 차 안이 고요해졌다. 라디오나 음악을 틀지 않아 엔진 소리와 시골 특유의 벌레 울음소리만 들렸다. 얼굴이 약간 창백해진 사람도 있는 가운데 드디어 차가 산으로 진입했다.

그다지 넓지 않은 외길이다. 전조등 불빛이 하얀 가드레일에 반사되었다. 굽이진 곳이 많아 속도를 낮추고 조심조심 나아가다 보니 생각보다 시간이 많이 걸렸다. 동네 외곽을 벗어나고 나서 다른 차와는 한 번도 마주치지 않았다.

이제 해가 완전히 졌네요, 하고 누가 중얼거렸다. 희미하게 빛을 발하는 가로등이 같은 간격으로 설치되어 있지만, 주변이 어둠에 잠겨 약간 앞쪽조차 뚜렷이 보이지 않았다. 밤하늘에 점점이 박힌 별들도 우리가 있는 곳까지는 밝게 비춰

주지 않았다. 자동차 전조등이 생명줄이다. 하지만 그 강하고 인공적인 불빛조차 산속 나무들에 빨려 드는 것 아닌가 하는 착각을 일으켰다.

길이 점점 좁아지고 험해지더니 마침내 그것이 나타났다.

나는 브레이크를 밟아 차를 세웠다.

"저게 그 터널이야?"

어둡고 낡은 터널이 앞쪽에 있었다. 차 한 대가 겨우 지나갈 만큼 좁은 반원형 입구 안쪽에는 아무것도 보이지 않았다. 마치 검은색으로 빈틈없이 칠해놓은 것 같았다. 분명 내부에 아무 조명 장치도 없는 것이다. 뭐라 표현하기 힘들지만 사람을 거부하는 듯한 분위기가 감돌았다.

"네, 저거예요. 터널을 통과하면 마물이 저희를 뒤쫓기 시작할 거예요."

마쓰리비 사야가 그렇게 말했다. 드디어 시작이라고 생각하자 마음이 술렁거렸다. 각오를 다져야 한다.

"상당히 좁아 보이는데, 가는 건 그렇다 치고 돌아올 수 있으려나? 반대편에 차 돌릴 만한 여유가 없으면 애먹을 텐데."

"제 기억으로는 반대편에 공간이 좀 있었어요. 아마 괜찮을 거예요."

굳이 여기까지 길을 내놨으니 그 정도는 고려해서 만들었으리라. 마쓰리비를 믿자. 좁은 터널을 후진으로 돌아오는 사태만은 일어나지 않기를 빌었다.

"죄송해요, 선생님. 잠깐만 기다려주세요."

운전대를 다시 잡았을 때 마쓰리비가 그렇게 말하더니 문을 열고 밖으로 나갔다. "사야?" 하고 이토카와가 의아한 목소리로 불렀다.

마쓰리비는 주변을 두리번두리번 확인하고 터널 입구 앞에 섰다. 잘 안 보이지만 양손을 마주 모으고 있는 걸까. 뭘 어쩌려는 건지 통 모르겠다.

나는 이 기회에 확인하기로 했다.

"애들아, 마쓰리비의 오빠를 본 적 있니?"

아사이와 이토카와에게 묻자 둘 다 고개를 저어 부정했다. 본 적 없다, 즉 네 명 중에 겐이치로와 안면이 있는 사람은 여동생인 마쓰리비뿐인가.

잠시 후 마쓰리비가 돌아오자 이토카와가 바로 물었다.

"뭐 하러 나간 거야, 사야?"

"아무것도 아니에요. 가시죠, 선생님."

이유는 딱히 설명하지 않았다. 어쩌면 오빠의 안전이라도 기원했는지 모른다.

마음을 다잡고 차를 몰아 터널로 들어갔다.

터널 안에는 안개 같은 것이 끼어 있었다. 입구 쪽에는 안개가 없었으니 출구에서 흘러든 걸까. 전조등으로 비추어도 몇 미터 앞의 땅바닥 말고는 잘 보이지 않았다. 바로 액셀에서 발을 들어 속도를 낮추었다. 벽과 천장에 주의하며 느릿느릿 나아갔다.

거리로 따지면 기껏해야 100미터쯤 되겠지만 몹시 길게 느껴졌다. 어쩐지 숨이 막히고 선뜩함이 느껴졌다. 드디어 출구로 무사히 빠져나오자 압박감이 물러갔다. 터널 맞은편에는 조금 넓은 자갈길이 뻗어 있었다. 마쓰리비의 말대로였다.

"이 정도면 차를 돌릴 수 있겠네. 바로 돌아가면 될까?"

"네, 부탁드려요."

나는 운전대를 이리저리 꺾어 자갈을 튕기며 차를 반대쪽으로 돌렸다. 드디어 터널 쪽을 향하자 일단 브레이크를 밟아 차를 세웠다가 터널에 진입하려고 했다.

그때 뒤쪽에서 정체 모를 소리가 들렸다.

우워오오오, 하고 짐승이 울부짖는 소리 같았다.

나는 반사적으로 브레이크를 밟았다. 개나 새는 아닌 것 같았다. 차와는 거리가 있다. 나지막하지만 주변을 진동시키는 포효다. 간헐적으로 이어지던 벌레 울음소리가 한순간 뚝 그쳤다가 다시 들려왔다. 산속은 어둠에 휩싸여 보이지 않는다. 하지만 뭔가 있는 것은 확실해서 긴장을 감출 수 없었다.

"다들 들으셨어요? 이거…"

쥐 죽은 듯 고요한 침묵을 못 견디겠는지 아사이가 말을 꺼냈다. 마물이 울부짖는 소리 아니냐고 말하고 싶을 터였다. 분명 나머지 사람도 같은 생각이리라.

"정체는 모르겠어요. 아무튼 가시죠, 선생님."

"…그래."

마쓰리비의 재촉에 나는 긴장한 마음으로 차를 출발시켰다. 작전 개시다. 뒤에서 정체 모를 존재가 따라오는 건 아닐까. 나는 룸미러를 힐끔거리며 신중하게 터널을 빠져나갔다.

무사히 맞은편 도로로 돌아와 일단 안심했다.

기분이 찜찜해서 왔을 때보다 속도를 높여 재빨리 산을 내려갔다. 그 뒤로는 묘한 소리가 들리지 않았다. 이대로 아무 일도 없이 끝났으면 했다.

하지만 그런 바람도 헛되이 얼마 지나지 않아 문제가 발생했다.

"어, 통화권에서 이탈했네?"

이토카와가 제일 먼저 알아차렸다.

"저도요. 왜 이러지?"

조수석에 있는 아사이도 마찬가지인 듯 스마트폰을 만지작거렸다.

"선생님은 어떠세요?"

아사이의 말에 나도 휴대전화를 확인했다. 기지국에 문제라도 생긴 걸까. 내 휴대전화에도 '통화권 이탈'이라는 글씨가 왼쪽 위에 표시되어 있었다. 마쓰리비도 예외는 아니었다.

"네 명이 동시에 이러다니 심령현상 같은 걸까요?"

"설마, 그냥 전파 상태가 안 좋은 거 아닐까?"

"하지만 아까까지는 멀쩡했잖아요. 터널을 통과한 뒤부터 이래요. 게다가 전파가 닿기 힘든 산은 내려왔는데도요. 우연으로 치부하기에는 좀⋯."

아사이와 이토카와가 원인을 찾아보려 했지만 수수께끼는 풀리지 않았고, 휴대전화는 여전히 불통이었다. 상황이 상황인지라 불안해졌다. 그래서인지 다들 짠 것처럼 입을 다물었다. 나는 조만간 괜찮아지겠거니 하고 마음을 편하게 먹기로 했다.

그 후로는 적당히 차를 몰았다. 동네에서 벗어나지 않도록 주의하며 크게 원을 그리듯이 길을 선택했다. 오늘 약속 장소였던 역과는 거리가 제법 된다. 우리 말고는 지나다니는 차나 사람이 없었다. 그저 한적한 시골 도로가 이어졌다. 보이는 풍경의 80퍼센트는 논밭과 산이다. 건물은 대부분 가정집이고 가게는 거의 없다.

이 부근에서는 이 시간대쯤이면 인적이 끊기는 걸까? 가끔 눈에 띄는 편의점과 가정집에 불은 켜져 있지만 그게 전부다. 퇴근하는 회사원의 차조차 보이지 않았다.

동이 틀 때까지 이렇게 계속 달아난다. 해가 다시 지평선 위로 솟아오르려면 앞으로 아홉 시간은 걸릴 것이다. 도망치는 입장에서는 짧은 시간일까 긴 시간일까? 마물의 모습이고 뭐고 아무것도 확인하지 못한 탓에 판단할 재료가 모자라 감이 잡히지 않았다.

차를 몰다 문득 깨달았다. 어느덧 어떤 장소 근처에 접어들었다. 어두워서 풍경이 잘 보이지 않아 근처에 올 때까지 몰랐다.

"예전에 이 부근에서 큰 사고가 났었는데."

내 마음을 읽은 건 아니겠지만 이토카와가 그렇게 말했다. 아사이가 반응했다.

"무슨 사고요?"

"다리가 무너졌어. 만든 지 수십 년이나 된 다리였는데, 차가 한 대 휘말렸대."

히가시다 사토미가 세상을 떠난 사고에 대한 이야기였다. 내가 피해자의 연인이었음은 알 턱이 없으니 우연히 꺼낸 이야기리라.

다리 붕괴 사고는 여기 T마을에서 발생했다. 현재 사고 현장에는 튼튼한 새 다리가 걸려 있다.

아사이도 들어본 듯 "아아, 그 사고요. 무섭네요." 하고 대답했다. 나는 못 들은 척하고 새 다리가 눈에 들어오지 않는 길을 골라 멀어지기로 했다. 마침 마쓰리비가 "다리는 지나가지 않는 편이 낫겠네요." 하고 말한 덕분에 부자연스럽게 느껴지지는 않았다.

사토미 일도 있고 해서 정말 오랜만에 왔지만 처음은 아니다. 다만 선뜻 다가가기 힘든 곳이기는 하다.

"이러고 있으니 졸린걸."

동네에서 벗어나지 않도록 주의해 큰 도로를 잠시 달리고 있으니 단조로운 움직임이 계속된 탓인지 졸음이 몰려왔다.

"사고 내면 안 돼요."

"응, 조심할게."

이토카와가 걱정스런 목소리로 말했다. 졸음운전은 금물이다. 머리를 좌우로 흔들어 졸음을 떨쳐냈다.

"그럼 잠도 깨울 겸 뭔가 이야기라도 하죠."

나는 아사이의 제안에 찬성했다. 아침이 되려면 멀었으니 심심풀이로도 그만일 것이다.

"음, 그럼 수학과 관련된 이야기를, 생일의 역설이라도 들려줄까."

"아니요, 사양할게요. 수업 시간에 들려주세요. 그런 건 어때요? 선생님이 구관에서 뭔가 본 이야기."

딱딱하지 않고 재미있는 수학 이야기인데도 전혀 관심을 보이지 않아 나는 조금 시무룩해졌다. 어쩔 수 없이 구관에서 겪은 괴현상에 대해 들려주었다.

"아찔하셨겠네요. 지금도 바닥 밑에 있을까요?"

이야기가 끝나자 아사이가 궁금하다는 듯 물어보았다.

"글쎄다. 마쓰리비, 넌 뭐 좀 아니?"

"저도 그때 알려드린 것 이상은…. 실은 선생님처럼 그것
과 마주친 적도 없어요."

마쓰리비에게 물어보자 그런 대답이 돌아왔다. 그만큼 자
세한 정보를 알고 있으면서 정작 마주친 적은 없다고 한다.

"그, 전부터 물어보고 싶었는데 그런 지식은 다 어디서 얻
었니?"

"그건 말이죠."

"나도 궁금해. 하지만 이왕 시작한 김에 순서대로 이야기
하죠. 사야는 대망의 피날레를 장식하도록 남겨두고, 다음은
아사이."

이토카와가 흐름을 결정했다. 이토카와도 친구에 대해 전
부 알지는 못하는 모양이다.

"저요?"

"신기한 체험을 했잖아?"

"뭐, 살짝 씁쓸한 추억도 포함되지만요. 음, 그러니까."

아사이는 그렇게 말하고 이야기를 시작했다.

니지리무시라는 이름의 기묘한 생물에 관한 이야기였다.

생물이라고 해도 명백히 정상적인 범주에서 벗어나기는 했지만.

"그 후로는 별일 없나요?"

"네, 별일 없어요. 다시는 안 나타나던걸요. 덕분에 잠도 푹 자요."

마쓰리비가 묻자 아사이는 가슴을 쓰다듬으며 미소 지었다. 밤이면 밤마다 거대한 지네가 출몰하는 상황에서 잠도 몇 달이나 견뎠다 싶다. 가냘파 보이는 겉모습과 달리 배짱이 두둑한 것 아닐까.

다음은 내 차례네, 하고 이토카와가 입을 열었다.

"제가 만난 건 시게토라예요."

"시게토라?"

처음 들어보는 말이었다.

"네, 무게로 받아 간다는 말을 줄여서 시게토라. 10년 전에 그 녀석과 거래했는데."

이토카와는 아주 무거운 이야기를 들려주었다. 분명 상상 이상으로 마음고생이 심했으리라. 시게토라는 사람으로 변하거나 순식간에 사라지는 등 나와 아사이가 마주친 것들에 비해 한 단계 높은 능력을 가지고 있었다. 바닥 밑에 숨은 '그것'과 니지리무시는 신종 동물이나 미확인 생명체로 설명 못할 것도 없을 듯하지만 시게토라는 완전히 차원이 다른 존재로 느껴졌다.

"만능이 따로 없군. 용케 무사했구나."

"이 세상에는 그 밖에도 많은 존재들이 있답니다. 인간의 감각을 기준으로 한 장소와 시간, 눈에 보이는 형태에 얽매이지 않는 존재들이."

내가 약간 감탄 섞인 목소리로 말하자 마쓰리비는 수업하는 교사 같은 말투로 답했다.

이야기를 듣자 하니 아사이와 이토카와는 정말로 마쓰리비 사야에게 도움을 받았다. 은혜를 입었다고 할 만하다. 그러므로 위험을 무릅쓰고 협력해 주는 건지도 모른다. 마쓰리비가 곤경에 처했으니 이번에는 자기들이 돕는다. 훌륭한 마음가짐이다.

그건 그렇고 이야기에 등장하는 기이한 존재들에게 저마다 법칙이 있어서 흥미롭다. 자세히는 모르지만 이번 마물도 축제 날 밤에 산에서 내려온다는 법칙이 있다. 뭔가 숨겨진 이유가 있는 걸까? 대체 어느 정도의 힘을 지닌 존재일까? 시게토라라는 선례가 있으니, 인간이 맞겨룰 수 없는 괴물일 가능성도 고려해야 한다. 아무튼 상식이 통하지 않는 상대라는 것만은 확실하다.

"다음은 제 차례군요."

마쓰리비가 적당한 시기를 가늠하듯 조심스레 입을 열었

다. 대망의 피날레를 맡았는데, 과연 무슨 이야기일까?

"선생님, 제가 어디서 그런 지식을 얻었는지 궁금하다고 하셨죠."

"옛날부터 지엽적인 부분에 궁금증이 생기는 성격이라서 말이야. 뭐, 강요하는 건 아니니까 마음대로 하렴."

"전부 배운 거예요."

마쓰리비는 특별히 감출 생각이 없는지 담담하게 말을 꺼냈다. 한마디라도 흘려듣지 않겠다는 듯 아사이와 이토카와도 귀를 기울였다. 흥미진진한 분위기였다.

"지식을? 대체 누구한테?"

"마쓰리비 겐이치로… 오빠한테요."

마쓰리비는 똑똑히 대답했다. 오늘 마물에게 목숨을 위협받고 있다는 그 겐이치로다. 마쓰리비가 말을 이었다.

"오빠는 새가 보인대요. 보통 새는 아니고요. 사람의 말을 이해하는 커다란 새죠. 산 쪽에서 날아와 정원 떡갈나무에 앉아 말을 건다는데, 오빠에게만 보여요. 할아버지, 할머니, 저는 본 적 없어요."

넓은 하늘을 날갯짓해 날아온 새가 나뭇가지에 앉아 내게 말을 거는 모습을 상상해 보았다. 미지에 대한 공포와 동시에 신비감이 느껴지는 광경이었다.

"그 새가, 제가 여러분에게 들려드린 것처럼 신비한 존재에 대한 지식을 오빠에게 전수했어요. 즉, 제가 알고 있는 이야기는 전부 오빠에게 들은 거예요. 솔직히 말씀드리자면 건너 들은 이야기이니 잘못 기억하고 있을 가능성도 없지는 않아요. 애당초 새가 보인다는 것도 긴가민가해요. 오빠한테만 보이니까 지어냈을 가능성도 있어요. 아무튼 오빠는 아주 많은 이야기를 들려주었어요. 재미있고, 무섭고, 유쾌하고, 놀라운 이야기들을…."

어쩐지 그리움이 섞인 말투로 마쓰리비는 이야기를 끝냈다.

아무래도 우리가 들은 이야기는 새가 겐이치로에게, 그리고 겐이치로가 마쓰리비에게 들려준 이야기인 모양이다.

전에 마쓰리비가 오빠는 특별하다고 했던 것이 기억났다. 마쓰리비의 말을 돌이켜 보건대 겐이치로는 마물에 대해 알고 있었다. 그것도 말하는 새가 가르쳐준 걸까.

"출발한 지 시간이 꽤 많이 지났는데, 아직까지는 평화롭네요."

아사이의 말이 지금 우리가 마물에게서 달아나는 작전을 수행 중이라는 사실을 상기시켰다.

오후 다섯 시 사십 분에 만나고, 벌써 세 시간도 넘게 지났다. 아사이 말대로 지금까지 마물의 모습은 눈에 띄지 않았고, 딱히 위험한 일도 없었다. 터널 맞은편에서 정체 모를 불길한 포효가 들린 게 전부였다. 정처 없는 드라이브는 아주 평화롭고 순조로웠다.

산에서 적당히 거리를 두면서도 동네를 벗어나지 않도록 주의하며 한적한 논길을 달리는 중이다.

실은 앞으로도 마물은 나타나지 않는 것 아닐까 싶었다.

그렇게 판단한 이유라면 있다. 지난주 토요일, 시립 도서관에 가서 알아낸 명확한 이유가. 말해야 할지 말지 고민이어서 동승한 학생들에게는 아직 비밀이다.

내가 알고 있는 어떤 사실.

T마을 옆 동네에 사는 소녀, 마쓰리비 사야.

마쓰리비 사야의 오빠이자 마물에게 생명을 위협받고 있다는 인물, 마쓰리비 겐이치로.

나는 현재 마쓰리비의 부탁으로 그를 구하기 위해 차를 몰고 있다.

하지만.

마쓰리비 겐이치로는 이미 죽었다.

이 세상에 없는 사람이다.

'의문사한 소년은 8년 전 발생한 살인강도 사건의 유족이다. 경찰은 두 사건에 연관성은 없다고 발표했다. 아직 해결되지 않은 8년 전 사건은….'

인터넷에서 발견한 그 기사는 4년 전에 올라온 것이었다.

마쓰리비 사야의 부모님이 희생된 살인강도 사건은 12년 전에 발생했다.

나는 선배 교사에게 마쓰리비 겐이치로가 이미 죽었다는 이야기를 들었다. 게다가 원인이 밝혀지지 않은 의문사라고 한다. 여동생인 마쓰리비 사야에게 들은 이야기와 내용이 맞물리지 않아 머릿속이 혼란스러웠다. 도무지 믿기지 않기에 거센 비를 뚫고 서둘러 집으로 돌아와 인터넷부터 켰다.

그 결과 겐이치로가 죽었다는 사실을 뒷받침할 만한 기사를 발견했다. 쉽게 찾으리라 기대하지는 않았지만, 의문사라면 뉴스 등에서 다룰 가능성도 있지 않을까 싶었는데 실제로 나와서 놀랐다. 다만 웹 사이트에 실명이 실려 있지 않아 정말 본인인지는 확인하지 못하고 반신반의했다.

그래서 지난주 토요일, 시립 도서관에 가서 인터넷 기사가 올라온 날짜를 힌트 삼아 예전 신문을 조사했다. 지방에서 일어난 일이 전국지에 실린다는 보장이 없기에 일단 지방지를 먼저 열람했다. 자잘한 글씨로 적힌 방대한 양의 기사를 훑어보려니 정신에 피로가 쌓였다. 쉬엄쉬엄 몇 시간에 걸쳐 기사를 뒤진 끝에 마쓰리비 겐이치로라는 이름을 찾아냈다.

사건사고란 한구석에 열 줄 정도의 단신 기사가 실려 있었다.

의문사, 17세 소년, 마쓰리비 겐이치로.

인터넷에서 보았던 기사보다 더 상세한 내용이었다. 사망

한 날짜는 7월 21일 일요일. 그는 자기가 사는 동네에서 T마을 방향으로 뻗은 도로를 한밤중에 혼자 걷다가 원인 불명의 중상을 입고 쓰러져 숨을 거두었으며, 시신은 다음 날 아침에 발견됐다. 예전에 발생한 살인강도 사건의 유족이라는 정보도 실려 있었다.

나는 4년 전 신문을 읽으며 이 모순된 상황에 고민했다.

마쓰리비 사야는 오빠 겐이치로를 마물에게서 구하고 싶다고 했다.

이유는 그대로 놔두면 오빠가 마물에게 살해당할 테니까.

하지만 겐이치로는 이미 죽었다.

이미 죽은 사람이 또 죽는다니, 어떻게 된 걸까?

마쓰리비에게 오빠가 또 있다는 이야기는 못 들었다. 무엇보다 마물이 노리는 건 겐이치로라고 마쓰리비 본인이 직접 말했다. 설령 오빠가 또 있을지언정 부모님이 같은 이름을 붙일 리 없다.

덧붙여 죽은 사람이 마쓰리비의 오빠와 동성동명일 가능성도 그다지 현실적이지 못하다. 안 그래도 드문 성씨인데, 지역과 연령대도 비슷하고 12년 전에 일어난 살인강도 사건의 유족이라는 정보마저 일치하니까.

이 부자연스러운 상황을 어떻게 설명할까.

악질적인 거짓말? 그런 생각이 얼핏 머리를 스쳤다. 사람은 겉만 봐서는 모른다는 말도 있다. 마쓰리비가 나와 아사이는 물론, 친구인 이토카와마저 속인 건 아닐까. 하지만 모범생이라는 말이 잘 어울리는 마쓰리비의 이미지와 맞지 않는다. 아니, 그야말로 그 겉모습에 속아서….

이래서는 안 되겠다 싶어 나는 사고를 전환했다.

그래. 뭔가 실수 혹은 착각을 한 게 아닐까. 하지만 뭘…?

무슨 조각을 어떻게 잘못 맞추면 지금 같은 상황이 만들어질지 짐작조차 가지 않았다.

그렇다면 역시 본인에게 확인하는 수밖에 없나. 그게 제일 빠른 방법이기는 하다.

하지만 그 전에 가능성 하나가 떠올랐다. 마쓰리비 본인이 오빠의 죽음을 인식하지 못했을 가능성이다.

예를 들어 오빠가 살아 있다고 철석같이 믿고 있다면 어떨까.

겐이치로가 죽었을 때 마쓰리비는 아직 어렸던 데다, 부모님도 변을 당해 돌아가신 만큼 상당한 충격을 받았을 것이다. 그래서 현실을 받아들이지 못하고 오빠는 죽지 않았다며 자기 세뇌를 한 것 아닐까. 어쩌면 마쓰리비의 눈에는 오빠의 환영이 보일 가능성도 있다.

마물에 관한 이야기는 말짱 거짓말이 아닐지도 모른다. 마쓰리비의 머릿속에만 살아 있는 오빠가 알려주었다고 한다면 그것도 일종의 비현실적인 현상이겠지만, 아무튼 마쓰리비는 비현실적인 존재를 많이 안다. 무의식 수준에서 그러한 지식을 잘 결합해 마물 이야기를 만들어냈다면 사실과 연관되어 있어도 이상할 것 없다.

또한 이런 상상은 별로 하고 싶지 않지만, 4년 전 겐이치로가 의문사한 원인이 마물에게 있다면 그 기억을 고스란히 되살려서 우리에게 전달했을 수도 있다.

그럼 왜 그런 짓을 한 걸까?

어쩌면 겐이치로가 살아 있다는 망상을 지우기 위한 방책일지도 모른다. 자각이 있든 없든 계속 이대로 지내면 안 된다는 생각에, 머릿속에서 탄생시킨 오빠를 없애려는 것이다. 그러기 위해 오늘 작전이 실패해 오빠를 지키지 못했다는 현실을 만들어 겐이치로의 목숨을 끊는다. 물론 그는 이미 세상을 떠났으므로 전부 마쓰리비의 머릿속에서 벌어지는 일이다. 즉, 미끼가 되어 정처 없이 돌아다니는 드라이브는 마쓰리비가 자신의 환상에 결말을 짓기 위한 행위인 셈이다.

아무 증거도 없는 억측에 불과하지만, 만약 이 억측이 조금이라도 들어맞는다면 마쓰리비 사야의 마음은 몹시 불안정한 상태라 할 수 있다. 얼핏 보기에 겉은 아무렇지도 않지만 속이 곯아서 섣불리 건드리면 바로 찌그러진다. 몹시 위태로운 이미지다.

그렇다면 본인에게 확인하는 건 모든 일이 다 끝난 후로 미루어야 하지 않을까. 완전히 부정할 수 없는 이상 신중하게 지켜봐도 손해는 없을 것이다. 섬세한 마음이 망가지는, 아무도 바라지 않을 최악의 사태만은 피해야 한다.

사람이 적은 오후의 도서관.

죽은 사람이 목숨을 위협받고 있다는 상황을 어떻게든 해석하기 위해 나는 상상력을 총동원했다.

너무 지나친 생각일까?

하지만 죽은 사람이 끼어든 시점에서 이성적이고 논리적인 판단만으로는 해답을 찾을 수 없을 듯한 기분이 들었다. 마물이 실제로 있느냐 없느냐는 제쳐놓고, 이미 죽은 사람의 목숨을 노리다니 이치에 어긋난다.

바로 그렇기에 마물의 습격은 없으리라고 생각한다.

이 길은 오늘 두 번째로 지나간다. 내가 운전하는 차는 몇 시간 전에 통과한 도로를 같은 방향으로 달리고 있다. 한 동네를 계속 뺑뺑 돌아야 하니 어쩔 수 없다. 차 입장에서도 이게 다 무슨 일인가 싶을 것이다.

"슬슬 기름을 넣어야 할 것 같은데⋯."

연료계를 확인하자 아직 경고등이 켜지지 않고 여유 있는 상태였다. 하지만 아침까지 달리려면 기름을 보충해야 한다. 아니면 도중에 차가 멈춰버릴 것이다.

"기름이요…?"

"천천히 달려도 아침까지는 못 버틸 테니까. 겸사겸사 휴식도 좀 취하자. 계속 앉아만 있으면 몸에도 안 좋아."

"하지만 그… 위험하니까 가능하면 밖에 나가지 말고 계속 달리는 편이."

"마음은 알겠지만 이것만은 어쩔 수 없어. 기름이 없는 차는 쇳덩어리에 불과하니까."

내 대답에 룸미러에 비치는 마쓰리비가 왠지 몸을 꼼질거리기 시작했다. 한동안 인형처럼 가만히 앉아 있었던 것과는 달리 안절부절못하는 기색이 역력했다.

마쓰리비를 눈여겨보는 한편 주유소를 찾아 밤길을 달렸다. 앞쪽에서 두 갈래 길이 한 줄기로 합쳐졌다. 넓은 길로 가야 주유소가 나올 확률이 높을 것 같아서 그대로 나아갔다.

이미 가게는 대부분 영업을 마쳤을 것이다. 하지만 주유소라면 밤에도 열어놓은 곳이 있으리라.

영업시간 하니 생각났는데, 축제는 벌써 끝났을 것이다. 야점이 늘어선 모습을 상상하자 어쩐지 그리운 기분이 들었다. 축제를 마지막으로 구경한 지가 언제인지. 한참 예전으로 거슬러 올라가야 한다.

조수석에 앉은 아사이에게 그런 이야기를 하자 그도 동의했다. 이렇듯 그리움이라는 감정은 세대를 불문하는 모양이다. 우리는 축제에 얽힌 추억을 꺼내놓았다.

"저어… 선생님?"

뒷좌석에서 마쓰리비가 머뭇머뭇 말을 걸었다.

"응?"

"기름 넣으실 때 꼭 이 돈을 사용해 주세요."

마쓰리비가 팔을 뻗어 만 엔짜리 지폐를 건네주려고 했다. 나는 허둥지둥 사양했다.

"아니야, 괜찮아. 기름을 넣는 정도 가지고 학생한테 돈을 받을 수는…."

"제가 도와달라고 부탁드린 거잖아요! 그러니 사양 마시고!"

"그, 그래? 하지만 괜찮은데."

"아니요, 꼭!"

어쩐지 서슬이 엄청났다. 마쓰리비의 이런 모습은 처음 보았다. 왜 그러는 걸까?

거절할 핑계를 생각하다가, 쭉 가면 국도로 이어져 이 부근에서는 비교적 교통량이 많을 듯한 도로에서 이 시간대에도 영업하는 주유소를 발견했다. 마침 잘됐다 싶어 왼쪽으로 꺾어 들어갔다.

야간에는 셀프식인지 맞이하는 종업원은 없었다. 게다가 가격이 이상하게 비쌌다. 요즘 휘발유 가격이 바닥을 찍은 후 상승하는 중이기는 하지만 평균과 비교해도 리터당 20엔

가까이 높은 가격이 표시되어 있었다. 혹시 바가지일까?

하지만 여기를 지나치고 영업 중인 주유소를 또 찾을 수 있을지 걱정이었다.

주유기 곁에 차를 대고 조금 망설이다 시동을 껐다. 차에서 내리자 무더위가 에어컨 바람에 식은 몸을 부드럽게 감쌌다. 주유건 옆으로 다가가 상대적으로 높은 가격을 확인하고 있자니 옆에서 손이 쑥 튀어나왔다.

"실례합니다."

"아….."

웬걸, 어느새 차에서 내렸는지 마쓰리비가 아까 내게 주려고 했던 만 엔짜리를 기계에 넣었다.

"저도 도울게요."

마쓰리비는 미소를 지으며 주유건을 잡았다. 그렇게 칼같이 굴지 않아도 괜찮은데.

여기서 티격태격할 수도 없어 결국 기계를 조작해 넣을 기름을 선택하고 주유건을 주유구에 꽂아 기름을 넣기 시작했다. 휘발유의 독특한 냄새가 코를 찔렀다.

기다리는 동안 아사이와 이토카와는 주유소에 있는 화장실에 갔다.

단둘이 남자 나는 넌지시 마쓰리비의 속을 떠보기로 했다.

"너희 오빠는 지금쯤 뭘 하고 있을까? 마물이 목숨을 위협해서 걱정이 이만저만이 아닐 텐데."

"글쎄요. 동생이지만 오빠가 무슨 생각을 하는지 잘 모르겠어요. 그러니 알 수가 없네요."

"아주 딱 잘라 말하는구나. 그럼 반대로 네가 이러고 있는 걸 오빠는 아니?"

"아니요, 모를걸요. 말할 마음도 없고요."

"그건 또 왜?"

"…오빠에게 화가 났거든요."

불만스러운 표정을 짓는 마쓰리비에게 다시 "왜?" 하고 묻자 "제멋대로니까." 하고 중얼거릴 뿐 다른 대답은 없었다. 마쓰리비가 무슨 생각인 건지 더더욱 알쏭달쏭해졌다. 하지만 어쩌면 겐이치로에 얽힌 이해가 불가능한 요소와 뭔가 관련이 있을지도 모른다.

연료 탱크가 가득 차자 주유건이 멈췄다. 요금이 계산되고 영수증과 거스름돈이 나오니 마쓰리비가 재빨리 챙겼다.

아사이와 이토카와가 돌아오자 이번에는 마쓰리비가 화장실로 향했다.

돌아온 두 사람은 연신 고개를 갸웃거렸다.

"아직도 스마트폰이 통화권 이탈 상태예요. 뭔가 이상해요. 제 건 유심까지 에러가 났다니까요."

이토카와가 아사이의 불평에 동의했다.

"맞아요, 이상해요. 스마트폰뿐만 아니라 그 밖에도 어째 위화감이 느껴져요."

"위화감이라니?"

"그게, 애매모호해서 뭐라고 설명을 잘 못 하겠네요."

스마트폰은 어쨌거나 위화감이라니, 너무 추상적이다.

"둘 다 피곤한 거 아니니?"

젊으니까 나보다는 낫겠지만 차를 오래 타서 피로가 쌓였을 것이다.

"이럴 줄 알고 낮잠을 자고 와서 괜찮아요. 부모님은 게으름 피우지 말라고 야단치셨지만."

"앗!"

이토카와가 갑자기 큰 소리를 질러서 깜짝 놀랐다. 아사이와 나는 잔뜩 긴장해서 주변을 확인했다.

"뭐야, 왜?"

"아니요, 그게… 오늘은 분명 달 오른쪽이 이지러지는 날 아니었나 해서요. 음, 초승달과는 반대로 가느다란…. 그런데 지금 저 달은 왼쪽이 이지러졌고 모양도 꽤 동그스름해 보여서요. 착각했나."

이토카와가 밤하늘을 가리키기에 나도 올려다보았다. 희미한 구름 사이로 왼쪽이 이지러진 달이 푸르스름하게 빛나고 있었다. 깔끔한 동그라미를 약간 깎아낸 듯한 모양이다.

달 표면은 크레이터 등으로 약간 올록볼록하므로 완벽한 원은 아닐지도 모르지만, 인간의 시력으로는 윤곽까지 뚜렷이 보이지 않는다. 지구와 달은 40만 킬로미터쯤 떨어져 있다. 지구 열 바퀴 길이다.

이토카와가 지적한 대로 밤하늘의 달은 가느다랗지도, 오른쪽이 이지러지지도 않았다.

"그게 위화감이야?"

"네, 왠까. 이상하지 않아요?"

절박한 사태가 아니어서인지 아사이가 김샜다는 듯 몸에서 힘을 뺐다.

평소 달의 모양을 신경 쓰며 살지는 않기에 이토카와의 말이 옳은지 그른지는 모른다. 다만 달의 모양과 월출 및 월몰 시간을 표시하는 애플리케이션을 깔아놓은 듯, 이토카와가 자기 스마트폰으로 보여준 오늘의 달은 오른쪽이 많이 이지러져 가느다란 모양이었다.

그리고 더 이상한 사실이 판명됐다. 달이 뜨고 지는 시간을 확인해 보니 지금 시간대에 달이 떠 있는 것 자체가 부자연스러웠다. 어디까지나 이토카와가 조사한 정보지만, 원래 같으면 오늘과 내일은 날이 샐 무렵에 새벽달이 뜬다고 한다. 날이 새려면 아직 일곱 시간쯤 남았다. 이건 이상하다고 아사이도 요란을 떨었다.

"혹시 그 앱이 잘못된 건 아닐까요?"

"어, 그런가. 하지만 날짜는 맞는데."

이토카와는 수긍할 수 없다는 표정으로 빨간 케이스를 씌운 스마트폰을 만지작거렸다. 앱의 날짜를 자유로이 바꿀 수 있는지 전후 날짜를 입력해 달의 모양새를 확인하는 모양이었다.

수수께끼의 현상 때문에 두 사람이 끙끙대는 사이에 나도 화장실에 다녀오기로 했다.

"잠깐 쉬고 올게. 무슨 일 있으면 아사이가 운전해서 도망쳐."

나는 가벼운 농담을 섞어 아사이에게 자동차 키를 맡겼다.

"저 운전면허 없는데요."

"어떻게 조작하는지는 알잖아?"

"게임으로는 해본 적 있지만…."

"그럼 괜찮아. 진짜 긴급사태라면 운전면허 없어도 돼."

차에서 멀어져 화장실로 향했다. 아침이 되려면 멀었으니 볼일은 볼 수 있을 때 봐야 한다. 걸어가고 있는데 주유소 안에 놓인 라디오에서 5년쯤 전에 유행한 노래가 흘러나왔다. 도로 옆이지만 밤에는 공기가 맑다. 쭉 기지개를 켜서 굳은 몸을 풀고 심호흡을 하며 기분을 전환했다.

그런데 갑자기 몹시 역한 냄새가 풍겨왔다. 괜히 심호흡을 했다 싶을 정도였다. 뭔지 기억났다. 동물원이나 초등학교에 있던 토끼우리에서 맡아본 냄새다.

대체 어디서 풍기는 건지 궁금해하며 화장실에서 볼일을 보고 나오자 악취가 더 심해졌다. 동물, 야생, 짐승 냄새. 근처에 너구리라도 있는 걸까.

나는 냉큼 차로 돌아가려고 종종걸음 쳤다. 걸으면서 별생각 없이 고개를 들어 냄새가 강한 쪽을 쳐다보았다가 냄새의 원인인 듯한 것을 발견했다.

주유소 앞 도로 건너편, 두두룩한 언덕에 송전 설비 같은 철탑이 서 있다. 그리고 철탑을 둘러싼 철망 곁에 뭔가가 있었다.

자세히 보려고 실눈을 떴다. 주유소 불빛 덕분에 희미하게나마 윤곽이 보였다. 거리가 멀지만 철망을 간단히 타고 넘을 만큼 덩치가 크다는 건 알 수 있었다. 삐걱삐걱 소리가 들렸다. 놈이 손으로 철망을 흔들고 있었다. 비정상적으로 큰 머리. 당연히 인간은 아니고, 곰이라면 저렇게 자연스럽게 직립하지는 못할 테고, 그럼 저건….

등골이 오싹하니 불길한 예감이 들었다. 나는 쏜살같이 달려가며 소리쳤다.

"아사이, 시동 걸어! 빨리! 뭣하면 운전해!"

내 고함 소리에 놀라면서도 아사이는 조수석에서 팔을 뻗어 시동을 건 듯했다. 한시름 놓으며 차에 도착해 문을 벌컥 열고 운전석에 올라탔다. 마쓰리비 사야도 먼저 돌아와 있었던 모양이다. 빠진 사람이 없는 걸 확인하고 서둘러 차를 출발시켰다.

동시에 울부짖는 소리가 들렸다. 우연일까? 출발 지점인 터널 맞은편에서 들렸던 소리와 똑같았다.

"갑자기 왜 그러세요?"

"저 소리, 모르겠어?"

"어, 혹시… 지금 저 소리."

"아무튼 여기서 벗어나자."

차 안이 혼란에 빠졌다. 나는 주유소를 빠져나와 곧장 100미터쯤 달린 후 차를 세우고 뒤쪽을 확인했다. 다른 차는 없었다. 같은 간격으로 늘어선 가로등 불빛에 의지해 어두운 도로에 시선을 집중했다.

"선생님, 설마."

아사이가 창백한 표정으로 말했다.

"…본 것 같아."

"보다니요?"

"마물을요?"

확실히 언급하지 않은 나와 달리 마쓰리비가 그 이름을 똑똑히 입에 담았다. 차 안이 조용해졌다.

이토카와가 작게 비명을 질렀다. 왜 그러나 싶어 모두 이토카와를 보았다.

저기, 하고 이토카와가 목소리를 떨며 차 왼쪽 뒤편을 가리켰다. 모두 그쪽을 확인하자 공중에 뜬 붉은빛 두 개가 흔들리며 이쪽으로 다가오고 있었다. 빠르지만 자동차 전조등은 아니다. 인공적인 불빛과 달리 둔탁한 느낌이다. 점점 접근하는 그걸 어디선가 본 기억이 났다. 야행성 동물의 형형한 눈빛과 비슷했다.

야행성 동물은 망막으로 들어온 빛을 반사하는 능력이 인간보다 뛰어나다고 옛날에 텔레비전에서 봤다. 그리고 안구 자체도 크기 때문에 어두운 곳에서 눈이 잘 빛난다. 동물인지 아닌지는 모르지만 두 달쯤 전에 구관에서 마주친 '그것'도 그랬다. 노랗게 빛나는 눈으로 나를 노려보았다. 즉, 내 예상이 맞는다면 눈이 두 개인 생물이 차로 다가오고 있는 것이다.

나는 긴장해서 침을 꿀꺽 삼키며 때가 오기를 가만히 기다렸다.

붉은빛 두 개가 가로등 옆을 지나칠 때 본체의 모습이 어렴풋이 보였다.

검고 거대한 뭔가. 그것 말고는 달리 표현할 길이 없었다. 생전 처음 보는 존재가 세차게 달려왔다.

현실적이지 못한 광경에 놀라 숨을 헉 삼켰다.

검은 형체가 순식간에 가까워졌다. 인간이 뛰어서 달아나면 대번에 따라잡힐 만큼 빨랐다. 불빛이 약해서 잘 보이지는 않지만, 두 다리로 서서 몸을 앞으로 구부린 채 묵직해 보이는 머리를 흔들며 다가온다. 다시 포효가 들렸다. 분명 접근하는 저것이 내지른 소리다. 동물… 아니, 두 다리로 달리는 몇몇 동물을 떠올려 보았지만 저 모습에는 해당하지 않았다. 덩치도 커서 위압감이 엄청났다.

"선생님!"

누군가의 고함 소리에 정신이 번쩍 들어 부랴부랴 브레이크에서 발을 떼고 액셀을 밟았다. 엔진 소리와 함께 차에 속도가 붙었다. 사이드미러에 비치는 검은 형체가 점점 멀어졌다.

"저거, 뭐예요?"

"저게 그거일까요? 정말로 나타나다니."

위기에서 벗어났다고 안심할 수만은 없는 분위기였다. 방금 전 그 뭔가는 분명 이 차를 노렸다. 그것도 분명…. 조수석에 앉은 아사이를 보자 두루주머니의 끈을 꼭 움켜쥐고 있었다. 그는 지금 마물을 유인하는 미끼 역할이다.

"저도 실물은 처음 봤지만 분명 저게… 마물이에요."

"사야, 떠는 거야? 괜찮아? 하긴 나도 놀라서 몸에 힘이 안 들어가."

"괜찮아요. 조금 놀라서 그래요."

뒷좌석에서 두 사람이 이야기하는 소리가 들렸다. 마쓰리비 사야가 몸을 떨고 있는 모양이다. 마쓰리비는 이런 일에 내성이 있을 거라고 생각했는데 그렇지도 않은가 보다. 내 멋대로 단정한 걸 반성했다. 운전대를 잡은 내 손도 긴장으로 땀이 흥건했다.

"상황을 정리하자. 저건 마물이고 우리를 쫓아왔어. 놀라기는 했지만 일단 이건 예상했던 일이야. 원래가 마물을 유인하는 작전이었으니까. 지금 이 상황은 마물이 마쓰리비의 오빠에게 가지 않았다는 증거이기도 해. 우리가 미끼 역할을 잘 해내고 있다는 뜻이지."

나는 혼란을 막기 위해 빠른 말투로 상황을 정리했다. 수업 때도 이렇게 빨리 말하지는 않는다.

그렇다, 이건 예상했던 일이다.

다만 4년 전에 겐이치로가 죽었다는 사실을 알고 있는 내 입장에서는 완전히 예상외의 사태지만.

룸미러를 힐끗 쳐다보았다. 마쓰리비는 어떻게 생각하고 있을까?

자동차의 디지털시계를 보았다. 오후 열 시에 가까운 시각이었다. 하지만 아침이 되려면 아직 멀었다. 이제 마음 편히 차를 세우고 쉴 수도 없으니 정말로 밝아질 때까지 계속 달려야 할지도 모른다.

방금 전에 맡은 짐승 냄새가 콧속에 붙어 떨어지지 않는 기분이었다.

가슴속에 거친 파도가 몰아쳤다. 과연 마지막까지 파도에 삼켜지지 않고 버틸 수 있을까.

밤이 깊어지는 가운데 나는 막막한 기분으로 차를 몰았다.

그때 이후로 시간이 꽤 흘러 신호등이 한 색깔로 깜박이기 시작했다. 야간 점멸등이다. 앞쪽에도 깜박이는 신호등이 있었다. 노란색 점멸등은 주의해서 지나가라는 신호다. 나는 속도를 낮추고 다른 차가 없는지 확인한 후 그대로 나아갔다.

이렇게 가끔 신호에 걸리면 뒤쪽이 신경 쓰여 죽을 맛이었다. 마물 같은 존재와 마주친 후 묘한 긴장감이 차 안을 뒤덮었다. 출발하기 전까지만 해도 학생들에게 적당히 휴식을 줄 생각이었지만, 상황이 상황인지라 불안해서 긴장을 늦출 수 없는지 잠을 청하는 사람은 아무도 없었다.

주유소에서 떼어낸 후로 마물은 모습을 나타내지 않았다. 그게 다행인지 불행인지는 알 수 없다.

오후 열한 시가 지났다. 동이 트기까지 앞으로 다섯 시간 반 정도 남았다.

지금도 마물은 어두운 동네 어딘가를 이동하고 있을까. 아까 우리를 따라잡지 못했으니까 속도는 차보다 느리다. 모습은 얼핏 봤을 뿐이지만 들은 대로 곰보다 커서 2미터는 가뿐히 넘어갔다. 어쩌면 3미터, 아니 더 될지도 모른다. 정말로 차를 뒤집으면 어쩌나 걱정됐다.

"그나저나 인적이 하나도 없어서 괜히 더 불안하네."

이토카와가 뒷좌석에서 중얼거렸다. 누가 말을 꺼낸 건 오랜만이다. 아무튼 나도 그 말에 동감이었다. 확실히 밤이 깊어지자 지나다니는 사람은 물론이고 차조차 눈에 띄지 않았다. 축제가 열리던 오후 여섯 시경까지는 보였지만, 그 후로는 통 안 보인다.

"밤이고, 시골이니까요."

아사이가 대꾸했다.

"꼭 그래서만은 아닐 거예요."

마쓰리비도 입을 열었다.

"축제 날 밤에 산에서 마물이 내려온다는 전설이 있잖아요. 설령 마물의 존재를 전혀 믿지 않더라도 찝찝하니까 돌아다니지 않을 법도 하죠."

"실제로 마물 같은 존재를 본 우리는 동네를 돌아다니고, 마물을 믿지 않는 동네 주민은 집에 틀어박혀 있다니 참 아이러니하네."

이토카와의 투정에 뭐라 할 말이 없어서 나는 "전설은 위대해." 하고 그들의 대화를 매듭지었다.

"그러고 보니 배 안 고프세요?"

조수석의 아사이가 어쩐지 느긋한 목소리로 말했다. 현재 상황에 너무나 어울리지 않게 태평한 말이라 나도 모르게 표정이 풀어졌다.

"그러게, 이래저래 시달리다 보니 배가 꼬르륵거리네."

아사이의 말에 혹한 건 아니지만 일부러 밝게 대답했다. 어쩐지 어깨에 잔뜩 들어갔던 힘도 같이 빠진 것 같았다.

"생각해 봤는데요. 선생님 말씀대로 작전은 잘 진행되고 있으니까, 마음 단단히 먹고 배짱 있게 대응하기로 했어요."

아사이는 감상을 늘어놓듯 말했다. '대응하기로 할래요'도 '대응하지 않을래요?'도 아니라 '대응하기로 했어요'다.

"그게 나을지도 모르지. 이 정도는 누워서 떡 먹기라는 마음가짐으로 도망쳐 보자."

"네, 그래요. 저 주먹밥 가져왔는데 다들 안 드실래요?"

아사이가 가방에서 꺼낸 비닐봉지에는 편의점 주먹밥과 과자 따위가 들어 있었다. 그 밖에 뭘 가져왔느냐고 물어보니 "밤이니까 손전등. 산에 간다기에 산악용 자일을 챙겼고요. 그리고…." 하며 하나씩 설명했다. 아무튼 준비성 있게 여러 가지를 가방에 챙겨 온 모양이다.

이토카와도 준비해 왔는지 "나도." 하며 먹을 것을 펼쳐놓았다.

나는 고마운 마음으로 주먹밥과 물을 골랐다. 한 손으로 운전대를 잡은 채 한 입 먹자 맛이 온몸으로 퍼져 나가는 기분이었다. 당분이 모자랐는지도 모르겠다.

생각하자.

나는 속으로 스스로를 재촉했다. 생각하지 않으면 아무것도 알 수 없다.

정말로 마물과 맞닥뜨린 상황에서 당면한 문제는 마물이 대체 뭘 노리고 우리를 쫓아왔느냐다. 사전 정보에 따르면 마물이 노리는 사람은 마쓰리비 겐이치로이며, 우리가 그를 대신해 미끼 역할을 맡았으므로 마물의 표적이 된 것도 당연하다. 하지만 겐이치로는 이미 죽었다. 죽은 사람의 목숨을 구하기 위해 미끼가 되다니 이치에 맞지 않는다. 설령 마물이 상대더라도 이상한 건 이상한 거다. 표적이 정말로 겐이치로라면 쫓아올 리 없다.

그럼 마물의 표적은 뭘까? 그 마물은 대체 무엇을 쫓고 있는 걸까?

겐이치로가 표적이 아니라면 마쓰리비 사야가 거짓말을 한 셈이다. 만약 마쓰리비가 거짓말을 했다면 그 목적은?

실은 마물이 등장한 후부터 룸미러에 비치는 마쓰리비의 상태가 좀 이상하다. 안절부절못하며 창밖을 거듭 힐끔거리고, 가끔 기도하는 동작마저 취한다. 마치 정말로 오빠의 목숨이 위험에 직면한 것처럼. 작전의 성공 여부가 걱정돼 마물이 쫓아오는지 확인하지 않고서는 못 배기겠다는 낌새다. 그런 마쓰리비를 이토카와가 연신 걱정했다.

그러고 보면 이토카와가 어떤 입장인지도 불분명하다. 마쓰리비와 친해 보이기는 하지만 현재 상황을 어디까지 파악하고 있는 걸까? 터널 앞에서 겐이치로를 본 적 있느냐고 물었을 때는 고개를 저었다. 시게토라에 관한 이야기를 들어본 바, 두 사람이 친해진 건 최근이다. 그렇다면 이토카와는 사정을 자세히 모르는 걸까, 아니면 전부 다 알고서 협력하는 걸까?

의문투성이였지만 마쓰리비 사야를 대놓고 의심하기는 망설여졌다.

마쓰리비의 태도와 됨됨이 때문이기도 하지만, 가장 큰 이유는 이 위험한 일에 본인도 동행했다는 사실이었다. 만약 나나 아사이를 위험에 빠뜨리고 싶었다면 불똥이 튈지도 모르는 상황에 굳이 제 발로 뛰어들까. 아니면 마쓰리비는 불똥이 튀지 않을 특수한 뭔가를 가지고 있는 걸까. 여러모로 수상한 건 사실이지만 이 행동을 속 시원하게 해석할 방법이 없었다.

무엇보다 위험에 빠뜨리려 했다면 그 이유는 뭘까. 비밀을 알았기 때문에? 마쓰리비 사야가 비현실적인 존재에 관해 지

식이 풍부하다는 사실을 알아차렸기 때문에 처리하려고 했
다…?

나는 엉덩이를 뒤로 바싹 당기고 등받이에 몸을 맡겼다. 역
시 이 추측에는 무리가 있다. 마루판을 뒤집는 '그것'도 니지
리무시도 마쓰리비가 먼저 알려주었다. 그래놓고 비밀을 알
았으니 처리하다니 그런 얼빠진 짓이 또 어디 있단 말인가.

대체 뭐가 진실일까? 혹시 내가 조사한 기사가 잘못된 걸
까? 아니, 그럴 리 없다. 선배 교사인 호시도 알고 있었고, 신
문 기사에 실린 지역과 피해자의 본명 등 세세한 정보가 일치
했다.

생각이 제자리를 맴돌았다.

대신에 주먹밥을 세 개나 먹어 치웠다. 배고프셨나 보다며
학생들이 걱정해서 조금 부끄러웠다. 인간도 차도 연료가 필
요하다는 진부한 말을 하려다가 그만두었다. 연료를 넣었으
니 문제 중 하나 정도는 해결하고 싶었다.

문제가 풀리지 않을 때 나는 역으로 생각해 본다. 증명하
는 순서를 건너뛰고 답부터 예상한다. 전제를 의심하는 것도
한 가지 방법이다. 나는 마쓰리비 사야가 거짓말을 했다고
의심한다. 즉, 역으로 생각하면….

내 사고는 거기서 중단됐다.

반사적으로 급브레이크를 밟았다. 관성 때문에 앞으로 기

울어지던 몸이 안전벨트에 턱 걸렸다. 갑작스런 일에 놀라 아이들이 비명을 질렀다.

"왜요, 뭔데요?"

"…놈이야."

정면을 응시하며 짤막하게 대꾸했다. 도로 앞쪽에 거대한 검은 형체가 보였다. 전조등 불빛에 비친 마물이 눈을 빨갛게 빛내며 우뚝 서 있었다. 그 으스스한 광경에 모두 얼굴이 창백하게 질렸다.

"혹시 우리를 앞질러 왔다는 거예요?"

이토카와가 뒷좌석에서 고개를 들이밀며 말했다. 진행 방향에 나타나다니 확실히 묘하다. 하지만 우연일 수도 있다.

마물이 움직였다. 이쪽으로 똑바로 다가온다. 저게 다가오도록 놔두면 안 된다고 동물적인 본능이 경고했다.

"모르겠어, 아무튼."

마침 교차로라 운전대를 최대한 꺾어 반대 차선으로 유턴했다. 꽁지가 있다면 빠질 만큼 잽싸게 왔던 방향으로 줄행랑쳤다. 빨리 알아차렸기에 망정이지 만약 브레이크를 늦게 밟았다면 부딪혔을 수도 있다. 상상만 해도 아찔했다.

마물과 다시 접촉한 걸 계기로 우리는 이러니저러니 의견을 나누었다.

"저희 위치를 알고 있는 걸까요? 이대로 그냥 도망쳐도 괜찮을까요?"

"이게 우연이든 필연이든 좁은 도로는 피하는 편이 좋겠네. 차를 못 돌리거나 샛길도 없으면 끝장이니까."

"…사실 저도 마물에 대해서 자세히는 몰라요. 요전에 교실에서 말씀드린 걸 빼면 그게 어떤 존재이고 어떤 개념으로 파악해야 할지 상상도 안 가네요."

결국 아무 정보도 없으므로 지금까지 놈과 접촉한 경험과 상상을 토대로 대처하는 수밖에 없다. 의견을 정리해 보았지만 차로 도망간다는 선택지 말고는 딱히 뾰족한 방법이 떠오르지 않았다.

그로부터 한 시간은 아무 일도 없었다.

이미 자정이 지나 날짜가 바뀌었다.

어두운 동네에 희미한 불빛이 여기저기 흩어져 있었다. 색깔도 크기도 다양하다. 우리의 불안을 부추기려 일부러 그러는 것 아니냐고 의심하고 싶어졌다.

마물의 접근을 허용하면 결과가 좋지 못할 것이 뻔하므로 모두 긴장을 유지한 채 바깥을 유심히 살펴보았다. 술래잡기와도 비슷한 상황이지만 기분은 완전히 다르다. 어린애들 놀이하듯 대할 수는 없다.

"저기 봐요!"

이토카와가 느닷없이 뒷좌석에서 몸을 내밀며 손가락을

뻗었다. 도로 옆으로 논이 펼쳐지고 커다란 홍보용 간판, 손님이 있기는 한지 의심스러운 낡은 볼링장, 흔해빠진 편의점 등이 띄엄띄엄 서 있었다. 이토카와가 그런 건물들 중 하나를 가리켰다.

"옥상이요!"

한곳에 모인 시선 끝에 검은 형체가 있었다. 네모난 중고차 판매점 옥상에 놈이 서 있었다.

"또 마물이네요."

아사이는 그렇게 말하고 목에 건 두루주머니를 움켜쥐었다. 또 앞질러서 나타났다. 이건 우연이 아니다.

마물은 왜 옥상에 올라갔을까? 잠깐 생각하다 지금은 그럴 때가 아니라는 걸 깨달았다. 안전을 확보하는 게 급선무다.

"어떻게 하실 거죠?"

"이제 못 멈춰."

발견도 판단도 늦었다. 눈 깜짝할 새 마물이 있는 건물에 가까워졌다. 지금 브레이크를 밟아봤자 마물의 눈앞에 제 발로 걸어 들어가는 꼴이 될 뿐이다.

나는 각오를 단단히 하고 액셀을 꾹 밟았다. 놈이 도로에 버티고 있는 건 아니니까 속도를 높이면 빠져나갈 수 있을지도 모른다.

마물의 동태를 살피며 조마조마한 기분으로 차를 몰았다.

놈이 옥상에서 몸을 내밀고 다리를 구부렸다.

뛰어내리려는 건가?

구부정한 자세로 이쪽을 주시한다. 분명 노리고 있다. 급습하려고 옥상에 올라갔나? 심장이 미친 듯이 뛰었다. 저 거대한 몸이 가속도를 붙여 차 위에 떨어지기라도 하면….

상상할 틈도 없이 차가 건물에 가까워지자 예상한 대로 옥상에서 검은 형체가 뛰어내렸다.

이쪽을 향해 떨어진다.

찢어질 듯한 비명 소리가 울려 퍼졌다. 그리고.

내가 직전에 속도를 높여 타이밍을 놓쳤는지 마물은 차 바로 뒤에 착지했다. 어마어마한 소리가 귀를 때렸지만 우리를 붙잡지는 못했다.

"…아슬아슬하게 피했네."

속도위반으로 단속돼도 할 말이 없을 속도로 중고차 판매점에서 멀어졌다. 심장이 터질 것만 같았다. 입안이 바싹 말라 아사이에게 물을 달라고 해서 마셨다.

"지금은 정말로 위험했어요."

"혹시 잠복했던 거 아닐까? 우리가 동네를 벗어나지 않고 같은 길을 빙글빙글 도는 걸 눈치챈 거야. 그래서 차가 지나갈 때까지 옥상에서 지키고 있다가… 붙잡으려 한 거지."

이토카와는 자기가 말해놓고 얼굴에서 핏기가 싹 가셨다.

만약 붙잡혔으면 어떻게 됐을지 상상한 것이리라.

"그럴 만한 지능이 있을까요? 하지만 그렇다면 우리도 섣불리 움직이지 말고 전망이 좋은 곳에서 마물이 오지 않는지 감시하는 편이 좋을지도 모르겠네요. 어떠세요, 선생님?"

"아아, 그래. 그게 좋을지도 모르겠네."

마물과 세 번째로 접촉했다. 마수가 서서히 옥죄어 오는 듯한 꺼림칙한 예감에 사로잡혔다.

일단 아사이의 제안을 받아들여 주변에 논밭에 없는 도로 한복판에 차를 세우고 주변을 감시하기로 했다.

여기 살지는 않지만 계속 돌아다니다 보니 T마을의 지리가 조금 익숙해졌다. 동네 북쪽은 분지고 남쪽은 평야다. 우리는 현재 동네 남쪽의 건물 하나 없는 곳에 있다. 시야가 탁 트여 저 멀리 주택가 불빛까지 일직선으로 보였다.

낮이라면 좀 더 멀리까지 보이겠지만, 아쉽게도 지금은 밤이다. 우리는 달빛에 의지해 각자 한 방향씩 지켜보았다. 눈이 어둠에 점점 익숙해지기는 했지만 가로등이 얼마 없어 감시하는 데는 한계가 있었다. 이제 와서 이렇게 말하기는 좀 그렇지만 그다지 좋은 작전은 아니었다.

"저어, 무슨 소리 안 들리세요?"

차를 세우고 얼마 지나지 않아 마쓰리비가 손을 귀 뒤에 찰싹 붙이고 귀를 기울였다. 룸미러에 비친 얼굴이 어쩐지 불안해 보였다.

"뭐? 무슨 소리?"

이토카와가 물었다.

"무거운 물건을 끌고 갈 때처럼 문질리는 소리요."

그 말에 나머지 사람들도 주의 깊게 귀를 기울였다. 하지만 밖에서는 벌레 울음소리밖에 들리지 않았다.

"뭔가… 들리니?"

"아니요."

물어보니 아사이와 이토카와는 고개를 저었다.

"이미 그친 모양이에요. 하지만 제법 오래 들렸어요."

마쓰리비가 그렇게 설명했다. 진위는 명확하지 않지만 무시하고 넘어갈 수는 없었다.

"어디서 들렸는데?"

"저쪽, 정면에서요."

"조금만 이동해서 확인해 보자. 아무 일도 아니면 다행이지 뭐."

앞쪽에는 곧은 도로가 저 멀리까지 뻗어 있었다. 적어도 시야에 들어오는 범위에 수상한 움직임을 보이는 형체는 없었다. 전조등 불빛에 의지해 조심스레 차를 출발시켰다.

"마쓰리비 선배, 귀가 좋으신가 봐요?"

"의식한 적이 없어서 특별히 좋은지는 모르겠네요. 하지만

탁 트인 장소에 있으면 멀리서 전철이 달려가는 소리 같은 게
들리잖아요. 그런 소리를 무의식적으로 집중해서 듣는 버릇
은 있을지도 모르겠어요."

그런 이야기를 나누며 천천히 나아가자 거대한 물체가 도
로에 널브러져 있었다. 머뭇머뭇 다가가 전조등으로 비추어
보았다. 마쓰리비가 들었다는 소리의 원인일지도 모르는 물
체가 거기에 있었다.

옆으로 쓰러진 나무였다. 그것도 제법 컸다. 가지와 잎을
단 채 바리케이드처럼 도로를 가로막고 있었다.

뭐지 이건? 너무 얼떨떨해 할 말을 잃었다. 우리는 얼굴을
마주 보다가 일단 확인하기로 했다. 미끼 역할을 맡은 아사
이는 제외하고 미쓰리비에게 뒤쪽을 감시해 달라고 부탁한
후 나와 이토카와만 차에서 내렸다.

밖은 무더웠다. 손전등을 들고 주변에 검은 형체가 숨어
있지는 않은지 살피며 신중하게 걸어갔다. 어두워서 안전을
완전하게 확보하기가 불가능하므로 최대한 서둘러 행동하기
로 했다. 도로를 막은 나무를 살펴보니 길이는 약 5미터, 굵
기는 지름이 50센티미터쯤 되는 것 같았다.

"여간해선 못 치울 것 같은데."

"차로도 못 지나갈 것 같네요."

"하는 수 없지, 빨리 발견해서 그나마 다행이야. 위급한 상

황에 처해서야 앞이 막힌 걸 알아차렸다면… 상상하기도 싫
구나."

급히 쫓길 때 앞이 막히면 끝장이다.

손전등 불빛에 몰려드는 날벌레를 손으로 쳐내다가 나무
줄기에 난 묘한 자국을 우연히 발견했다. 어째 마음에 걸려
서 쪼그리고 앉아 불빛을 비추어보았다. 나무껍질이 갈라지
고, 세게 찌부러뜨린 것처럼 일부분이 쑥 들어갔다. 손가락
자국 같은 것도 보였다. 그리고 나무 밑동은 뿌리가 없고 억
지로 비틀어 끊은 것처럼 너덜너덜했다. 거기서 나무 진액
냄새가 진동했다.

"저, 사야처럼 옆 동네에 살지만 이 부근도 조금은 알아요.
이 주변에 이런 나무는 없어요. 보다시피 논뿐이거든요. 이
건 산에 있던 나무예요. 아니면 저 멀리 불빛이 보이는 가정
집에 있었던 건지도 모르고요."

이토카와가 옆에 서서 약간 빠르게 말했다. 얼른 차로 돌
아가고 싶은 모양이었다. 나도 동감이었다.

"아무튼 다른 곳에서 가져왔다는 건가."

"사야가 들은 게 이걸 끌어서 옮길 때 난 소리였다면, 도로
는 막힌 지 얼마 안 된 거예요."

맞는 말이었다. 이렇게 큰 나무가 도로를 막고 있으면 사
고가 발생할 수도 있으므로 중장비가 당장 달려와서 치울 것

이다. 아무리 사람의 왕래가 적은 시골이라도 낮에는 누군가 지나가리라. 아직도 여기 있다는 건 우리 말고는 발견한 사람이 없다는 뜻이다.

그리고 장난으로 치부하기에는 너무 큰 나무를 옮겨서 길을 막았다는 건….

"무서워 죽겠네." 이토카와가 자기 어깨를 감싸 안으며 중얼거렸다. "빨리 돌아가죠."

"응, 그래."

움푹 파인 나무줄기가 머릿속을 떠나지 않았다. 둘이서 허겁지겁 차로 돌아갔다. 아사이가 어땠느냐고 물었다.

"혹시 마물의 짓일까요?"

아사이가 그 이름을 똑똑히 입에 담았다. 나는 가볍게 고개를 저었다. 부정하는 게 아니라 모르겠다, 두 손 들었다는 의미였다.

함정이라는 말이 떠올랐다.

마물이 도로를 막았다면 이만저만 큰일이 아니다. 표적을 궁지로 몰 지능이 있다는 뜻이니까.

"단정은 못 해. 못 하지만… 당장 여기를 떠야 해."

나는 후진과 전진을 되풀이하며 차를 돌렸다. 좁은 도로를 피한다는 방침을 지키기를 잘했다. 선택을 하나만 잘못해도 외통수에 걸리는 상황이다.

244

예를 들어 도로가 또 나무로 막혀 있으면 어떨까. 나무를 치우기는 어려우니 샛길을 찾아 다른 경로로 가야 한다. 그런데 그 앞이 또 막혀 있다면?

서서히 퇴로가 막히다 진퇴양난에 빠질 가능성이 있다. 우리 앞에 뻗어 있는 이 도로도 어떨지는 모를 일이다.

이래서는 완전히 사냥 아닌가.

식은땀을 흘리며 차를 몰았다. 지금 우리는 그물같이 얽힌 도로가 아니라, 사방이 탁 트인 넓은 직선 도로를 달리고 있다. 옆으로 빠지는 길이 별로 없어 요리조리 돌면서 달아나기는 힘들다.

쓰러진 나무에서 꽤 멀어졌다. 이번에 선택한 도로는 아무 이상 없이 멀쩡해서 겨우 한시름 놓았다.

마물의 습격은 없었다. 어쩌면 나무를 한 그루 더 구하러 갔는지도 모른다. 우리가 차를 세우고 꼼짝도 하지 않아서 확실히 포위하고 공격할 작정이었겠지만, 이쪽에서 선수를 친 셈이다.

차가 있으니 도망치는 건 일도 아니라는 출발 전의 안심감은 어느덧 사라졌다. 정신력이 착착 깎여 나가고 있었다. 위험이 닥쳐온다. 마물과 또 마주치면 어떻게 될지 모른다. 그렇다면 슬슬 결단해야 하지 않을까.

룸미러를 보니 마쓰리비 사야는 가슴 앞에다 양손을 꼭 맞잡고 있었다. 마쓰리비에게 따져 물어야 한다. 겐이치로가 죽었다는 사실을 아사이와 이토카와는 아마 모를 것이다. 원인을 착각한 채 위험에 빠진 셈이다.

만약 오빠가 살아 있다고 마쓰리비가 믿는다면 서로 이야기가 맞물리지 않아 혼란에 빠질지도 모른다. 하지만 겐이치로의 목숨을 노린다는 마물이 나타나 우리를 습격했다. 이미 상황은 달라졌다.

"잠깐 확인할게. 다들 전에 교실에서 했던 약속 기억하니?"

물어보자 다른 두 사람은 고개를 갸웃했지만 마쓰리비는 바로 대답했다.

"너무 위험하다 싶으면 도중에 그만두겠다고 약속했어요."

"그래, 맞아."

"여기서 중지하시려고요?"

나는 화제를 유도하기로 했다. 이미 충분하다 못해 넘칠 만큼 위험한 상황이다.

"그래야 할지도 모르겠구나."

"하지만 선생님, 사람 목숨이 달렸다고요!"

이토카와가 진지하게 말했다. 비난은 이미 예상했다.

"마쓰리비 사야, 너한테 확인하고 싶은 게 있어. …중지할지 말지는 그다음에 결정하도록 하자."

아사이와 이토카와가 무슨 소리냐는 듯 불안한 시선을 던졌다. 뭔가 감을 잡았는지 마쓰리비의 표정이 딱딱해졌다. 나는 일수불퇴의 각오로 카드를 꺼냈다.

"네 오빠 마쓰리비 겐이치로는 4년 전 세상을 떠났어. 맞니?"

내내 차를 운전한 탓에 오른 다리가 아팠다. 목과 어깨, 눈에도 피로가 누적됐다. 하지만 그 정도로는 끄떡없다. 몸이 피곤한 건 참을 수 있다. 문제는 마음이다.

마물이라 불리는 정체불명의 괴물에게 쫓기느라 안 그래도 심각한 상황인데, 내 폭탄 발언에 차 안은 완전히 곤혹스러운 분위기에 휩싸였다.

하지만 후회는 하지 않는다.

어느덧 오전 한 시가 지나 동이 트기까지 세 시간 반 정도 남았다. 무슨 일이 벌어질지 예측 불가능한 상황이다 보니, 짧은 듯하면서도 길게 느껴진다. 아침까지 무사하려면 반드시 짚고 넘어가야 하는 질문이다.

마쓰리비 겐이치로는 4년 전에 죽었다. 그건 맞는가 틀린가.

아사이와 이토카와는 어리둥절한 표정으로 누군가 반응하기를 기다리는 듯했다. 나도 가만히 대답을 기다렸다. 마쓰리비 사야의 대답을.

"아니요, 선생님. 오빠는 살아 있어요."

마쓰리비는 룸미러를 통해 나를 똑똑히 쳐다보며 말했다.

나는 어깨를 으쓱였다.

"아니야… 네 오빠는 4년 전에 죽었어. 신문을 조사했지. 요전에 오래된 기사를 뒤져서 확인했어."

도서관에서 고생해서 찾아낸 신문 기사 사본을 호주머니에서 꺼내 뒷좌석의 마쓰리비에게 건넸다. 마쓰리비와 같은 동네에 사는 10대 소년이 의문사했다는 내용과 사망자의 이름, 사망 일시, 과거에 발생한 살인강도 사건과의 관련성 등이 신문 한구석에 열 줄 정도로 짤막하게 정리되어 있다.

"이 기사는….."

"나도 내 눈을 의심했어. 마쓰리비 겐이치로를 구하기 위해 작전을 세웠는데 그는 이미 죽었다니. 이게 다 무슨 일인가 생각하며 오늘 약속 장소로 향했지. 어떻게든 앞뒤를 맞춰보려고 얼마나 머리를 쥐어짰는지 몰라. 이렇게 말하기는 뭐하지만, 혹시 네가 오빠가 살아 있다는 망상에 빠진 것 아닐까. 그 정도 생각밖에 안 떠오르더라고."

"아아… 그러셨군요. 선생님은 알고 계셨군요."

마쓰리비는 힘없이 눈을 내리깔았다가 다시 룸미러로 이쪽을 보고 말했다.

"하지만 망상이 아니에요. 선생님이 보여주신 기사에 실려 있듯이 오빠는 의문의 죽음을 당해 세상을 떠났어요. 그렇지만 아니에요. 적어도 지금, 오빠는 살아 있어요. 물론 제 마음속에 살아 있다는 뜻은 아니고요."

말을 신중하게 고르는 듯했지만 어쩐지 찜찜하고 희한한 대답이었다. 하지만 그래서는 이치에 맞지 않는다. 세상을 떠났는데 살아 있다니 모순이다.

"그게 뭐야. 지금 둘이서 무슨 이야기를 하는 거야."

이토카와가 얼떨떨한 표정으로 물었다. 아사이도 무슨 사태인지 이해하지 못한 듯했다. 난감하게도 나 역시 가늠하기가 힘들다. 대답해 줄지 모르지만 순서대로 물어보는 수밖에 없다.

"다른 질문을 할게. 마물은 대체 뭘 쫓아오는 거니? 너희 오빠는 이 세상에 없어. 죽은 사람의 미끼나 대역이 될 수는 없다고. 그래서 난 오늘 마물이 안 나타날 줄 알았어. 표적이 마쓰리비 겐이치로라면 습격할 상대가 없으니까. 하지만 마물은 나타났고, 우리를 노리고 있어. 왜지? 모진 소리 같다만 그걸 확실히 하지 않으면 작전은 중단이야. 우리 모두가 위험에 처했으니 하다못해 그 정도는 알아야겠어."

"마물이 노리는 건 저희 오빠의 목숨이자, 미끼 역할을 맡은 아사이예요. 그건 확실해요. 믿기지 않으시겠지만 결코 거짓말이 아니에요."

진지하게 상대방을 설득하는 말투였다. 서로 의견이 일치하지 않는다. 이래서는 평행선을 그릴 뿐이다.

왜일까?

마쓰리비 사야는 겐이치로가 의문사했다는 사실을 인정했다. 그런데도 오빠가 살아 있다고 주장한다. 내 예상처럼 망상이라면 이렇게는 되지 않는다. 즉, 퍼즐을 완성하기 위한 조각이 부족한 건 아닐까?

"비밀… 넌 뭔가 숨기는 게 있어."

나는 불현듯 떠오른 생각을 그대로 입 밖에 꺼냈다.

"숨긴 건 있어요. 하지만 거짓말은 하지 않았어요."

"밝힐 수 있는 비밀이야, 아니면 절대로 밝힐 수 없는 비밀이야?"

"죄송해요, 제 입으로는…."

마쓰리비는 눈을 내리깔고 띄엄띄엄 말을 이었다.

"저어, 무슨 일인지 제대로 설명하지 않고 비밀까지 가지고 있는 제가 당연히 못 미더우시겠죠. 저도 너무하다는 건 알아요. 여러분을 위험한 일에 끌어들여 정말 죄송합니다… 제가 너무 자기 위주로 염치없는 짓을 했어요. …그렇지만 부디 아침까지 마물을 유인해서 달아나는 데 협력해 주시면 안 될까요? 하다못해 더는 손쓸 방법이 없을 때까지…. 이렇게 부탁드리는 수밖에 없겠네요."

아무래도 종잡기 힘든 말이었다. 전부 솔직히 털어놓으면 될 일 아닌가. 그렇다면 그러지 못할 이유가 있을지도 모른다. 지금 같은 상황에서조차 비밀을 밝히지 않는 이유가.

마쓰리비의 성격을 생각해 보았다. 알고 지낸 지 얼마 되지 않았지만 마쓰리비가 진지하고 착실하다는 건 안다. 학교에서 모범생으로 평가받고 있고, 성적도 나무랄 데 없다고 들었다. 다만 그건 어디까지나 표면적인 이미지이므로 내면까지는 알 수 없다. 실은 남을 업신여기고 몰래 욕을 퍼붓는 성격일 가능성도 부정할 수 없다.

하지만 지금은 마쓰리비가 순수하고 착실한 성격이라고 가정하자. 그것까지 의심하면 한도 끝도 없다. 그렇다면 우리를 불리하게 만들고 싶다거나 단순히 심술을 부리는 게 아니라, 정황상 숨길 수밖에 없는 이유가 있을 것이다.

"저기, 사야. 거짓말 아니라는 건 믿어도 돼?"

현재 상황을 다소 이해했는지 이토카와가 방금 전보다 차분하게 물었다.

"이토카와…. 네, 거짓말은 안 했어요."

"그래, 그럼 난 괜찮아. 애초에 사야를 돕기로 마음먹고 온 거니까. 선생님, 저도 부탁드릴게요. 마물에게서 달아나는 일에만 집중해 주시면 안 될까요?"

마쓰리비를 믿을 거냐 말 거냐고 물어보는 것이나 마찬가지다. 이토카와는 친구로서 믿기로 마음먹었나 보다. 나는 고민에 빠져 숨을 깊이 들이마셨다.

"마물이 너희 오빠를 노리고 있고, 지금은 미끼인 아사이를 쫓고 있다. 이건 거짓말 아닌 거지?"

"네, 아니에요."

결단을 내리기 위해 묻자 마쓰리비는 즉시 답했다.

"아사이, 네 생각은 어때?"

"저는 아직 괜찮아요. 뭐 놀라기는 했고, 궁금한 것도 많지만요. 선배에게는 죄송하지만 최악의 사태가 발생하면 이 두루주머니를 버릴 거예요."

아사이는 목에 건 두루주머니를 좌우로 가볍게 흔들었다. 그 나름대로 생각하는 바는 있지만 이대로 계속 작전에 참여할 작정인 듯했다. 이제 나만 남았다. 이게 다수결이라면 더는 물어볼 것도 없다.

"죄송하기는요. 괜찮아요, 아사이. 그게 정답이겠죠. 도와주려고 여기까지 와준 것만으로도 고마운걸요."

진심으로 하는 말처럼 들렸다. 적어도 거짓말하는 것처럼은 보이지 않는다. 마쓰리비 본인도 몇 번이나 거짓말은 아니라고 했다.

이런 상황에서 어떻게 타협점을 찾아야 할까?

나는 고개를 숙이고 다니는 인간이다. 하나 그건 버릇일 뿐 마음까지 아래를 향하고 살아오지는 않았다고 믿고 싶다.

최근에는 어떨까. 어릴 적에는 애니메이션에 나오는 히어로를 동경했지만, 자라면서 그런 마음은 희미해졌다. 그리고 교사가 되어 아주 평범한 나날을 보내왔으며 앞으로도 그러기를 바란다.

내가 고개를 숙이고 다니는 건 땅을 보기 위해서다. 땅을 보는 건 위험이 있는지 없는지 확인하기 위해서다. 그렇듯 신중하게… 신중하게 살아왔다. 기운차게 앞을 보고 살아간다고는 하기 힘들다. 하지만 적어도 자꾸 뒤쪽만 기웃거리며 살아오지는 않았다.

현재 내가 마쓰리비의 문제에 끼어든 것은 이토카와에게 떠밀려 어쩌다 보니 흐름에 휘말린 측면이 강하다.

과연 내 의지는 어느 쪽을 향하고 있을까.

보통은 문제에 뛰어드는 짓을 최대한 피하려고 한다. 예를 들면 예전에 마주친 바닥 밑에 숨은 '그것'의 정체가 궁금하기는 하지만, 다시 구관에 확인하러 갈 생각은 별로 없다.

애당초 커다란 사건 없이 살아온 인생이다. …아니, 어쩌면 체념했는지도 모르겠다. 어떤 사람의 얼굴이 떠올랐다. 기억 속에서 웃고 있다. 히가시다 사토미의 죽음은 내게 커다란 사건이었다. 하지만 속수무책이었다. 아무리 생각해도 저항할 길 없는 현실이었다.

그런 나와 달리… 마쓰리비 사야는 엄청난 고난에 맞닥뜨렸음에도 저항하려 한다. 구체적으로 어떤 고난인지는 확실치 않지만 분명 그렇다. 나보다 훨씬 굳은 의지를 품고 지금 여기에 있다.

문득 가슴속에서 뭔가가 고개를 쳐들었다.

지금 내가 직면한 문제는 살아가는 마음가짐에 대한 문제이기도 하다는 사실을 이해했다.

나는 결단을 내렸다.

"알았어. 이대로 속행하자."

"선생님…!"

솔직히 자신은 없었다. 주변 분위기에 휩쓸려 잘못된 판단을 내린 것 아닐까 걱정스럽기도 했다. 그래도 해볼 생각이었다.

"그런데 어디로 가지? 지금까지처럼 적당히 돌아다녀서는…."

십중팔구 금방 차와 함께 끝장날 것이다. 아까는 운이 좋아서 무사했을 뿐이다. 동틀 때까지 마물을 피하며 무사히 달아날 수 있다는 보장은 없다.

"북쪽."

"앗, 북쪽에 나타났다고? 어디?"

아사이의 짧은 한마디에 놀라 무심코 브레이크를 밟고 주변을 살폈다.

"아니요, 그게 아니라 북쪽으로 가자고요."

"아아, 난 또 뭐라고."

아무래도 신경이 너무 예민해졌다. 아사이는 동네 남쪽 도로에서 마물과 맞닥뜨렸으니 일단 북쪽으로 가서 거리를 벌리자고 제안했다.

"북쪽으로 가서 주변이 탁 트인 곳에 머물러요. 이번에는 오래 머무르지 말고 시간을 정해서, 예를 들면 오 분 있다가 이동해요. 다음에는 동쪽이나 서쪽으로 가서 마찬가지로 대기하다 오 분 후에 이동. 그걸 되풀이하면 어떨까요? 그럼 마물이 나무를 가져와서 도로를 막을 시간도 없을 테고, 잠복하려도 계산이 서지 않을 거예요. 그 사이에 저희는 달아날 방안을 생각하죠. 선생님도 짬짬이 운전을 쉬실 수 있으니 좀 낫지 않을까요."

단순하지만 나쁘지 않은 작전이었다. 모두의 동의를 얻어 북쪽으로 차를 몰았다.

그렇지만 내 머릿속은 여전히 의문으로 가득했다. 문제를 일단 보류하고 어디 한구석으로 밀어놓지 못하는 성격이다.

'거짓말은 아니다.'

마쓰리비는 몇 번이고 그렇게 말했다. 망설임 없이 떳떳하게.

그렇다면 마쓰리비의 말이 거짓말일 경우를 고려해 보자. 또는 해석을 잘못했지만 그런 줄 모를 경우. 겐이치로가 죽은 건 확실하므로 어디까지나 부분적인 판단에 그치겠지만.

잠깐만, 하고 나는 스스로를 제지했다. 그렇게 해서 지금까지 답이 나오지 않았으니 섣부른 판단은 금물이다. 선입견은 문제를 푸는 데 방해가 된다.

예를 들어 마쓰리비가 정말로 단 한 번도 거짓말을 하지 않았다면 어떨까?

마물, 겐이치로, 그리고 작전에 관해서도 거짓말은 하지 않았다. 다만 불리해서 말할 수 없는 일은 거짓말로 얼버무리지 않고 입을 다물어 대답을 회피했다.

그렇다면 역시 겐이치로가 문제다. 반대로 겐이치로라는 요소만 어떻게 해결하면 마쓰리비 사야의 말에는 모순이 없으니 마물이 우리를 쫓아오는 것도 수긍이 가지 않을까.

겐이치로가 살아 있다…라는 가정.

겐이치로는 4년 전에 죽었다.

방금 전 대화를 떠올렸다. 마쓰리비는 어쩐지 찜찜하고 희한한 대답을 했다. 귀에 들어온 말의 어느 부분이 그랬을까.

오빠가 살아 있다는 망상에 빠진 것 아니냐고 물어본 뒤다. 마쓰리비는 겐이치로가 이 세상을 떠났음을 긍정하고 "적어도 지금, 오빠는 살아 있어요."라고 말했다. '적어도 지금'이라고 강조했다. 내 머릿속 뭔가가 그 말이 중요하다고 알렸다. 직감은 아니다. 30년 가까이 살아오면서 직감이 딱히 도움이 된 적은 없었다.

운전대를 고쳐 잡았다. 감이 왔다. 이건 문제가 풀릴 때의 감각이다.

머릿속으로 말을 늘어놓았다.

지금은 겐이치로가 살아 있다. 지금은 겐이치로가 죽지 않았다. 그는 4년 전에 죽었다. 그가 살아 있던 건 4년 전. 4년 전에는 살아 있었다.

거짓말이 아니다.

설마.

운전 중인데도 나는 한순간 눈을 감고 몸서리를 쳤다.

터무니없는 발상이었다. 하지만 그 발상으로 모든 것이 설명된다.

상식적이지는 않다. 하지만 마쓰리비 사야와 만난 후 나는 비상식적인 일을 겪었다.

덧붙여 내 머릿속의 똘똘한 부분이 오랜만에 작동했다. 옛날에 영화관에서 혼자 있는 히가시다 사토미를 보고 친해지고 싶다는 생각을 했다. 그 후 다시 사토미와 마주치기를 빌며 조건을 따져 영화관에 드나들었다. 그때 작동했던 부분이기도 하다. 교사가 되고 나서는 잠잠했었다.

손가락이 떨리는 걸 겨우 참았다. 조금 전까지 창밖에는 왼쪽이 이지러진 달이 빛나고 있었다. 시간이 흐르면서 어딘가로 가버린 듯, 이제 밤하늘에 달은 보이지 않았다. 하지만 뜰 리 없는 달이 떠 있었던 건 사실이다. 아무튼 확인해야겠다 싶어 뒷좌석에 앉은 이토카와에게 말했다.

"부탁이 있는데. 스마트폰을, 아까 그 앱을 좀 보여주겠니?"

"앱이라니요?"

"휴게소에서 말했던 달의 모양을 알려주는 앱."

이토카와가 달의 모양이 다르다며 난리를 쳤을 때 보여줬던 애플리케이션이다.

"갑자기 왜요?"

"달이 좀 마음에 걸려서."

"그래요? 여기요."

이토카와는 별 의문도 없이 빨간 케이스를 씌운 스마트폰을 내밀었다. 왼손으로 받아 여전히 전파 상태가 불량한 스마트폰을 조작했다. 운전 중에 다른 작업을 하는 건 위험할뿐더러 내 생활 태도에도 어긋나지만 그런 걸 따질 때가 아니었다.

이 애플리케이션은 날짜를 입력하면 그날 어떤 달이 보이는지 알려준다. 원래는 날이 샐 무렵에 오른쪽이 이지러져 가느다란 새벽달이 떠야 하는데, 밤하늘에는 왼쪽이 이지러진 달이 떠 있었다. 그 수수께끼를 풀기 위해 나는 어떤 날짜를 입력했다.

아아, 역시나.

스마트폰 화면에 주유소에서 봤던 것과 똑같이 왼쪽이 이지러진 달이 표시됐다. 거의 보름달에 가까운 형태다. 월령으로 따지면 0일이 초승달이고 왼쪽으로 점점 차올라 15일이 보름달, 이번에는 오른쪽부터 이지러져 월령이 30일에 다다르면 0일로 돌아가 다시 시작한다. 지금 스마트폰 화면에 표시된 달은 월령이 13일쯤 되어 보였다.

"선생님, 앞 좀 제대로 보고 운전해요."

"아아, 미안. 그런데 이 스마트폰을 언제부터 사용했는지 기억나니?"

"2년 전부터요. 그런데 아까부터 왜 그래요?"

나는 스마트폰을 이토카와에게 돌려주며 물어보았다. 내친김에 아사이에게도 물어보자 대략 1년 전에 스마트폰 기종을 변경했다고 한다. 2년 전과 1년 전이라면 내 예상과 모순은 없다. 갑자기 스마트폰의 전파 상태가 불량해진 건 아마도 우연일 것이다. 통신사와 계약한 회선에 따라서는 평범하게 사용할 수 있었을지도 모른다.

"저어, 선생님."

마쓰리비가 걱정스러운 표정으로 말을 걸었다. 내 태도를 보고 눈치챘을 가능성이 있다. 불안한 듯 흠칫흠칫하기에 룸미러를 보며 어색하게 미소를 지어주었다. 더 수상쩍게 느꼈을지도 모르겠다.

분명 맞을 거야. …미안하지만 네가 숨긴 비밀을 알아냈어.

입 밖에 내지 않고 속으로 가만히 말했다.

아마도 마쓰리비는 비밀이 밝혀지면 우리가 혹시 무슨 유혹에 빠지지는 않을까 걱정했을 것이다. 그래서 애매모호한 언동으로 비밀을 지켰다. 선악에 민감하고 착실한 성격에 영향을 받은 결과다.

그녀의 판단은 옳았다. 나는 바로 유혹에 빠졌으니까. 논리, 도덕, 자연의 섭리, 운명, 교사가 되기 전부터 소중히 여기고 순응하며 살아온 그 모든 것을 전부 내던지고 싶은 기분이었다. 그럼으로써 지금 할 수 있는 일이 있다.

나는 목적지를 멋대로 선택해 터널이 있는 산기슭 쪽으로 달렸다. 산은 동네 북쪽에 있으니 아까 정한 방침에 어긋나는 것은 아니다.

"하나 확인할 게 있는데, 아사이가 목에 건 두루주머니를 도중에 다른 사람에게 넘겨줘도 괜찮으려나. 마물이 놓치지 않고 따라올까?"

"그건… 네, 괜찮을 거예요."

마쓰리비의 대답에 나는 안심하고 속도를 살짝 높였다.

"그럼 두루주머니를 가지고 있다가 떼어놓은 사람은? 그 사람도 습격당하나?"

"단정은 할 수 없어요. 하지만 떼어놓은 사람과 새로이 가진 사람이 있을 경우, 두 사람이 서로 가까이 있다면 두루주머니를 가진 사람을 노리지 않을까 싶네요."

"다행이군. 그렇다면 아사이, 그 두루주머니는 내가 가지고 있을게."

나는 조수석에 앉은 아사이에게 손바닥을 내밀었다. 아사이는 너무 갑작스런 제안에 당황한 눈치였다.

"어, 하지만."

"위험한 상황이야. 어른이 하는 말이라고 무조건 귀 기울일 필요는 없지만, 따르는 편이 무난할 때가 많지."

그럴싸한 말로 재촉하자 "무슨 생각이신 거죠?" 하고 의아해하면서도 두루주머니를 넘겨주었다. 나는 재빨리 끈을 목에 걸었다. 이로써 마물은 나를 노리고 쫓아온다.

"그리고 아사이한테 부탁이 한 가지 더 있는데."

"뭔데요?"

"로프를 가지고 왔었지? 그거랑 손전등도 좀 빌려주지 않을래?"

"어휴, 아까부터 대체 뭐예요?"

뒤에서 이토카와가 끼어들었다. 별다른 설명도 없이 수상한 낌새를 풍기고 있으니 의심스러울 만도 하다. 그래서 세 사람에게 확실히 말하기로 했다.

"미안하지만 너희는 차에서 내려야겠다."

마침 목적지인 산 입구에 도착했다.

"이제부터는 나 혼자 달아날게."

밝은 편이 낫겠다 싶어 가로등 근처에 차를 세우고 사이드 브레이크를 채웠다. 한밤중, 그것도 시골의 외딴 산이므로 당연히 다른 차나 사람은 보이지 않았다.

"잠깐만요, 그게 무슨 말이에요?"

"맞아요. 설명해 주세요."

너무 뜬금없었는지 이토카와와 아사이가 약간 언성을 높여 따졌다. 나는 아이들의 얼굴을 보며 이야기하기 위해 안전벨트를 풀고 몸을 옆으로 돌렸다.

"그런 괴물에게 쫓기며 끝까지 무사히 달아난다는 보장이 어디 있겠니. 하지만 우리가 쫓기는 건 미끼 역할을 맡았기 때문이고, 다행스럽게도 그건 도중에 얼마든지 그만둘 수 있어. 하나 그렇게 되면 마쓰리비의 오빠 목숨이 위태롭겠지. 그를 내버려 둘 수는 없지만, 그렇다고 우리 네 명이 위험에 처할 필요도 없어. 미끼도 운전도 나 혼자 맡을 수 있으니까 이제부터는 나 혼자 달아날게. 너희들은 여기서 기다리렴."

"선생님, 왜요? 우리 이야기를 이해 못한 거예요?"

이토카와가 고개를 저었다. 얼굴에 피로가 가득했다. 이토카와뿐만 아니라 여기 있는 모두가 지쳤다.

"이해했어. 이해했으니까 작전은 책임지고 수행할게."

각오를 보여주고자 진심이야, 하고 덧붙였다. 작전은 물론 수행해야 하지만, 따로 해야 할 일이 생겼다. 아주 개인적인 일이다. 주어진 기회를 놓치지 말라는 강한 충동에 사로잡혔지만, 아이들까지 끌어들일 수는 없다. 그리고 솔직히 말해 혼자여야 행동하기 편하다.

"한밤중에 이런 산에 방치되는 것도 위험하긴 마찬가지인데요. 마물에게 쫓기는 차에 타고 있는 거랑 큰 차이 없어요."

"여기서 그냥 기다리고 있으면 돼. 어둡지만 도로에서 벗어나 가로등 없는 곳으로만 가지 않으면 괜찮을 거야. 미안하지만 손전등은 내가 가져가마. 스마트폰으로 손전등을 대신할 수 있을 테니 좀 참아다오. 세 명이나 있는데 별일이야 생기겠냐만, 여자애가 두 명이니 혹시나 무슨 일이 생기면 아사이가 힘 좀 쓰도록 하고."

"그런 억지가…."

내 지시에 아사이가 어깨를 축 늘어뜨렸다. 조금 딱했지만 야무진 녀석이니 어떻게든 알아서 할 거라고 내 멋대로 생각했다.

"뭘 어쩌시려고요?"

설득해야 할 가장 큰 난관, 마쓰리비 사야가 마지막에 물었다. 이렇게 멈춰 있는 동안에도 마물은 다가오는 중일 테니

느긋하게 이야기할 시간은 없다.

"마물을 피해 달아나다 아침이 돼서 해가 뜨면 여기로 돌아올게. 요 앞에 있는 터널이 도착 지점이니, 만약 아침이 돼도 내가 돌아오지 않으면 먼저 터널로 가도 상관없어."

"선생님, 눈치채셨군요."

"확실한 증거는 없지만, 자신은 있어."

시치미를 뗄까도 싶었지만 딴청을 부려봤자 바로 들통날 것이다. 아니면 괜한 의심을 사서 갈등과 충돌이 발생할 뿐. 그럴 바에야 솔직하게 말하는 편이 낫다.

"그럼 혼자 보내드릴 수는 없어요. 제가 염치없이 이런 말씀을 드릴 입장이 아니라는 건 잘 알지만, 그래도 안 돼요."

그 말에서 마쓰리비의 굳은 의지가 느껴졌다. 선악을 염두에 두고 있는 것이다. 아무래도 마쓰리비를 설득하지 않고서는 내가 원하는 대로 행동할 수 없을 듯했다.

"믿어다오… 그런 말로 넘어갈 수는 없을까."

"안 돼요. 선생님, 마물을 피하면서 뭔가 다른 일을 하실 생각이로군요."

마쓰리비는 무릎 위에다 주먹을 꽉 쥐고서 말했다. 들켰다. 어떻게 하면, 무슨 말을 하면 마쓰리비는 수긍할까? 마쓰리비에게 피해가 될 일은 하지 않으리라는 뜻을 은연중에 강조하면 수긍은 가지 않더라도 이해해 줄까?

"이런 상황에서 나 혼자 뭐 그리 대단한 일을 할 수 있겠니? 그래도 안 될까?"

"안 돼요. 딱히 선생님이 의심스러워서 그런 게 아니라, 저희 오빠와 관련된 작전이니 제가 지켜볼 책임이 있기 때문이에요. 남을 위험에 몰아넣고 마냥 기다리고 있을 수는 없다고요. 지금까지처럼 마물을 피하다가 정말로 위험한 상황이 닥치면 미끼 역할을 그만두셔도 상관없어요. 이미 그럴 단계라고 인식했고, 각오도 했어요. 다만 그때는 곁에서 지켜보겠어요."

상상했던 것보다 마쓰리비의 결심이 확고해서 놀랐다. 그리고 반성했다. 마쓰리비가 지적한 대로 나는 마물에게서 달아나는 김에 다른 일을 할 작정이다. 그걸 숨기려 했던 자신이 한심하게 느껴졌다.

히가시다 사토미가 떠올랐다.

"실은 사귀던 여자 친구가 있었어." 이야기의 흐름을 무시하고 말을 꺼내자 세 사람이 갑자기 무슨 소리냐는 듯 쳐다봤다. "아주 미인이라 내 콧대도 높아질 정도였지만, 이 동네에 있는 다리가 무너질 때 휘말려서 죽었어."

쓰라린 기억을 떠올리다 목소리가 떨리지 않도록 주의했다.

"가까운 사람, 하물며 육친을 잃으면 정말로 괴롭겠지. 그래, 만약 살릴 수만 있다면 얼마든지 이기적이 될 수 있을 만큼." 마쓰리비 사야에게 한 말이지만, 나 자신을 향한 말이기도 했다. "그게 전부야. 아침이 되면 돌아올게. 믿어다오."

나는 말을 잘 골라서 꺼내놓았다. 아사이와 이토카와는 아직 마쓰리비의 비밀을 눈치채지 못했을 것이다. 그들에게 설명할지 말지는 마쓰리비 본인에게 맡기기로 했다. 그 일로 고민해 왔을 테니 선택할 권리가 있다.

잠시 아무도 입을 열지 않았다.

마쓰리비는 내가 뭘 하려는지 알아차렸을까? 나와 마쓰리비는 비슷한 입장에 서 있다. 그러니 알아차렸을 가능성이 높다.

마쓰리비가 제일 먼저 말을 꺼냈다.

"꼭 돌아오시는 거죠?"

"아마, 아니, 약속할게."

"…알겠어요."

마쓰리비는 어쩔 수 없다는 듯 승낙하고 가느다란 목을 돌려 이토카와와 아사이를 차례차례 보았다.

"사야?"

"이토카와, 아사이, 미안해요. 선생님께 맡기고 여기서 저와 함께 기다려주지 않겠어요?"

두 사람은 얼굴을 마주 보던 끝에 결국 차에서 내렸다. "잘은 모르겠지만 그래야 할 흐름인 모양이네요." 하고 아사이는 이해심 있는 말을 남겼다. 덧붙여 내 부탁대로 로프와 손전등을 빌려주었다.

이토카와는 못마땅한 기색이 역력했지만 마쓰리비가 다시 설득하자 "사야의 뜻이 그렇다면야." 하고 친구를 믿는 길을 선택했다.

나는 먼저 차에서 내린 두 사람에게 고맙다고 인사한 후 사이드브레이크를 풀고 출발할 준비를 했다.

"만에 하나 내가 아침까지 돌아오지 않으면 셋이서 터널로 가도 상관없어."

아직 뒷좌석에 남아 있는 마쓰리비에게 재차 확인했다. 그런 사태도 염두에 두고 세 사람이 도착 지점인 터널까지 걸어갈 수 있도록 산 입구까지 온 것이다.

마쓰리비는 진지한 표정으로 신신당부했다.

"선생님, 혹시 그렇더라도 터널은 꼭 통과하세요. 무슨 일이 있어도요. 그리고 정 안 되겠다 싶으면 오기 부리지 마시고 아까 아사이 말처럼 두루주머니를 버리세요. 저는 신경 쓰지 마시고요."

"그래, 서로 조심하자꾸나."

마쓰리비는 차에서 내리기 전에 마지막으로 하나만 더, 하고 말하더니 지갑에서 뭔가를 꺼내 내밀었다.

조그마한 하얀 종이. 정체가 뭔지는 바로 알았다. 마쓰리비로서는 변명할 길 없는 증거다.

"이미 눈치채셨겠지만 이게 대답이에요. 여기 구체적으로 적혀 있어요."

"알았어."

뒷좌석에서 뻗은 손에서 종이를 받아 움켜쥐었다. 동시에 소리가 들렸다.

귀청을 찢을 듯이 불쾌한 소리.

시끄럽다는 말로는 표현이 다 안 된다. 딱딱한 것이 깨지고 갈라지고 넘어지듯 우지끈, 뚝딱, 하는 소리가 나무들 사이를 누비며 울려 퍼졌고 엔진의 떨림과는 다른 진동이 느껴졌다.

"도망쳐요!"

"빨리!"

밖에 있던 두 사람이 소리치고 급히 차에서 멀어졌다. 두 사람의 시선은 산비탈 위쪽을 향했다. 작고 딱딱한 뭔가가 후두두 떨어져 보닛을 때리는 소리가 났다. 돌멩이 아니면 흙덩이. 불길한 예감에 나는 반사적으로 변속기어를 조작하고 액셀을 밟았다.

엔진이 으르렁거렸다. 차가 속도를 높이며 바람을 가르고 튀어 나갔다. 한순간 고개를 돌려 확인하자 아까 차가 서 있던 곳에 거대한 물체가 떨어져 있었다.

한 그루 거목이었다. 산사태는 아니다. 적어도 오늘 밤만
은 의심할 여지가 없었다.

아까 도로를 가로막고 있던 나무가 떠올랐다. 그 나무 밑
동에는 억지로 비틀어 끊은 듯한 자국이 남아 있었다.

지금 이것도 뿌리 내린 나무를 넘어뜨려서 옮길 수 있는 괴
물의 소행이다. 이야기에 정신이 팔려 한곳에 너무 오래 머
무른 탓에 따라잡히고 말았다.

간발의 차였다. 저기 가만히 있었다면…. 빈 알루미늄 캔
처럼 찌그러진 차체가 머릿속에 그려졌다. 유리창이 산산이
부서지고 창틀이 구부러져 살아남더라도 탈출은 꿈도 못 꿀
것이다.

식은땀을 흘리며 길을 따라 차를 몰았다. 목에 건 두루주
머니를 한 손으로 만졌다.

아사이와 이토카와가 무사할지 걱정됐다. 떨어진 나무에
는 깔리지 않았겠지만…. 문제는 마물이다. 놈이 거기 있다
면 두 사람을 무시하고 날 쫓아올까. 현재 내가 겐이치로의
미끼 역할을 하고 있으며, 나무도 차를 노리고 떨어뜨렸으니
괜찮을 거라 믿고 싶다.

내리고 자시고 할 여유가 없어 뒷좌석에 마쓰리비 사야를
태운 채 달리고 있다. 마쓰리비도 불안한 듯 뒤쪽을 확인했
다. 지금 당장 차를 세우고 마쓰리비를 내려주어도 될지 망

설였다.

"이대로 달아나죠."

그런 내 마음을 꿰뚫어 본 듯 마쓰리비가 말했다. 거부할 수 없었다. 휴대전화가 터지지 않아 연락도 안 되는데, 차와 함께 표적이 됐다고 해서 적당한 곳에 혼자 내려주면 과연 나중에 합류할 수 있을지 의심스러웠다. 예상치 못한 사태로 받아들이고 이대로 산에서 멀어지는 수밖에 없다.

마물은 지금 어디에 있을까 걱정하며 최대한 서둘러 차를 몰았다.

"어디로 가시는 거예요?"

무사히 산에서 내려온 뒤에도 망설임 없이 길을 선택하는 내 모습을 보고 마쓰리비가 물었다.

"내 목적지로. 마물과도 거기서 결판을 내겠어."

목적지는 그리 멀지 않다. 히가시다 사토미가 사고로 세상을 떠난 곳, 즉 다리다. 알려주자 마쓰리비는 찬성도 반대도 하지 않고 조용히 입을 다물었다.

돌이켜 보면 오늘 밤은 이상한 일 천지였다.

일단 터널에서 나오자 모두의 스마트폰과 휴대전화가 통화권에서 이탈했다. 아까 이토카와에게 빌렸을 때도 스마트폰은 전파가 끊긴 상태였고, 내 휴대전화도 마찬가지다.

주유소에서는 리터당 가격이 평균보다 높았고, 내가 사양하는데도 마쓰리비 사아갸 억지로 요금을 대신 냈다.

달 모양도 이상하고, 마물이 나타났으며, 겐이치로는 살아 있다고 한다.

마물에게 쫓기는 것만으로도 제정신이 아닌데, 골치 아픈 일뿐이다.

운전대를 꺾어 큰 도로에서 강이 유유히 흐르는 방향으로 들어갔다. 띄엄띄엄 보이던 건물조차 사라지고 자연 풍경이 이어졌다.

이제 곧 다리가 보일 것이다. 거기에 가면 더 이상 고민하지 않아도 된다.

거기 답이 있을 테니까.

살짝 긴장한 채 나아가던 끝에 차가 목적지에 도착했다. 전조등 불빛이 그림자처럼 윤곽만 보이는 다리와 그 아래 흐르는 얕은 강을 비추었다. 나는 숨을 삼켰다. 심장박동이 빨라졌다.

히가시다 사토미가 붕괴 사고에 휘말렸던 다리가 원래 모습대로 존재했다. 새로 지은 다리 말고, 노후한 콘크리트 다리가.

다시 말해, 3년 반 전 겨울에 무너진 다리가 그대로 남아 있다.

추측이 확신으로 바뀌었다.

지금 나는 마쓰리비 겐이치로의 기일에 있다. 아니, 조금 다르다… 그래, 바로 그가 죽는 날에 있다.

나는 과거로 왔다.

4년 전, 7월 21일.

마쓰리비 겐이치로는 그날 죽었다.

그리고 나는 지금 그날을 보내고 있다. 나뿐만 아니라 마쓰리비, 이토카와, 아사이도 마찬가지다. 마치 농담 같지만 넷이 차를 타고 과거로 돌아왔다.

꿈이 아니다. 앞 유리창 너머 전조등 불빛에 비친 다리가 그 증거다. 낡아빠진 콘크리트 다리는 이미 무너지고 없어야 마땅하다.

이 기묘한 현실이 꿈이나 망상이 아니라는 증거는 그 밖에 또 있다.

마쓰리비 사야가 준 조그만 흰색 종이.

움켜쥐고 있던 탓에 종이가 땀에 조금 젖었다. 펼쳐보자 내 예상대로였다. 마물에게 습격받기 전에 들렀던 주유소에서 주유기를 사용할 때 나온 영수증이었다.

감열지에 요금과 함께 무미건조한 글씨체로 적힌 날짜와 요일은 4년 전 7월 21일 일요일이었다. 분명 이걸 보여주기 싫어서 계산할 때 나온 영수증을 재빨리 챙겼으리라. 막무가내로 돈을 내려고 한 것도 최근에 제조된 지폐나 동전을 사용하지 못하도록 하기 위해서다. 마쓰리비는 분명 제조된 지 4년 넘게 지난 지폐로 요금을 계산했을 것이다. 만약 내가 지갑에서 최근에 제조된 돈을 적당히 꺼내서 사용하면, 있어서는 안 될 미래의 돈이 남는 사태가 발생한다. 그걸 피하고 싶었으리라.

그러면 휘발유의 리터당 가격이 높았던 것도 설명이 된다. 단순히 4년 전 시세가 그랬기 때문이다.

그리고 달 모양.

이토카와는 원래 오른쪽이 이지러진 그믐달이 떠야 하는데, 왼쪽이 이지러지고 제법 둥그스름한 달이 떴다는 데 위화감을 느꼈다. 이것도 애플리케이션을 빌려서 확인했다. 4년 전, 마쓰리비 겐이치로가 죽은 날짜를 애플리케이션에 입력하자 밤하늘에 떠 있던 것처럼 왼쪽이 약간 이지러진 달이 표시됐다.

마물이 덮쳐 온 것도 당연하다.

겐이치로는 지금 살아 있다. 4년 전에는 살아 있었으니 죽은 자의 목숨을 노리러 온다는 모순은 발생하지 않는다. 미끼 역할을 맡으면 습격하러 오고, 미끼 역할을 제대로 하지 못하면 겐이치로의 목숨이 위험해진다. 마쓰리비 사야가 안절부절못하고 걱정하는 태도를 보일 만도 하다.

마쓰리비는 거짓말을 하지 않았다. 그게 힌트였다.

옛날 신문에 실려 있던 겐이치로의 사망 기사. 사망 원인이 불확실해 의문사로 처리됐지만 그런 경우는 좀처럼 없을 것이다. 마물에게 살해당했기 때문에 의문사로 처리되지 않았을까. 오빠를 마물의 손에서 구하기 위해 마쓰리비 사야는 협력자를 찾았고, 지금 이렇게 과거에 와 있다.

밤이 눈가림을 잘 해주었다. 주변 풍경이 잘 보이지 않아 필연적으로 정보량이 줄어든다. 몇 년 사이에 동네 풍경도 다소는 변했겠지만, 어두워서 설마 4년 전일 줄은 몰랐으리라. 덧붙여 촌 동네라 세월의 흐름을 가늠할 만한 인공물이 비교적 적고, 이 동네에 살지 않으니 가정집과 건물이 눈에 익지 않은 탓이기도 하다.

그래도 마음먹고 찾았다면 과거로 왔음을 나타내는 증거가 금방 눈에 띄었을 것이다. 하지만 최대한 차 밖에 나가면 안 된다고 마쓰리비가 단단히 주의를 주었다. 마물이 있어서 위험하기 때문이겠지만, 과거에 왔다는 사실을 숨기려는 속셈도 있었을지 모른다.

그럼 어떻게 과거로 왔을까?

추측이지만 출발 지점과 도착 지점을 산에 있는 터널로 정해놓은 것과 관계가 있지 않을까 싶었다. 원리는 모르지만 그 터널이 타임머신 같은 역할을 하는 것 아닐까. 터널을 통과하고 나서 스마트폰 전파가 갑자기 끊겼고, 마물의 포효도 들렸다. 타이밍이 일치한다.

마쓰리비는 알겠지만 순순히 가르쳐줄지는 의문이다. 마쓰리비는 과거로 돌아왔다는 사실을 숨겼다.

나랑 아사이, 이토카와가 못된 마음을 먹지는 않을까 불안해서 그랬으리라. 과거로 돌아간다는 비상식적인 사태를 이해하고 받아들이면, 사람은 그 상황에서 뭘 할 수 있을지 생각하기 마련이다. 과거에 있다, 즉 미래를 바꿀 수도 있다는 뜻이니까.

그러므로 좋지 못한 생각이 떠올라도 이상할 것 없다. 평소 아무리 착한 사람으로 통했더라도, 인간은 상대와 상황에 따라 태도와 성질을 바꾸는 법이므로 평소 보여주는 일면이 그 사람의 전부는 아니다. 성악설을 주장하는 건 아니지만 누구나 그럴 수 있다.

마쓰리비는 동행한 세 명을 의심했다기보다, 본질적으로 인간이라는 존재 자체를 믿지 않았던 것 아닐까. 과거로 돌아왔다는 사실을 알면 사람이 확 변할까 봐 두려웠는지도 모른다. 얼핏 보기에는 품행 방정한 마쓰리비도 오빠를 구한다는 목적을 달성하기 위해 이 현상을 이용했다. 바로 그렇기에 더 숨겼다.

하지만 마쓰리비는 영수증을 건네주었다. 지금 과거에 있다는 증거를. 어차피 내가 눈치챘기 때문일까, 아니면 신뢰를 얻고 싶었기 때문일까. 이유는 모르지만 굳이 알 필요도 없다.

"확인 안 하셔도 되겠어요?"

마쓰리비가 다리를 보고 굳어버린 내게 물었다. 확인이라니, 지금이 정말 4년 전인지 자신에게 캐물어 보라는 걸까.

"이 영수증으로 충분해. 그리고 시간이 없어. 확인은 나중에도 할 수 있어."

그렇다, 지금은 할 일이 있다.

나는 엄청나게 골 때리는 짓을 할 생각이다.

내가 지금 4년 전에 있다는 사실을 깨닫고 마물에게 쫓기고 있는 상황을 가미해 떠올린 아이디어다. 앞으로는 입이 찢어져도 지금까지 신중하게 살아왔다는 말은 하지 못할 것이다.

"넌 여기서 내리렴."

나는 뒷좌석을 돌아보고 최소한의 조건을 제시했다. 마쓰리비가 눈살을 찌푸렸다.

"뭘 하시려고요?"

"이 다리를 무너뜨리면서 마물도 끝장낼 거야."

그러면 겐이치로는 마물의 손아귀에서 벗어날 테고, 다리를 미리 무너뜨리면 사토미도 사고를 당하지 않는다. 그렇다… 포기할 수밖에 없었던 사토미를 구할 수 있다.

과거를 바꾸는 것이다.

그게 도의적으로 어떤지는 깊이 생각지 않는다. 하고 싶으니까 한다. 그뿐이다.

"다리를 무너뜨리다니… 그런데 어떻게요?"

마쓰리비가 언뜻 보기에도 깜짝 놀란 표정으로 물었다.

"저 다리는 원래 반년 후에 무너져. 승용차 한 대 무게조차 견디지 못하고 말이야. 교각의 콘크리트가 부스러질 만큼 약해졌거든. 그래서 아사이에게 빌린 로프로 교각을 잡아당겨 부수려고. 사람의 힘이 아니라 이 차의 힘으로."

"그런 일이…."

"저 교각은 낡았어. 구조적으로 세로 방향으로 가해지는 힘에는 잘 버티도록 만들었겠지만, 옆에서 가해지는 힘에는 비교적 약할 거야. 가능성은 충분해."

"진심이세요?"

"물론이지. 그러니 차에서 내려서 성공할지 실패할지 지켜봐. 안 될 것 같으면 날 내버려 두고 가도 돼. 남은 두 사람과 합류해서 함께 돌아가렴. 이제 평범하게 행동해서는 마물을 피하기가 힘들어. 그러니 한없이 낮더라도 놈을 쓰러뜨릴 가능성에 승부를 걸겠어. 계속 쫓기는 입장에 설 필요는 없잖아."

예상외의 사태가 벌어져 마쓰리비를 여기까지 달고 오고

말았다. 하지만 이왕 그렇게 됐으니 끝까지 지켜봐 주길 바랐다.

"위험해요."

"잘 아네. 더 이상 함께 있으면 위험해."

"선생님이 위험한 짓을 하시려고 하니까 그렇죠. 아무튼 저는 안 내릴 거예요."

"부정은 하지 않을 테니 눈감아 다오."

나는 사정하듯 말했다.

"다리를 무너뜨리는 게 주고, 마물은 부수적인 문제야. 그러니 남을 끌어들일 수는 없어."

사토미를 구할 수 있을지도 모른다. 주어진 기회를 놓치고 싶지 않았다.

"원래 여러분을 끌어들인 건 저예요. 그리고 착각하시는 모양인데 다리를 무너뜨리는 걸 말릴 생각은 없어요. 저도 같이 있겠다는 거예요. 마물이 얽힌 일이라면 저도 당사자니까요."

"산에서는 차에서 내리겠다고 했잖아."

"그야 그렇지만… 다리를 무너뜨리려고 하실 줄은 몰랐으니까요. 공중전화로 선생님의 여자 친구분께 연락해서 경고하는 정도가 아닐까 싶었는데. …아무튼 여기까지 온 이상, 저도 끝까지 함께하겠어요."

물론 마쓰리비 말마따나 사토미에게 연락하는 방법도 고려해 보았지만, 뜬금없이 반년 후에 다리가 무너지니까 조심하라고 한들 믿어줄지 걱정이었다. 무엇보다 4년 전의 나는 아무것도 모르니까 사토미가 물어보면 그런 전화는 걸지 않았다고 부정할 것이다. 그러면 장난전화 취급할 가능성이 높다. 공중전화로 연락한 것도 부자연스러워 믿을 만한 건더기가 하나도 없다.

그리고 어쨌거나 다리는 조만간 무너진다. 사토미가 목숨을 건지더라도 다른 사람이 피해를 입을지도 모른다. 결국 다리를 무너뜨리는 게 제일 확실한 방법이다.

책임감 때문인지 마쓰리비는 좀처럼 물러서지 않았다. 서로 눈싸움을 벌였다. 한참 어린 학생과 다투다니 어른스럽지 못하다 싶기는 했지만, 그럼 이쪽에도 방법이 있다.

"실패한다고 생각하는구나."

"아니에요. 그럼 함께하겠다고 하겠어요?"

"성공한다고 생각한다면 내려도 상관없잖아. 아무튼 언제 마물이 올지 모르니 빨리 준비해야 해."

일부러 짜증스럽게 말하자 마쓰리비는 발끈했는지 불만스러운 표정을 지었지만 결국 차에서 내렸다. 조금 심했는지도 모르겠다.

시간이 얼마나 남았을지 걱정이었다.

나는 할 일을 머릿속으로 정리하며 차를 신중하게 다리 가운데로 이동시키고 시동을 껐다. 아사이에게 빌린 로프와 손전등을 들고 밖으로 나왔다. 문을 열자 난간에 닿을락 말락했다. 다리가 작아서 차 한 대가 지나갈 정도밖에 안 된다. 여름밤. 바람은 약하고, 미지근하니 습한 공기가 살에 달라붙었다.

손전등을 켜고 고개를 숙여 내가 서 있는 다리 상판을 내려다보았다.

그만 현기증이 났다. 반년 후에 이 다리는 무너진다. 교각이 부러져 사토미와 함께 강으로 떨어진다. 이미 제법 약해진 상태일 것이다.

신발과 양말을 벗고 바지 자락을 걷어 올렸다. 다리 옆을 돌아 아래에 흐르는 얕은 강으로 내려갔다. 잡초가 자라지 않도록 하기 위해서인지 평평한 강가 일부에 콘크리트를 깔아놓았다.

강에 들어가 손전등으로 교각 위치를 확인하고 나아갔다. 무더운 밤이지만 강물은 차가웠다. 느릿느릿 흐르는 강은 무릎에도 오지 않을 만큼 얕았지만, 돌이 많아 바닥이 미끌미끌했다. 미끄러지지 않도록 다리에 힘을 주고 조심조심 강 한복판으로 이동해 다리 중간쯤에 있는 교각 두 개를 옆에서 바라보았다.

무거운 콘크리트 다리를 지탱하는 가느다란 콘크리트 교각. 손전등으로 비추며 주의 깊게 살펴보자 오랫동안 방치해 놓은 탓인지 교각은 강물에 깎이고 금이 간 데다, 볼트 구멍도 어긋나 있었다. 사고 당시 신문과 뉴스에서 보도한 것과 똑같다.

좀 더 약해 보이는 교각을 골라 어깨에 메고 온 로프를 금이 간 곳에 단단히 동여맸다. 복수심 비슷한 심정을 담아 진지하게 작업했다.

로프를 세게 잡아당겨 고정됐음을 확인한 후 강에서 나와 다리 위로 돌아갔다. 장시간 운전하느라 몸은 녹초가 됐지만, 정신은 또렷했다. 하지만 자칫 긴장을 풀면 피곤해서 선 채로 기절할 것만 같았다.

교각에 묶은 로프를 다리 가운데 세운 차까지 쭉 끌고 왔다. 차 앞뒤에 부착된 견인 고리에 로프를 고정하며 차체에 빙글 감았다. 예전에 이사하면서 매듭이 풀리지 않게 꽉 묶는 법을 봐둔 게 도움이 됐다. 어렴풋한 기억을 애써 더듬으며 묶어나갔다. 막상 차를 출발시켰을 때 로프가 타이어에 걸리거나 문을 막아 차에 타지 못하는 일이 없도록 주의했다.

마물이 오기 전에 간신히 작업을 마치고 준비 태세를 갖추었다.

젖은 발은 로프를 묶는 사이에 거의 다 말라서 양말과 신발

을 신었다. 차에 올라타 시동을 걸었다. 차가운 에어컨 바람
이 땀을 식혀주었다. 아직 끝나지 않았다. 이제부터가 시작
이다.

다리를 무너뜨린다.

계획은 이렇다. 앞뒤로밖에 갈 수 없는 다리 한복판에 차
를 세운 채 기다리다가 마물이 나타나면 전속력을 다해 마물
과 반대편으로 달린다.

그러면 로프가 묶인 교각에 옆 방향으로 강한 힘이 가해진
다. 그러다 교각의 내구도가 한계에 달하면 다리가 무너진
다. 쫓아오던 마물이 붕괴에 휘말리면 더할 나위 없다. 다리
가 짧으니 차는 아슬아슬하게 탈출할 수 있을지도 모른다.
단순하고 명쾌한 작전이다.

보통은 차로 잡아당기면 로프가 먼저 끊어질 것이다. 튼튼
한 산악용 자일일지언정 원래는 인간의 체중을 버티도록 만
들어진 물건이니까. 하지만 교각은 약해졌다. 반년 후에 승
용차 한 대가 다리를 지나가는 정도로 부러질 만큼 피로가 축
적됐다. 그러니 지금 부러지지 않으면 사기다.

다리는 반년 후에 사토미와 함께 무너지기로 결정된 것이
아니다. 그럴 운명이라고는 절대로 인정하고 싶지 않았다.
만약 운명이 있다면 내가 지금 여기서 다리를 무너뜨리는 것
도 운명이다.

참으로 자기중심적이고 제멋대로인 사고방식이라 쓴웃음
이 나왔다. 천재일우의 기회다. 어쩌면 좀 더 겸허한 태도를
취해야 작전 성공률도 높아질지 모른다.

귀를 기울이자 엔진 소리에 섞여 벌레 울음소리가 들렸다.
시골이고 산 근처다 보니 어디를 둘러봐도 자연이 넘쳐난다.
개구리 울음소리까지 어우러져 그야말로 대합창이었다. 마
물의 추격을 받는 상황인데도 신기하게 마음이 편해졌다.

교각이 끈덕지게 버텨서 부러지지 않거나 다리가 무너지
지 않는 상황은 생각지 않기로 했다. 붕괴되는 다리에 휘말
린들 마물이 쓰러질지도 미지수다. 하지만 여기서 마물을 처
리하지 못하면 어차피 아침까지는 못 버틴다. 결국은 내가
끝장나리라. 살려면 미끼 역할을 포기하고 겐이치로가 죽게
놔두는 수밖에 없다.

내 선택으로 남의 생사가 바뀐다고 생각하자 다시 마음이
무거워졌다.

스스로 결심한 일이지만 솔직히 다 내려놓고 싶은 기분도
적지 않았다.

생각에 잠겨 있으니 갑자기 조수석 문이 벌컥 열리고 천장
에 달린 실내등이 켜졌다. 뭔가 싶어 확인하고 놀랐다. 떨어
진 곳에서 지켜보기로 한 마쓰리비 사야가 차에 올라탔다.
문을 닫자 실내등이 꺼져 다시 캄캄해졌다.

"자, 잠깐. 왜?"

"준비가 끝나신 것 같으니 저도 타야죠."

내가 당황하자 마쓰리비는 조수석에서 빙긋 웃음을 지어 보였다. 그런 이야기는 한 적 없다.

"너 아까 내 말에 납득하고 내렸잖아."

"어머, 오해가 좀 있었던 모양이네요. 선생님이 빨리 준비하고 싶으시다기에 잠깐 내렸을 뿐이에요."

비꼬는 듯한 말투였다. 혹시 화난 걸까?

"안 돼. 내려."

"싫어요. 안 내려요."

우리는 고집을 부리며 줄다리기를 벌였다. 좁은 차 안이라 막무가내로 끌어내기는 힘들고 앉아서 버티기는 쉽다. 올라탄 시점에서 이미 내가 불리한가? 문을 잠갔으면 피할 수 있는 일이었는데.

어떻게든 설득할 방법을 찾고 있으려니 마쓰리비가 먼저 말을 꺼냈다.

"싫어요. …실은 오빠가 죽었을 때 부적이라며 제 머리카락을 조금 잘라서 가지고 다녔어요. 정말 그런 게 부적 역할을 할지 의문이었는데, 아니나 다를까 오빠는 죽었죠. 부적은 아무 도움도 되지 않았어요. 오히려 반대가 아니었을까 싶어요. 부모님도 제가 태어난 후에 돌아가셨거든요. 그런 건 아무 상관도 없다고 말하기야 쉽지만, 증명은 안 되잖아요. 터무니없는 생각일지도 모르지만, 제가 불행을 부르는 존재가 아니라는 걸 스스로 증명하고 싶어요. 지금 여기서."

차에서 내리지 않겠다는 의지를 표명하기 위해서인지 마쓰리비는 속내를 털어놓았다. 나는 긍정도, 부정도, 동정조차 할 수 없어 입을 다물었다. 적당히 입을 열면 말이 허공을 헤매다 사라질 것 같았다.

그때 갑자기 벌레 울음소리가 뚝 멈췄다.

마쓰리비도 그걸 알아차리고 주변을 유심히 둘러보았다.

"몇 번이나 말하는 것 같다만."

"이미 늦었어요, 선생님."

마쓰리비는 가슴 앞의 안전벨트를 움켜쥐고 딱 잘라 말했다. 마음에는 안 들지만 그 말이 맞다. 마지막으로 설득하려던 마음을 접었다.

나는 정신을 가다듬고 마음의 준비를 했다. 드디어 놈이 온다. 오른손으로 운전대를, 왼손으로 변속기어를 잡고 앞쪽과 룸미러를 번갈아 확인했다. 그럴 필요는 전혀 없는데도 그 자세 그대로 계속 숨을 죽인 채 기다렸다.

붉은빛 두 개가 저 멀리 앞쪽에 붕 떠올랐다. 다리 중간에 진을 친 우리를 향해 흔들흔들 똑바로 다가온다. 실제로 본 적은 없지만 도깨비불이 저렇게 생겼는지도 모르겠다. 붉은

빛의 본체가 전조등 불빛 속에 들어왔다. 강한 불빛이 비쳤는데도 그 모습은 어두운 그림자에 뒤덮인 채 윤곽만 흐릿하게 움직였다.

마물이다.

계획대로 다리로 유인하는 데는 성공했다. 하지만 앞쪽에서 나타난 건 악재였다. 다리로 들어오는 길은 앞쪽과 뒤쪽 두 군데. 차는 기본적으로 앞으로 달리는 물건이지만, 마물이 앞을 막았으니 후진해서 달아나는 수밖에 없다. 이왕이면 뒤에서 나타나길 바랐건만.

"각오는?"

"했어요."

짧은 대화를 나눈 후, 오늘 밤 몇 번이나 마주치는 거냐고 생각하며 타이밍을 노렸다. 마물과 거리가 너무 가까워도, 너무 멀어도 안 된다. 옆에서 마쓰리비가 창백한 얼굴로 숨을 거칠게 몰아쉬었다. 무리도 아니다. 어른인 나도 무서워서 온몸의 힘이 쭉 빠질 것만 같았다.

지금 당장 액셀을 밟고 싶어 조바심 나는 마음을 억눌렀다. 눈앞에 간식을 두고서 앉으라는 명령을 받은 개 같은 기분으로 기다리고 있으니, 드디어 검은 형체가 다리 어귀에 진입했다. 동시에 후진기어를 넣고 액셀을 힘껏 밟았다.

차가 다리 중간에서 움직이자 로프가 팽팽해졌다. 엄청난 충격이 몰려왔다. 급히 후진하느라 앞으로 쏠렸던 몸이 차가 멈추자 좌석에 내동댕이쳐졌다. 폐에서 공기가 밀려 나와 콜록거렸다. 오기가 났는지 마쓰리비는 비명을 지르지 않았다.

차가 멈춘 건 교각과 차체를 묶은 로프 때문이다.

교각과 로프와 차체. 전속력으로 출발했는데도 셋 다 멀쩡한 바람에 차가 더 이상 나아가지 못한다. 타이어가 헛돌며 차가 다리 가장자리로 움직였다. 만약 이 위치에 있다가 다리가 무너지면 우리도 휘말릴 우려가 있다.

앞쪽에서 마물이 다가왔다. 액셀을 더 꾹 밟았다. 이대로 계속하는 수밖에 없다. 타이어가 제자리에서 헛돌며 차체가 삐걱거리는 소리가 났다.

엔진이 비명을 질렀지만 회전수만 높아졌다. 이럴 줄 알았으면 좀 더 엔진 마력이 좋은 차를 타고 올 걸 그랬다.

정면을 보았다. 마물이 이쪽으로 다가오며 팔을 뻗었다. 손이 큼지막하니 인간의 허리 정도는 한 손으로 움켜쥘 수 있을 듯했다. 역시 커다란 나무로 도로를 막은 건 이놈이다.

빨갛게 빛나는 두 눈. 위화감이 느껴졌다. 시선을 따라가자 조수석을 향하고 있었다.

왜? 문득 의문이 솟았다. 왜 마물은 내가 아니라 마쓰리비를 보고 있을까?

기이한 소리가 들려 의문이 싹 날아가고 정신이 번쩍 들었다. 차체 말고 조금 떨어진 곳에서 들리는 소리. 이건 밖에서… 다리 밑에서 나는 소리다.

무너져라!

염원하는 수밖에 없었다.

"무너져라!"

소리를 질렀다. 이제 이판사판이다.

접근한 마물이 손을 보닛에 얹고 거대한 머리를 마쓰리비 쪽으로 내밀었다. 금속이 끼이익 하고 찌부러지는 소리가 났다. 그리고.

갑자기 차가 가벼워지더니 날아갈 듯한 기세로 움직였다. 족쇄가 풀린 것처럼 뒤로 쭉 나아간다. 마물이 짚은 곳의 페인트가 벗겨져 보닛에 흠집이 생겼다.

굉음과 함께 창밖으로 풍경이 흘러간다.

로프가 끊어졌나?

아니다. 시야가 천천히 기울어진다. 끊어진 건 교각이다.

다리가 무너졌다.

저희 오빠, 겐이치로는 신기한 이야기를 하는 사람이었습니다.

설화나 전래 동화에 나올 법한 신비한 현상과 존재. 귀신이나 도깨비는 아니고, 영물이나 요괴에 가까운 것도 같지만 꼭 그렇지만도 않은, 상식으로는 설명이 안 되는 존재들. 오빠는 그러한 것에 관한 지식을 자주 들려줬어요.

저한테는 부모님이 안 계세요. 제가 아직 어렸을 적에 참혹한 사건에 휘말려 돌아가셨다고 들었어요. 부모님 기억은 별로 안 나요. 어리다고는 하나 자아가 확립된 나이였으니 스스로 기억을 차단해 버린 탓인지도 모르겠네요.

고민은 많았지만, 다정한 할아버지와 할머니 그리고 오빠

덕분에 불행하다는 생각은 없이 자랐습니다. 동정의 시선을 받거나 주변과 어울리지 못하고 약간 겉돈다고 느낀 적도 있지만, 마쓰리비 사야라는 한 인간으로서 저 나름대로 성장해 왔어요.

오빠가 부모님의 죽음을 어떻게 받아들였는지는 모르겠네요. 끄집어내서는 안 된다는 암묵적인 분위기가 있어서 오빠와 부모님에 대해서 이야기를 나눈 적은 별로 없거든요.

역시 오빠와는 신기한 이야기를 많이 나누었습니다.

"커다란 새가 정원으로 날아와서 가르쳐줘."

계기는 그 말이었을 거예요. 아무래도 오빠는 자신에게만 보이는 새가 어째선지 자신에게만 말을 건다는, 꿈인지 생시인지 모를 일로 고민하고 있었는지 어느 날 초등학교에서 돌아온 제게 속을 털어놓았습니다.

"희한하게도 사람 말을 알아듣는 커다란 새야. 산 쪽에서 날아와서 저기 나무에 앉지. 부리는 회색이고, 나머지는 하얀색에 파란색이 약간 섞여서 아주 예뻐. 그 녀석이 날 보고 말을 걸어."

"그게 무슨 소리야, 오빠?"

처음에 저는 그렇게 반응했을 거예요. 자, 아무튼 들어봐, 하며 오빠는 못마땅한 표정을 짓는 저를 앉혀두고 긴 이야기를 들려주었습니다. 새벽이 되면 꿈틀대는 나무들, 벽 속을 이동하는 '뭔가', 과거를 바꿀 수 있는 밤. 전부 황당무계했지만 세세한 부분까지 잘 짜여 있어서 저는 재미있다고 감상을 말했어요.

"그런데 내 말이 믿기니?"

"음, 미묘한데."

믿기느냐고 묻기에 솔직히 대답하자 오빠는 쓴웃음을 짓더니 그러고도 동생이냐며 제 머리를 마구 쓰다듬었습니다. 머리가 헝클어져 싫어하는 저를 보고 오빠는 중얼거렸죠.

"음, 뭐, 믿든 말든 재미있다니 됐다."

그 후로 오빠는 새에게 들었다는 이야기를 자주 말해주었어요. 할아버지, 할머니도 모르는 둘만의 비밀이었죠. 어린 제가 밤에 잠도 못 잘 만큼 무서운 이야기도 있었지만 즐거웠어요. 기본적으로 오빠가 말하고 저는 들을 뿐이었지만 편안하니 나쁘지 않은 시간이었답니다. 몇 년에 걸쳐 그러한 시간이 어느새 일상으로 자리 잡았죠.

정원에 면한 방에 미동도 없이 앉아 있는 오빠가 가끔 눈에 띄곤 했어요. 새의 말에 귀를 기울이고 있는 건지 고개를 들어 떡갈나무를 바라보는 자세였죠. 제가 말하기는 뭐하지만 오빠는 약간 괴짜 기질이 있었거든요. 바로 그래서 특별했는지도 모르지만요.

새가 정말로 있는지, 진실인지 거짓인지 저는 몰라요. 하지만 오빠 이야기를 듣다 보니 내용이 저절로 외워지더군요.

제가 오빠의 이야기를 믿게 된 건, 새에 관해 듣고서 얼마쯤 지났을 무렵이었습니다.

"T마을의 산에 있는 터널을 통과해서 안쪽으로 더 나아가면 낡은 사당이 나오는데, 아무래도 거기가 새의 보금자리인가 봐."

어느 날 오빠가 그런 이야기를 했습니다. 역시 그 새에게 직접 들었다고 해요. 당시 저는 호기심이 왕성해 여기저기 쏘다닐 나이였는지라 진짜인지 확인해 보기로 했죠.

쉬는 날 아무도 모르게 외출할 계획을 세우고, 자전거를 타고 T마을에 있는 산으로 향했어요. 오빠 말이 진짜라면 사당이 있을 테고, 가짜라면 사당은 없다. 새도 없다. 그런 단순한 생각이었죠. 오빠가 그 산에 가봤다면 사당이 있다는 사실을 알아도 이상할 것 하나 없건만 어린 저는 핵심을 찌른 기분이었답니다.

자전거로 꽤 먼 거리를 달려 산에 있는 터널을 통과해 안쪽으로 나아갔습니다. 그 결과, 사당은 있더군요. 돌로 만든 아담한 사당이었는데 땅에 가까운 부분에는 이끼가 끼어 있었어요. 안에는 딱히 아무것도 모셔져 있지 않아 묘한 느낌이 들었고요. 거기서 잠시 기다렸지만 새가 나타나지 않아 지루해진 나머지 어두워지기 전에 집에 돌아갔어요. 그러자 오빠가 그러더군요.

"사야, 산에 갔었지? 이 시기는 위험하니까 조심해야 해."

알 리 없는 사실을 오빠는 알고 있었습니다. 산에 갔다는 건 아무도 모르는 비밀이었는데 말이죠. 어떻게 알았느냐고 물어보자 그 새가 산에서 저를 보고 오빠에게 알려주었다고 하더라고요.

놀란 저는 오빠 이야기를 반쯤 믿게 되었습니다. 그리고 그 밖에도 몇몇 신기한 체험을 하는 동안 반신반의가 아니라 진심으로 믿게 됐고요.

"나는 다음 주에… 죽을 거야."

오빠가 그렇게 고백한 건 4년 전. T마을에서 매년 같은 시기에 열리는 축제가 시작되기 일주일 전이었어요.

"그건 또 무슨 소리야, 오빠?"

생뚱맞은 오빠의 말에 저는 인상을 찌푸렸어요. 평소처럼 이야기를 들으려고 차와 과자를 준비해 방으로 갔더니 오빠의 표정이 워낙 진지해서 놀랐죠.

"실은."

오빠는 축제 날 밤에 산에서 내려온다는 마물 이야기를 들려주었습니다. 부조리하게도 그 마물이 오빠의 목숨을 노린다고 했어요. 무서워서 이야기를 듣는 내내 안절부절못했죠.

"그것도 그 새한테 들었어?"

"뭐, 그렇지."

"목숨을 노리다니, 왜?"

"글쎄, 잘 모르겠어. 혹시 내가 마음에라도 들었나. 골치 아프네."

오빠는 농담처럼 말했지만, 저는 전혀 웃음이 나오지 않았습니다.

"그게 뭐야. 무슨 방법 없어?"

"음, 살아날 방법은… 그렇지. 일단 부적을 주지 않을래?"

"부적이라니, 난 그런 거 없어."

"그게 아니라 만들려고. 그래… 머리카락이 좋겠다. 네 머리카락을 조금 잘라서 부적으로 삼으면 되겠어."

"그런 부적이 있다는 소리는 처음 들어보는걸. 새가 그러래? 어째 변태 같은데, 속은 거 아니야?"

"그러게, 거짓말일지도 모르지. 하지만 마물 이야기는 거짓말이 아니야. 할아버지, 할머니께는 비밀이다."

오빠는 눈을 내리깔고 태평하게 과자를 집어 먹기 시작했습니다. 도무지 다음 주에 죽을 사람처럼은 안 보이더군요.

"저기 오빠. 진짜야? 실은 나를 놀리려고 그러는 거지?"

마물 이야기를 듣고 나서 저는 날마다 오빠에게 물어보았습니다. 죽는다는 오빠의 말을 어떻게든 부정하기 위해 기를 썼죠.

"거짓말 아니야. 사야, 내가 너한테 거짓말한 적 있어?"

그러자 말문이 탁 막히더군요. 오빠가 저한테 거짓말을 한 기억이 없었거든요. 저는 적으나마 도움이 되고 싶어 오빠가 일전에 부적 삼아 달라고 했던 머리카락을 준비했습니다. 잘라봤자 티도 나지 않을 정도였지만, 그걸 두루주머니에 넣어서 오빠에게 주었습니다.

"고마워. 이걸로 안심이야."

오빠는 감사를 표했고, 마침내 축제 날이 다가왔죠.

날이 저물자 불안해졌습니다. 마음이 진정되지 않아 본 적도 없는 마물의 모습을 찾아 창밖을 몇 번이고 확인했어요.

"사야, 그렇게 걱정할 것 없어."

"하지만…."

"부적이 있으니까 괜찮아. 나 먼저 잔다."

오빠는 안절부절못하는 제게 그렇게 말하더니 정말로 자기 방에 이부자리를 펴고 누웠습니다. 그 모습을 보자 저도 불안이 누그러져 잠을 청했죠. 아침까지 푹. 그리고 오빠가 무사한 모습을 본 건 그때가 마지막이었어요.

오빠는 밤중에 몰래 집을 빠져나간 모양이에요. 다음 날 아침에 T마을로 이어지는 도로에 쓰러진 오빠가 발견됐습니다. 오빠는 몸에 원인 불명의 상처를 입고 숨진 뒤였어요.

바로 큰 난리가 났고 경찰이 집까지 찾아와 이것저것 물어보았지만, 저는 아무 대답도 하지 못했습니다. 충격을 받아 한동안 제대로 생활하지도 못할 지경이었어요. 그야말로 망연자실. 할아버지, 할머니도 마찬가지였겠죠.

그리고 겉으로는 겨우 슬픔을 얼버무릴 수 있게 됐을 무렵, 오빠가 남긴 노트를 발견했어요. 제 방 책상 서랍에 낯선 노트가 들어 있더군요. 물론 오빠가 넣어놨겠죠. 펼쳐보자 새에게 들었다고 추정되는 이야기가 가느다란 글씨체로 정리되어 있었습니다. 참 많은 이야기를 들었는데 노트는 한 권뿐이었어요.

그중에 마물에 관한 이야기도 있었습니다. 마물의 손아귀에서 벗어나기 위해 도움이 될 만한 방법이었죠. 표적이 된 인물 대신 다른 사람이 미끼가 되어 마물을 유인할 수 있다. 표적이 된 인물의 신체 일부를 지니면 되는데 단, 같은 성별이어야 한다. 그런 단순한 내용이었습니다. 미끼를 준비하면 마물은 거리가 가까운 쪽을 노리는 모양이더군요.

오빠는 T마을의 산에서 내려온다는 마물이 죽인 걸까요?

그렇다면 왜 동네에서 벗어나 달아나려는 시도조차 하지 않았는지 의문이었습니다. 아니면 뭔가 하려고 어두운 밤에 몰래 집을 빠져나가서 혼자 돌아다녔던 걸까요. 노트에는 구체적인 이야기나 힌트가 될 만한 내용은 적혀 있지 않았습니다.

대신에 오빠 글씨로 제게 보내는 메시지가 적혀 있었어요. 분명 그걸 보여주고 싶었던 거겠죠.

만약 앞으로도 신비하거나 위험한 일이 일어나면, 사야가 대처하는 데 조금이나마 도움이 되도록 이 노트를 남긴다. 귀찮고 시간도 없어서 많이는 안 적었어. 그래도 뭐, 내가 들려준 이야기는 대부분 기억하고 있겠지? 그럼 걱정 안 해도 되겠지. 다만 마물은 무서우니까 특히 주의할 것.

처음에 그런 설명이 있었습니다. 저는 그걸 읽고 기회가 있으면 오빠에게 들은 신기한 이야기를 유용하게 써먹기로 결심했어요. 그러면 오빠를 잊어버리지 않을 것 같았거든요.
그리고 노트에는 죽음에 대한 오빠 자신의 생각이 적혀 있었습니다. 별로 후회하지 않는다는 내용을 줄줄이 늘어놓는 한편으로 '세상은 부조리로 가득하다'는 말도 적혀 있었어요.
그런데 그 가운데 특히 마음에 걸리는 문장이 있었습니다.

만약 내가 죽지 않는다면 용기를 내서 해보고 싶은 일이 있다. 오랫동안 고민해 온 일이다.

해보고 싶은 일이 있었다니. 오빠에게 그런 소리는 한 번도 들어본 적이 없습니다. 동생이라면서 오빠가 고민한 줄조차 모르고….

그 메시지를 읽은 순간 제 마음에는 후회가 새겨졌어요. 오빠는 저를 배려하는 마음으로 노트에 글을 적었겠죠. 하지만 그 메시지만은 아니었어요. 틀림없이 오빠의 본심 아니었을까 싶어요.

너무하다 싶어 화가 났죠. 오빠에게도, 아무것도 몰랐던 제게도 몹시. 동시에 주체할 수 없는 슬픔이 밀려왔어요.

과연 오빠는 뭘 하고 싶었을까요. 알아낼 기회는 두 번 다시 없다고 생각하자 가슴이 미어지는 것 같았습니다.

4년 후.

저는 고등학생이 되었습니다. 우연인지 행동의 결과인지 신기한 일에 엮일 기회가 많아졌어요. 그때마다 오빠가 생각난 건 분명 깊은 후회 때문이기도 하겠죠.

그러던 어느 날, 평소보다 일찍 일어난 아침에 창밖을 보다가 조건이 갖추어졌음을 문득 알아차렸어요. 조건이란 옛날에 오빠에게 들은 이야기에 나온 조건. 그 이야기는 바로 과거를 바꿀 수 있는 밤.

알아차렸을 때 저도 모르게 몸이 부르르 떨리더군요. 다시는 없을 줄 알았던 기회가 찾아온 거예요. 저는 신, 운명, 아니면 또 다른 뭔가가 안겨준 천재일우의 기회를 살리기로 결의를 다졌어요.

그 탓에 침착성을 잃고 평소와 다르게 이상한 소리를 했나 봐요. 어떤 사건을 계기로 사귄 친구가 무슨 일 있었냐고 물어보더군요. 감이 좋은 친구의 이름은 이토카와 아오이예요. 이토카와는 제게 유일하다고 해도 과언이 아닌 친구이자, 비상식적인 존재도 인정하고 받아들이는 사람이었습니다.

저는 이토카와에게 말해도 될지, 이토카와를 끌어들여도 될지 고민했어요.

속내를 털어놓지 못하고 시간만 자꾸 흘러갔습니다. 기회를 놓치면 안 된다 싶어 초조하더군요. 결국 제 이기적인 감정에 판단을 맡겼어요.

제가 세운 계획에는 협력자가 꼭 필요했어요. 게다가 몇몇 조건도 있었고요. 그다지 사교적이지 못한 저는 매달리는 마음으로 일단 친구와 상의하기로 했어요.

이토카와는 아주 친절하게도 아무 증거도 없는 제 이야기를 믿는다고 말해줬습니다. 조건에 맞는 협력자도 바로 찾아줬고요. 그저 고마울 따름이에요. 그리하여 위험을 무릅쓰고 협력해 주기로 한 사카구치 선생님과 1학년 후배 아사이 그리고 친구 이토카와와 함께 축제 날 밤을 맞이했어요. 과거를 바꾸기 위해서요.

밤새 차를 몰아 오빠의 목숨을 구한들 다음 해에 또 마물이 나타나 목숨을 위협할지도 모릅니다. 그래도 제한 시간이 늘어나면 오빠도 필사적으로 저항하지 않을까 싶었어요. 오빠는 제가 보기에도 너무나 덧없이 죽었으니까요.

협력해 주신 세 분께는 과거로 돌아간다는 사실을 비밀로 했어요. 비겁하고 뻔뻔하다는 건 알아요. 그래도 저는 인간의 마음이 무서웠어요. 부모님 일 때문인지도 모르겠네요. 옛날부터 인간 자체가 아름답고 선한 존재라는 생각은 안 들더군요.

그래도 이번 일을 겪으며 생각이 많이 달라졌습니다. 분명 이토카와, 아사이, 사카구치 선생님께 큰 도움과 영향을 받았기 때문이겠죠.

과거로 돌아갔다는 걸 숨기기는 의외로 어렵지 않았어요. 밤이라 주변 풍경이 잘 안 보이고, 시골이라 동네에 변변한 정보가 없었거든요. 조심한 건 주유소 정도였어요. 결국 사카구치 선생님께는 들통났지만….

나는 지금 고풍스러운 단독주택에 와 있다. 기와지붕, 툇마루와 정원, 넓적하니 안길이가 긴 건물. 정취 넘치는 전통가옥이다. 도시에서는 이런 집이 멸종 위기이지만, 시골에서는 보기 드물 뿐 아예 없지는 않다.

정원에 면한 방에서 정면에 앉은 소녀가 긴 이야기를 끝마쳤다. 볕이 잘 드는 방이라 약간 더웠지만, 바람이 잘 통하고 다다미의 독특한 골풀 냄새가 어우러져 기분이 상쾌했다. 정원에 드나들 수 있는 커다란 창문에서 멀찍이 떨어진 좌식 탁자에는 찻잔이 두 개 놓여 있다.

나는 고등학교 선생님이다. 여름방학이 막 시작됐지만 교직원은 여전히 출근해야 한다.

오늘 오후에 한 학생이 학교로 전화해 나를 찾았다. 며칠 전 함께 죽을 고비를 넘나든 마쓰리비 사야였다. 마쓰리비는 만나서 할 이야기가 있다고 했다. 나는 평소보다 일찍 일을 마무리하고 마쓰리비네 집에 들렀다 가기로 했다.

마쓰리비가 이야기를 끝냈을 때 방 입구의 널문이 열렸다.

"사카구치 선생님, 혹시 괜찮으시면 저녁 들고 가시지 않겠어요?"

마쓰리비 사야의 할머니가 복도에서 물었다. 노인 특유의 사람 좋아 보이는 미소를 띠며 저녁을 권했다.

"아니요, 그렇게 폐를 끼칠 수는."

나는 진심으로 그렇게 생각하고 거절했다.

"사양 마시고요."

"정말로 조금 있다가 갈 거라서요… 참, 그러고 보니 학교에서 모기향을 잔뜩 받아 왔어요. 차에 있는데 괜찮으시면 좀 드릴게요."

"모기향요?"

"네, 불을 붙여 사용하는 구식이지만요."

"고맙기도 하셔라. 잘 쓸게요. 그럼 보답으로 저녁을."

저녁 먹고 가라는 제안을 은근슬쩍 피하려고 나중에 주려고 했던 모기향 이야기를 꺼냈는데 허사였다. 거절하고, 제안하고, 다시 거절하던 끝에 "할머니도 참! 손님이 곤란해하시잖아요." 하고 마쓰리비가 끼어들어 말려야 했다. 마쓰리비의 할머니는 널문을 닫고 물러갔다.

"죄송해요, 선생님."

마쓰리비가 미안하다는 듯 두 손을 마주 모았다.

"죄송하기는. 다정하신 분이로구나."

"다정하신 게 아니라 물렁하신 거죠."

마쓰리비는 입을 삐죽 내밀며 불평하고 나서 바로 웃음을 지었다. 당연하겠지만 할머니를 싫어하는 건 아니리라.

"아무튼 아까 이야기 말인데."

나는 본론으로 돌아가기로 했다. 여기 온 건 축제 날 밤에 관한 이야기를 마쓰리비에게 직접 들으면서 일어난 일과 수수께끼를 어떻게 인식하고 있는지 정리하기 위해서였다.

"말씀드린 게 전부예요."

"네 오빠는."

"오빠 일은 유감이에요. 설마 이렇게 될 줄이야."

마쓰리비는 눈을 내리깔았다. 나는 그 당시 일을 떠올렸다. 축제 날 밤, 4년 전으로 되돌아가 다리 위에서 마물과 대치했다. 그리고.

다리는 무너졌다.

굉음과 함께 무거운 콘크리트가 허물어지자 어마어마한 물보라와 먼지가 일었다. 순식간에 벌어진 일이었다. 다리가 너무나 완벽하게 무너져 현실감이 전혀 없었고, 마치 화면으로 실감 나는 영상을 보는 듯한 기분이었다.

나와 마쓰리비가 탄 차는 교각을 부순 후 힘차게 달려 아슬아슬하게 다리를 빠져나왔다. 붕괴에 휘말려 제 꾀에 제가 넘어가는 사태는 피했다.

한편 마물은 다리 붕괴에 휘말려 사라졌다. 잔해에 깔렸는지, 달아났는지는 모르지만 검은 형체는 어디에도 없었다.

모든 일이 놀랍도록 잘 풀렸다. 그야말로 기적에 가까운 우연이었다.

나와 마쓰리비는 넋을 놓고 한동안 아무것도 하지 못했다.

마침내 정신을 차리고 여기저기 긁힌 차를 타고 산으로 향했다. 두고 온 이토카와와 아사이 두 사람과 합류하기 위해 도중에 헤어진 곳으로 돌아갔다. 두 사람이 어디 가지 않고 제자리에 머물러준 덕분에 어렵지 않게 찾아냈다. 네 명이 다시 모였다.

목표인 동틀 녘이 되어 햇빛이 비치기까지 두 시간도 남지 않은 시점이었다.

마물이 어떻게 됐는지는 확실치 않다. 하지만 다리가 무너진 후 한동안 넋을 놓고 있었는데도 나와 마쓰리비는 습격받지 않았다. 마물은 그대로 모습을 감추었다.

이제 차를 타고 도망 다닐 필요는 없겠다 싶어 경계하면서도 이동하지 않고 아침까지 시간을 보냈다. 피곤한지 입을 여는 사람은 없었지만, 묘한 연대감이 생긴 느낌이었다.

드디어 해가 떠오르려는지 하늘이 아침놀로 물들었다. 즉시 도착 지점으로 이동해 터널을 통과했다. 휴대전화가 원래대로 돌아왔고, 희붐해지기 시작한 하늘에는 오른쪽이 이지러진 가느다란 새벽달이 희미하게 떠 있었다.

그리하여 한밤의 기나긴 드라이브는 막을 내렸다.

집에 돌아온 후에도 기억이 혼란스럽거나 무슨 일이 있었는지 잊어버리는 현상은 일어나지 않았다.

…아니 혹시 뭔가 잊어버렸지만 인식하지 못할 뿐이지도 모른다.

4년 전으로 돌아왔다는 사실을 도중에 알아차린 나는 제쳐놓고, 이토카와와 아사이에게는 그날 밤에 무슨 일이 일어났는지 마쓰리비가 직접 설명해 주었다고 한다. 어디까지 이야기했는지는 모르지만 둘 다 납득했다는 모양이다.

그리고 과거는 바뀌었다.

우리의 행동 때문에 약간만.

이 세상에는 패럴렐 월드, 즉 평행 또는 병렬 우주라는 개념이 있다. 선택과 행동의 결과에 따라 나뭇가지가 따로 뻗어나가듯 나뉘어져 존재하는 우주를 가리킨다.

줄기에서 갈라져 나온 가지를 생각하자 어쩌면 과거를 바꾸어도 우리가 원래 살던 세상에는 전혀 영향이 없는 것 아닐까 돌아가기 전에 걱정이 됐다. 세상이 바뀌었어도 우리가 원래 살던 세상인지 아닌지는 아무도 모른다. 어쩌면 다른 세상에 왔을 가능성도 있다.

여러모로 염려하고 고민했다.

결국은 아무도 모르니까 고민할 필요 없다는 결론에 다다랐다.

전문가도 아니므로 확인할 방도가 없다. 그렇다면 일어난 일을 있는 그대로 받아들이는 수밖에 없다. 무수히 많은 수학 공식을 완벽히 이해하고 사용하는 사람이 얼마나 되겠는가. 그거랑 다를 바 없다.

내가 예전에 마주친 바닥 밑의 '그것'과 마찬가지임을 깨닫고 깊이 생각하지 않기로 했다.

될 대로 되라는 것과 비슷한 심정이라 꼴불견이라는 자각은 있었다. 하지만 신비한 현상이나 수수께끼를 해결하려면 지식이 필요하다. 필요한 지식을 가진 사람이 없으니 어쩔 수 없다. 물론 실은 이미 해명됐을지도 모르고, 100년쯤 지나면 일반적인 지식으로 자리 잡을 가능성도 있다. 나와 인연이 없을 뿐이다.

언젠가 인류가 미지와 신비를 몰아낼지도 모른다. 해명되는 순간 신비성은 빛을 잃는다.

어쩐지 약간 아쉬움을 느끼며 나는 눈을 감았다.

점점 옆길로 새는 생각을 붙들었다. 현실을 떠올리며 표정을 다잡고 정면에 앉은 소녀를 다시 바라보았다.

아무튼 과거는 바뀌었다.

하지만 마쓰리비 겐이치로는 되살아나지 않았다.

"하지만 신기하게도 냉정하고 침착한 기분이에요."

여동생인 마쓰리비 사야는 자신의 마음을 확인하듯 가슴에 손을 댔다.

"냉정한 기분이라니, 괜찮니?"

죽음을 피해야 했을 겐이치로가 죽었으니 적잖게 충격을 받았을 텐데. 실제로 마쓰리비는 별로 기운이 없어 보였다.

"네, 원래부터 오빠는 살지 못할 운명이었던 거예요. 그게 아주 조금 바뀌었을 뿐이죠. 그 약간의 변화 덕분에 오빠가 해보고 싶었다는 일이 뭔지도 알았어요."

약간의 변화란 대체 무엇인가.

과거가 바뀌어 겐이치로는 의문사를 당하지 않았다. 마물에게 죽임을 당하지 않는다는 이번 작전의 목표를 달성했다. 축제 날 밤에 무사히 살아남았다.

그럼 그는 왜 살아 있지 않을까.

집으로 돌아와 졸음을 참으며 조사해 보니 겐이치로는 4년 전이 아니라 3년 전에 마물과는 전혀 다른 이유로 사망했다고 되어 있었다. 12년 전에 발생한 살인강도 사건과 관련된 일이었다.

겐이치로와 사야의 부모님이 희생된 사건은 과거로 돌아가기 전만 해도 미해결 상태였다. 그 역시 3년 전에 해결된 것으로 변해 있었다. 이유는 축제 날 밤 살아남은 겐이치로가 그로부터 1년 후, 범인을 찾아내는 공을 세웠기 때문이다.

겐이치로는 살인강도 사건이 벌어진 당시의 기억과 기록을 더듬고, 탐정처럼 단독 조사를 벌여 범인을 찾아낸 모양이다. 그대로 경찰에 갔으면 좋았을 것을, 틀리지 않았다는 확고한 증거를 얻고 싶었는지 또는 다른 이유가 있었는지 범인을 직접 추궁했다. 결국 궁지에 몰린 범인이 폭력을 휘둘러 겐이치로는 사망하고 말았다.

즉, 부모님과 똑같은 꼴을 당한 셈이다.

범인은 아무 발뺌도 하지 못하고 체포됐으며, 겐이치로가 남긴 자료 덕분에 살인강도 사건을 저질렀다는 사실도 증명됐다.

"경찰 대신 자기 손으로 막을 내리고 싶었던 건지도 모르겠어요. 오빠는 제 생각보다 훨씬 과거에 미련이 있었던 모양이에요. 집착이라고 해야 할까요. 사건을 해결하는 게 꿈이었다면, 꿈을 이루었으니 어쩌면 만족했을지도 모르겠네요. 하지만 사건을 해결하느라 자기가 죽다니…."

마쓰리비는 그렇게 설명했지만 스스로도 납득이 가지 않는 부분이 있는지 별로 개운치 못한 표정이었다. 겐이치로가 무슨 생각이었는지 본인에게 직접 물어볼 기회는 영원히 사라졌다. 결국 미루어 짐작하는 수밖에 없다.

"뭔가 남아 있지는 않았니? 편지라든가."

"특별히는… 하지만 오빠의 노트는 그대로 남아 있었어요. 과거로 돌아가기 전에 봤을 때와 내용도 거의 달라지지 않았고요. 마물이 나타나는 디데이가 지난 후에도 내용을 고치거나 처분하지 않고 가지고 있었던 거겠죠. 오빠 방에서 유품을 살펴보다가 찾았어요. 가지고 올게요."

부탁하지 않았는데도 마쓰리비는 방석에서 일어나 방을 나섰다. 그리고 바로 노트 한 권을 들고 돌아왔다. 아무 특색 없이 평범한 대학노트다. 마쓰리비가 내민 노트를 받아 표지를 넘겼다. 가느다란 글씨가 죽 적혀 있었다.

새에게 들었다는 이야기를 정리한 걸까. 노트에는 다양한 내용이 적혀 있었다. 후반부에는 동생 사야에게 남긴 것으로 보이는 메시지도 있었다.

"추가된 메시지가 있어요. 전에 봤을 때와 달라진 점은 그 정도예요."

마쓰리비는 바닥에 펼쳐놓은 노트를 옆에서 들여다보더니 글씨가 적힌 제일 마지막 페이지를 펼쳐보라고 했다. 나는 시키는 대로 노트를 넘겼다.

새가 이제 괜찮다고 했어. 언제는 위험하다고 하다가 이
제는 괜찮다니, 사람을 갖고 노는 건가. 괜히 밤중에 돌아
다니느라 잠도 못 잤네.

그런 메시지가 적혀 있었다. 그다음에는 아무것도 없이 새
하얀 페이지가 이어졌다.

"이게 나중에 추가된 문장이야?"

"네, 맞아요. 내용상 저희가 바꾼 과거와 관계가 있을 것 같
은데요."

"아아, 그러게. 관계있을지도 모르겠다. 마물의 위협이 사
라진 결과, 너희 오빠에게 아무 일도 일어나지 않아서 이런
문장을 남겼을 거야."

"제 생각도 그래요."

마쓰리비가 노트에서 눈을 돌려 나를 보았다. 상상이 맞는
다면 겐이치로는 그날 밤에 무슨 일이 일어났는지 몰랐던 모
양이다. 우리가 그와 접촉하지 않았으니 당연하다면 당연하
지만.

마쓰리비 사야가 과거에서 겐이치로와 직접 만나려고 하
지 않은 건 아무 말도 없이 몰래 집을 빠져나간 오빠에 대한

반발심에서일까? 마쓰리비는 주유소에서 분명 오빠가 제멋대로 행동해서 화가 났다는 식으로 말했다. 아니면 그런 것과는 상관없이 그저 미래의 인간이 과거의 인간과 만나는 걸 꺼렸을 뿐인지도 모른다.

"저어, 이런 걸 선생님께 여쭤보면 난감해하실 줄은 알아요. 그래도 여쭤봐도 될까요?"

마쓰리비는 꿇어앉은 자세로 무릎 위에 주먹을 쥐었다. 거절할 이유도 없으므로 나는 고개를 끄덕였다.

"오빠는 과거에 얽매여 있었던 걸까요? 예정된 죽음을 피한 결과, 오히려 죽음을 재촉하는 삶을 살게 된 것 같아요. 저도 과거에 얽매여 과거를 바꾸려 했어요. 결국 오빠는 돌아오지 않았고… 제 선택이 잘못된 걸까요?"

마쓰리비는 머뭇머뭇 말을 꺼냈다.

나는 아무 대답도 못 했다. 가슴이 먹먹하니 무슨 대답을 해야 좋을지 몰랐다.

대신에 노트를 펄럭펄럭 넘겼다.

특별히 새로운 건 없다고 결론지으려다가.

어느 한 페이지에서 손이 멈췄다.

우연한 발견이었다.

결론을 직전에 바꾸었다.

어느 문장 위에 짧은 사선이 그어져 있었다.

보통은 없었던 걸로 하거나 잘못을 수정하고 싶을 때 글씨 위에 선을 긋는다. 일정 메모라면 일정을 끝냈다는 의미로 선을 긋기도 하겠지만, 이건 일부분에만 선을 그었으므로 그것과는 다르다.

"여기 이 사선은 예전부터 있었어?"

나는 지금까지의 대화를 무시하고 마쓰리비에게 물었다. 그 순간 머릿속에서 뭔가 번뜩했다. 축제 날 밤, 마물의 행동, 마쓰리비의 이야기, 지금까지 있었던 일, 기억을 끄집어내 머릿속 번뜩임의 윤곽을 잡아나갔다.

"아니요⋯ 이건, 이제야 알았네요. 왤까요?"

마쓰리비는 긴 머리카락을 흔들며 고개를 기울였다.

마물의 눈을 속이기 위한 미끼 부분에 사선이 그어져 있었다. 누군가 표적이 된 인물의 신체 일부를 지니면 마물을 유인하는 미끼가 될 수 있다. 우리가 계획한 작전의 핵심이다. 그 조건에 해당하는 '같은 성별'이라는 부분에 선이 그어져 있었다. 이게 의미하는 바는⋯.

"그런데 그날, 네가 준비한 두루주머니에는 뭐가 들어 있었니?"

나는 미끼 역할을 수행할 때 아사이와 내가 목에 걸었던 두루주머니에 관해 물어보았다.

"그⋯ 오빠 뼈예요. 유골, 정확하게는 뼛가루를 조금 넣었어요."

마쓰리비는 거북한 표정으로 대답했다. 과연, 틀림없이 신체의 일부다.

"어쩌면."

나는 강한 충동에 떠밀려 말을 꺼냈다.

"이 사선은 틀렸다는 걸 나타낼지도 몰라. 너희 오빠가 선을 그었겠지. 마물이 나타나는 디데이에 살아남은 후 일부러 수정한 셈이야. 왜까? 틀렸다는 걸 알아차려서? 물론 그럴 가능성도 있지. 실은 성별이 달라도 미끼 역할을 수행할 수 있다는 사실을 나중에 알아차렸대도 딱히 이상할 건 없어. 하지만 어쩌면 그게 아닐지도 몰라."

"아니라니, 그럼 뭔데요?"

마쓰리비가 어리둥절한 얼굴로 나를 보았다. 나는 개의치 않고 말을 이었다.

"이건 상상이야. 상상이지만 예를 들어… 처음부터 틀렸다는 걸 알고서 너희 오빠가 일부러 잘못된 정보를 남기려고 했다면 어떨까? 마물에게 죽임을 당할 걸 예상하고 같은 성별만 미끼가 될 수 있다는 거짓 정보를 남겼다. 하지만 마물에게 죽임을 당하지 않고 살아남아, 틀린 정보를 남길 필요가 없어서 노트를 수정했다."

"그럴 가능성도 없지는 않겠지만, 만약 선생님 말씀대로라고 한들 오빠는 왜 그런 짓을 했을까요?"

"이상했어. 다리에서 대치했을 때 마물은 겐이치로의 미끼 역할인 내가 아니라 널 보고 있었어. 내내 그게 마음에 걸렸지. 기억 안 나니?"

"그건… 기억나요. 분명 그때 마물은 저를 보고 있었어요. 하지만 그냥 우연 아닐까요? 마음에 걸릴 정도는…. 그나저나 그게 지금 이야기랑 관계가 있나요?"

"가정해 보자."

나는 마치 수업 중에 증명 문제를 설명하는 듯한 투로 말했다.

"'같은 성별'이라는 부분을 지웠으니, 미끼가 꼭 같은 성별일 필요는 없다는 뜻이겠지. 즉, 표적의 신체 일부만 지니면 누구나 미끼가 될 수 있어. 너희 오빠는 축제 날이 되기 전에 이 정보를 꾸며냈고, 축제 날이 지난 후 꾸며낸 정보를 수정했어. 즉, 축제 날 밤에 이 정보에 좌우되는 뭔가가 있었던 거야. 이 정보를 아느냐 모르느냐에 따라 다르게 받아들여질 만한 일이."

마쓰리비는 조용히 생각에 잠겼다. 나는 힌트를 하나 더 주었다.

"머리카락도 신체 일부에 포함돼."

마쓰리비는 깜짝 놀란 표정으로 중얼거렸다.

"…부적."

"그래, 네가 말했었지. 겐이치로는 네 머리카락을 부적 삼아 몸에 지녔어."

"설마."

"그건 부적이 아니야. 너희 오빠는 네 미끼 역할을 맡았던 거야."

그게 진실이라면 마물의 진짜 표적은 눈앞에 있는 소녀, 마쓰리비 사야다.

그럼 여러 의문도 설명이 가능하다.

겐이치로의 부자연스러운 행동. 그는 처음부터 사야 대신 희생되려고 했다. 분명 사야를 지키기 위해서다. 축제 날 밤에 동생에게 아무 말도 없이 나간 건 그러한 의도를 숨기기 위해서였다. 만약 가르쳐주면 동생이 걱정해 따라올 거라고 생각했는지도 모른다. 기껏 집에서 멀어져도 마물이 노리는 당사자가 함께 있으면 의미가 없으니 자신이 좀 더 확실하게 마물의 표적이 되기 위한 행동이었다. 의문사한 겐이치로가 어째선지 마물이 있는 T마을로 이어지는 도로에서 발견된 것도 같은 맥락이리라.

겐이치로는 자신이 무슨 짓을 했는지 드러나면 동생이 죄의식을 품을까 봐 걱정했다. 그래서 노트에 거짓 정보를 남겼다. 자기가 동생의 미끼 역할을 했다는 걸 모르도록 같은 성별만 미끼 역할을 맡을 수 있다고 거짓말을 했다. 아예 그런 내용을 적지 않으면 동생에게 들통날 우려도 없겠지만, 남겨진 메시지를 보건대 마물이 앞으로 또 나타나지 말라는 보장은 없다고 여기고 표적이 됐을 때 회피할 방법을 동생에게 알려주고 싶었던 것이리라.

그리고 과거가 바뀌어 살아남자 거짓 정보를 남길 필요가 없으므로 노트를 수정했다.

처음부터 마쓰리비가 표적이었다면 다리 위에서 마물이 마쓰리비만 바라본 것도 수긍이 간다.

"왜… 몰랐을까."

마쓰리비는 휘둥그레진 눈으로 입가에 손을 댄 채 자기 자신을 책망하듯 중얼거렸다.

"물론 내 생각이 맞는지 틀린지는 몰라. 어디까지나 상상이야. 아까 말했듯이 그냥 나중에 틀린 걸 알아차리고 고쳤을 가능성도 있어. 하지만 내 생각이 맞는다면 너희 오빠가 무슨 생각이었는지 하나는 확실하게 설명할 수 있어."

나는 마쓰리비의 질문을 떠올리며 대답했다.

"부모님의 원한을 풀어주는 게 너희 오빠의 꿈이었다면 과거에 얽매였다고 할 수 있을지도 모르지. 하지만 적어도 축제 날 밤에는 널 위해서 행동했어. 설령 오랜 세월 간직한 꿈이 물거품이 될지언정 동생을 우선한 거야. 그야말로 자신의 목숨과 바꾸어 과거보다 현재를, 너를 선택한 거지."

정답은 모른다. 증명 문제라면 동그라미는 못 받는다. 기껏해야 세모를 받을 답변이다.

하지만 마쓰리비 사야는 고개를 끄덕였다.

"그렇군요. …그럴지도 모르겠어요."

마쓰리비는 노트를 집어 품에 꼭 끌어안고 눈을 감았다. 긴 속눈썹이 떨렸다.

"내내…, 내내 후회해 왔어요. 하다못해 잊지 말기로 마음먹었죠. 제가 할 수 있는 일은 그 정도밖에 없으니까요. …하지만 과거로 갔다가 돌아와서… 오빠의 꿈이 뭔지 알았고…. 하지만 이해가 가지 않아서, 그래서…."

나는 마쓰리비를 놓아두고 방금 전 떠올린 생각을 검토하기로 했다.

수학 교사라도 모르는 수학 문제는 세상에 얼마든지 있다. 하물며 전공도 아닌, 사람의 마음에 관한 문제는 오죽하랴.

하지만 이번에는 뭔가 해결한 듯한 기분이 들었다.

이건 나의 환상일까. 그렇다면 흐뭇한 환상이다. 나쁘지 않다.

"현재를 소중히 아낄 수 있도록 마음을 잘 정리해야겠네요."

잠시 후 마음이 진정됐는지 마쓰리비 사야가 그렇게 말했다.

"느긋하게 하렴. 너무 분발하려고 애쓸 것 없어."

"저, 오빠가 제멋대로인 줄 알았어요."

"과거형일 필요는 없을 것 같은데. 제멋대로가 아니면 비밀은 못 만드니까."

나는 적당히 떠오른 생각을 입에 담았다. 상대에게 알릴 수 없는 이유가 있다고 해서 숨기는 게 제멋대로가 아니고 뭐겠는가.

"그럼 저도 제멋대로였어요. 오빠에 대해 조사해 놓고 잠자코 계셨던 선생님도 제멋대로고요."

마쓰리비는 비난한다기보다 발견한 걸 뽐내는 투로 말했다. 약간 어린애 같은 면도 있구나 싶었다.

"인간은 전부 제멋대로야."

"옛날 격언 같은 건가요?"

"격언은 무슨. 아마 서너 명 중에 한 명은 살면서 당연히 한 번쯤 중얼거려 봤을 말일걸."

"이번 일을 격언처럼 표현한다면요?"

"인간은 뒤를 보고 있어도 앞으로 나아간다. …음, 그건 좀 아닌 것도 같고. 아무튼 이만 가야겠다."

이왕 대접받았으니 차는 다 마시고 가기로 했다.

차를 마시며 자동차를 언제 수리할지 생각했다. 보닛이 긁혀서 보기 싫으니 고쳐야 한다.

집에 가서 아내와 상의하기로 했다. 아내와는 대학생 때 처음 만났으므로 아주 오랜 인연이다. 지금은 둘이 생활하기에 딱 적당한 맨션에 함께 살고 있다.

"아, 잠깐만요. 중요한 사실을 하나 알았어요."

내가 돌아갈 채비를 하자 마쓰리비가 불러 세웠다.

"뭔데?"

"마물이 저를 노렸다… 그 말인즉슨." 마쓰리비는 진지한 표정으로 말했다. "그때 다리에서 선생님이 저를 차에서 쫓아내고 혼자 행동하셨다면, 마물은 다리에 나타나지 않았을 거예요. 저를 쫓아왔겠죠."

"확실히 그렇군."

"제가 없었다면 다리를 무너뜨려서 마물을 처치할 수 없었겠죠. 다시 말해 작전이 성공한 건 제 덕분이에요. 제가 행운의 여신이라는 증거라고요."

후훗, 하고 마쓰리비는 의기양양한 미소를 지었다. 저런 표정도 짓는 줄은 몰랐다. 자기 나름대로 농담을 한 건지도 모르겠다.

"하지만 만약 그렇게 됐다면 그건 마물이 겐이치로를 노린다고 착각한 네 탓이기도 해."

"그건… 그렇지만요."

내 지적에 마쓰리비는 눈살을 모으고 입을 뾰로통하게 내밀며 불만스러운 표정을 짓더니 눈을 홱 돌렸다.

"그런데 마물과는 그걸로 결판이 난 걸까?"

괜한 소리를 했다고 반성하며 화제를 바꾸었다. 마쓰리비가 표정을 풀었다.

"…솔직히 마물이 어떻게 됐는지는 모르겠어요. 하지만 그날 밤에 사라진 뒤로는 못 봤네요. 그로부터 4년이 지난 셈인데, 저희 모두 이렇게 무사하잖아요. 그러니 이제 괜찮지 않을까 싶어요. 다시 축제 날 밤이 오면 혹시나 싶을 때도 있지만요."

"그러게, 나도 이제 괜찮을 거라 믿고 싶어. 하지만 만약 또 무슨 일이 생길 것 같으면 말하렴. 최대한 협력할 테니까."

"정말이세요?"

"응, 그런 삶도 나쁘지 않을 것 같아서. …가끔씩만."

나는 집에 가려고 현관으로 나왔다.

해 질 시간이 되어 선선한 바람이 불었다. 구름이 저녁놀에 붉게 물들었다. 저 멀리 요전에 갔던 산의 거무튀튀하니 거대한 실루엣이 보였다. 검은색과 붉은색. 분명 오랜 옛날부터 변함없는 풍경일 것이다.

정원을 가로질러 도로에 세워둔 내 차로 다가갔다. 뒷좌석에서 모기향을 몇 개 꺼내 다시 현관으로 돌아갔다. 그러자 마쓰리비가 나를 배웅하러 일부러 정원까지 나와 있었다. 나는 모기향을 마쓰리비에게 주고 마지막으로 한 번 더 인사를 하려고 했다.

"어머, 새가 날아왔네요. 참 크다."

갑자기 마쓰리비가 그런 소리를 했다. 정원 복판으로 얼굴을 돌려 비스듬히 위쪽을 쳐다보기까지 했다.

"새?"

따라서 올려다보았지만 어디에도 새가 보이지 않아 어리둥절했다.

"네, 저기요. 떡갈나무 가지에 앉았어요."

마쓰리비가 가느다란 손가락을 뻗었다. 정원에는 훌륭한 나무가 서 있다. 아까 이야기를 나누었던 다다미방에서도 보이던 나무다.

살펴보았지만 바람에 나뭇잎이 흔들릴 뿐, 역시 새가 있는 것처럼은 보이지 않았다.

"어떤 새인데?"

"꿩일까요? 하지만 꿩치고는 너무 하얘요. 그리고 정말 크네요."

우리는 함께 나무에 다가갔다.

나는 시선을 모아 잠시 바라보았다.

하지만 결국 내 눈에는 그 새가 보이지 않았다.

차를 몰아 돌아가는 길에 생각했다.

마쓰리비 사야에게는 보이고 내게는 보이지 않는 새.

신비하다.

하지만 분명.

그걸로 됐다.

공포 소설에 서정성을 더한 색다른 시도

일본의 대표적인 신인상 공모전인 일본 호러소설 대상은 '인간의 어두운 면과 밝은 면을 공포로 드러내는 데 재능 있는 작가를 위해' 만들어졌다. 처음에는 대상, 장편상, 단편상을 각각 수여하다가 제19회부터 대상, 우수상 그리고 일반인 심사위원이 독자상을 정해 수여하도록 방식이 바뀌었다. 고바야시 야스미, 기시 유스케, 쓰네카와 고타로 등 국내에서 유명한 작가들도 이 공모전을 통해 대상을 받으며 데뷔할 만큼 신인 작가를 여럿 배출한 공신력 있는 상이다.

하지만 일본 호러소설 대상은 2018년 제25회를 끝으로 중단되었다. 대신 요코미조 세이시 미스터리 대상과 통합해 요코미조 세이시 미스터리 & 호러 대상이라는 이름으로 오락성 있는 미스터리소설이나 호러소설을 대상작으로 뽑고 있다.

그렇다면 사반세기의 역사를 자랑하는 일본 호러소설 대상의 대미를 장식한 작가는 누구일까. 바로 《후회하는 소녀와 축제의 밤(원제: 마쓰리비 사야의 후회)》으로 대상(《검은 피라미드》와 공동 수상)과 독자상을 동시에 거머쥔 이 소설의 저자 아키타케 사라다. 아키타케 사라다는 1992년생으로, 도요대학교 이공학부 전기전자정보공학과를 졸업한 이공계생이다. 호러와 이공계는 전혀 궁합이 맞지 않을 것 같지만, 그는 평소 아야츠지 유키토와 오츠 이치의 호러 소설집과 텔레비전의 심령 프로그램을 좋아했다고 한다. 또 대학 시절 툭하면 많은 분량의 실험 보고서를 쓰면서 점차 모니터 앞에 앉아 오랜 시간 글을 쓰는 데에 익숙해졌다. 그래서 그런지 작가 본인은 작품을 쓰려고 마음먹은 시기가 마침 8월이라 '여름 하면 호러'라는 안이한 생각으로 호러 소설을 쓰게 됐다고 말하지만, 결과물은 모든 심사위원을 사로잡을 만큼 탁월했다. 이는 "모든 에피소드의 아이디어가 뛰어나고 구성과 필치도 훌륭하며 곳곳에서 '무서움'을 그려내는 센스가 빛난다"(아야

츠지 유키토), "에피소드마다 아이디어가 빼어나서 모든 심사위원에게 높은 점수를 얻었다. 가독성을 고려하면 독자상 수상도 당연한 결과였을 것이다"(기시 유스케), "이어지는 전반부의 세 가지 괴담이 멋지다. 작품을 지탱하는 주인공 마쓰리비 사야의 청초한 매력과 이야기 전체에 담담하게 풍기는 서정성에도 끌렸다"(미야베 미유키)는 세 명의 심사평만 봐도 알 수 있다.

이처럼 높은 평가를 받은 만큼 작가는 다음 작품 역시 호러에 계속 도전할 계획이다. 공포스러운 분위기만 부각하는 것이 아니라 현실에 '이질적인 뭔가'가 섞여드는 신비한 온도를 유지하면서 등장인물의 마음속 갈등을 소중히 다루는 방식을 시도해 보고 싶다고 한다.

그 후, 아키타케 사라다는 2020년 일본에서 《후회하는 소녀와 축제의 밤》의 후속작 《마쓰리비 사야의 재회》를 발표해 높은 평가를 받는다. 분명 그가 추구하는 작품 구성에 한 발짝 더 다가간 것이다.

　국내 독자 여러분은 먼저 아키타케 사라다의 데뷔작을 통해 섬뜩하면서도 따스한 공포의 새로운 형태를 느껴보길 바란다.

2022년 1월 김은모

후회하는 소녀와 축제의 밤

1판 1쇄 인쇄 2022년 1월 13일
1판 1쇄 발행 2022년 1월 26일

지은이 아키타케 사라다
옮긴이 김은모

발행인 양원석
편집장 김건희
디자인 이혜경디자인
영업마케팅 조아라 신예은 이지원

펴낸 곳 ㈜알에이치코리아
주소 서울시 금천구 가산디지털2로 53, 20층 (가산동, 한라시그마밸리)
편집문의 02-6443-8902   **구입문의** 02-6443-8838
홈페이지 http://rhk.co.kr
등록 2004년 1월 15일 제 2-3726호

ISBN   978-89-255-7896-5 03830